Quand un fils nous est donné

DU MÊME AUTEUR
chez le même éditeur

Mort à la Fenice
Mort en terre étrangère
Un Vénitien anonyme
Le Prix de la chair
Entre deux eaux
Péchés mortels
Noblesse oblige
L'Affaire Paola
Des amis haut placés
Mortes-Eaux
Une question d'honneur
Le Meilleur de nos fils
Sans Brunetti
Dissimulation de preuves
De sang et d'ébène
Requiem pour une cité de verre
Le Cantique des innocents
La Petite Fille de ses rêves
Brunetti passe à table
La Femme au masque de chair
Les Joyaux du paradis
Brunetti et le Mauvais Augure
Deux Veuves pour un testament
L'Inconnu du Grand Canal
Le garçon qui ne parlait pas
Brunetti entre les lignes
Brunetti en trois actes
Minuit sur le canal San Boldo
Les Disparus de la lagune
La Tentation du pardon

DONNA LEON

Quand un fils nous est donné

Traduit de l'anglais (États-Unis)
par Gabriella Zimmermann

CALMANN LEVY
ÉDITEUR DEPUIS 1836

Titre original :
Unto us A Son is Given
Première publication : William Heinemann, Londres, 2019

© Donna Leon et Diogenes Verlag AG, Zürich, 2019

Pour la traduction française :
© Calmann-Lévy, 2020

Couverture
Maquette : Cindy Hernandez / Grove Atlantic
Adaptation : Olo.éditions
Illustration : © Hayden Verry / Arcangel Images

ISBN 978-2-7021-6676-5

Pour Maxim Emelyanychev

« L'heur que nous souhaitons devient souvent source de malheur.
J'ai prié pour avoir des enfants, et j'ai eu un fils,
Et un tel fils, que tous les hommes ont crié à mon bonheur.
Mais qui voudrait, désormais, être ce père ?
La bénédiction s'est révélée pleine de poison[1]. »

HÄNDEL, *Samson*, acte I, scène III

---

1. Librement traduit du livret de Newburgh Hamilton. *(Toutes les notes sont de la traductrice.)*

1

« Tu sais que je n'aime pas me mêler de ce qui ne me regarde pas, dit le comte Falier à Brunetti. Mais, en l'occurrence, il m'est si proche que j'ai l'impression de n'avoir pas vraiment le choix. » Brunetti était assis en face de son beau-père, dans un de ces fauteuils défraîchis dont le palazzo Falier était plein. Il écouta le vieil homme un certain temps, bien conscient de la difficulté qu'avait ce dernier à lui raconter son histoire.

Le comte avait appelé Brunetti ce matin-là et lui avait demandé s'il avait le temps, en rentrant du travail, de passer prendre un verre chez lui, car il voulait lui poser quelques questions au sujet d'une affaire. Comme c'était une des premières journées de douceur printanière, la réaction immédiate de Brunetti fut d'envisager le chemin le plus simple pour aller de la questure au palais sans se faire engluer sur les sentiers suivis par les hordes migrantes de touristes, devenues désormais monnaie courante. Avec un ciel si clair et une température aussi agréable, remonter la riva degli Schiavoni serait impossible ; traverser la place Saint-Marc, une pure folie. En revanche, les vaporetti en provenance du Lido étaient généralement peu bondés ; il accepta l'invitation et, passant outre sa répugnance habituelle à prendre les transports en commun, il embarqua sur le n° 1 pour Ca' Rezzonico et arriva rapidement à destination.

« Je n'aime pas les ragots, insista le comte, en captant de nouveau l'attention de Brunetti. Je n'ai jamais aimé ça.

— Alors tu t'es trompé de ville, répliqua le commissaire avec un sourire affable, pour atténuer son coup de griffe, et tu devrais sûrement éviter de parler à des Vénitiens. »

Le comte lui répondit par un large sourire. « Le premier point n'est pas vrai, comme tu le sais. » Puis, avec un sourire encore plus chaleureux, il poursuivit : « Le second pourrait l'être, mais si c'est le cas, il est trop tard pour agir. J'ai été entouré de Vénitiens toute ma vie.

— L'un d'eux est-il à la source des bruits qui courent sur Gonzalo ? s'enquit Brunetti, intrigué que son beau-père veuille discuter des rumeurs circulant au sujet de son meilleur ami et curieux d'en savoir davantage.

— Oui. Et il est avocat. » S'attendant sans doute à ce que Brunetti lui demande qui c'était, le comte leva une main. « Peu importe qui me l'a dit. C'est l'histoire qui compte. »

Le commissaire ne pouvait être plus d'accord. Comme la plupart des Vénitiens, il avait l'habitude de nager au milieu du maelström des vraies et fausses informations qui emportait dans son sillage une grande partie de la vie quotidienne ; mais, contrairement à beaucoup d'entre eux, il y prenait peu de plaisir. Sa longue expérience en la matière lui avait montré combien ces vagues enchevêtrées de mots manquaient pour la plupart de fondement. Brunetti, le commissaire de police, avait entendu des récits scabreux à l'en faire rougir, et Brunetti, le lecteur, connaissait bien les plaisirs divers et variés de Tibère, décrits par Suétone. Toutefois, Brunetti le penseur savait combien les Vénitiens étaient enclins à exagérer les faits et gestes de personnes qu'ils n'avaient jamais rencontrées, combien ils étaient négligents sur les conséquences des commérages qu'ils colportaient allègrement, et à quel point ils manquaient viscéralement de fiabilité.

Certes, les actes des gens l'intéressaient, mais il ne leur accordait aucun crédit tant qu'il n'avait pas accumulé suffisamment de preuves. Ainsi, les propos parvenus aux oreilles de son beau-père demeuraient-ils à prouver, et n'étaient en rien une vérité à avaler toute crue pour le commissaire.

Alors que le comte cherchait ses mots, Brunetti se mit à penser à une décision que la famille évitait de prendre depuis des années : vendre la villa familiale près de Vittorio Veneto[1], où le comte et la comtesse ne se rendaient jamais et où sa propre famille ne passait plus que rarement l'été. À force de tergiverser, l'eau avait commencé à s'infiltrer sous les fenêtres exposées au nord et le gardien avait annoncé qu'il voulait une augmentation de salaire substantielle.

Comme s'il avait lu dans les pensées de son gendre, le comte précisa : « Ce n'est pas de la villa que je veux te parler, même si Gonzalo me la rappelle parfois. »

Brunetti, surpris par cette association d'idées, répliqua : « Je ne savais pas que l'eau avait commencé à lui couler dessus. »

Le comte ignora la plaisanterie et explicita sa remarque : « Tu as connu Gonzalo et la villa pratiquement à la même époque, Guido ; tu as partagé de nombreux bons moments en leur compagnie, mais maintenant, tous deux accusent les effets du temps. »

L'ami de ses beaux-parents, Gonzalo Rodríguez de Tejeda, parrain de Paola et oncle d'adoption, avait fait partie

---

1. Petite ville de Vénétie, célèbre pour la bataille cruciale qui s'y tint pendant la Première Guerre mondiale.

de la famille Falier aussi loin que remontaient les souvenirs de Brunetti. Il était venu de Londres pour le dîner de leur dixième anniversaire de mariage et leur avait offert une poterie coufique du XIIe siècle, de la couleur jaune pâle du désert. Elle était de la taille d'un saladier et sur ses parois intérieures couraient des motifs ornementaux qui ressemblaient à une inscription coranique. Gonzalo avait eu la sagesse de la placer à l'intérieur d'une boîte en plexiglas accrochée au mur, de manière à lui épargner les risques encourus dans une maison avec des enfants en bas âge. Elle était toujours suspendue dans le salon, entre les deux fenêtres qui donnaient au loin sur le campanile de Saint-Marc.

Au cours des dernières années, Brunetti et Gonzalo s'étaient croisés de temps à autre dans la rue, dans un magasin ou un restaurant, et ils avaient toujours eu plaisir à papoter en buvant une *ombra*[1] ou un café. Ils s'étaient rencontrés par hasard, quelques mois plus tôt, près du campo dei Santi Apostoli. En arrivant sur la place, Brunetti avait vu Gonzalo venir vers lui, une main levée en guise de salutation. Il avait noté que les cheveux du vieil homme étaient passés du gris acier à la blancheur de la neige, même s'il se tenait aussi droit qu'un sergent instructeur et que son regard était toujours d'un bleu perçant – une réminiscence, probablement, des envahisseurs nordiques de l'Espagne.

Ils s'étaient donné l'accolade, dit combien ils étaient ravis de se voir, et Gonzalo avait ajouté – dans un italien dépourvu de tout accent – qu'il était en retard à un rendez-vous et ne pouvait pas s'arrêter pour bavarder, mais qu'il transmettait son bonjour à Paola et aux enfants.

---

1. Verre de vin blanc qui doit son nom au fait qu'on le buvait autrefois à l'ombre du campanile de Saint-Marc.

Il avait tapoté la joue du commissaire en un geste d'affection bien à lui, puis répété qu'il était pressé, avait pivoté et était parti au pas de course en direction des Fondamente Nuove et du *palazzo* où il habitait. Brunetti n'avait pas bougé d'un pouce en le regardant s'éloigner, content de cette rencontre, comme à chaque fois. Il avait repris sa route puis, sans raison particulière, s'était arrêté et retourné pour suivre des yeux son ami en train de se frayer un chemin dans la foule. Alors qu'il s'attendait à le voir marcher à vive allure, Brunetti découvrit une grande silhouette se déplaçant lentement, la tête penchée, un coude en angle droit et la main sur la hanche, comme pour apaiser une douleur cachée. Brunetti avait aussitôt détourné le regard, ayant le sentiment de l'avoir surpris en train d'accomplir un acte embarrassant qui devait rester secret.

Le commissaire sortit de sa rêverie et s'aperçut que le comte l'observait attentivement. «Quand l'as-tu vu pour la dernière fois? demanda-t-il.

— Il y a deux mois, peut-être un peu plus. Nous nous sommes croisés aux Santi Apostoli, mais juste le temps de nous dire bonjour.

— Quelle impression t'a-t-il faite?

— Égal à lui-même, je dirais», déclara Brunetti, pour éviter au vieil homme d'entendre qu'un de ses amis avait succombé aux attaques du temps qui les menaçaient tous deux.

Pour esquiver le regard du comte, Brunetti examina le portrait d'un jeune homme accroché sur le mur opposé et se sentit scruté à son tour. Vibrant de jeunesse, les muscles hurlant leur désir d'être libérés de l'immobilité exigée par la pose, il se tenait debout, la main gauche appuyée sur la hanche et l'autre sur le pommeau de son épée. Nul doute qu'il s'agissait d'un ancêtre de Paola, un parent éloigné du côté Falier, mort à la guerre ou des suites d'une maladie, ou encore de ses excès d'alcool, et laissant cette image derrière lui pour prouver qui il avait été à son époque.

Dans les traits du jeune homme, Brunetti crut reconnaître – mais peut-être était-ce l'effet de son imagination – ceux de Paola, même si les générations avaient émoussé les angles du visage de son épouse, où subsistait seulement – du moins dans ses accès de colère subite – cet œil de faucon à la recherche de sa proie.

« Avez-vous eu le temps de discuter ? »

Brunetti secoua la tête.

Le comte baissa les yeux sur ses mains pressées contre ses cuisses. *Quel bel homme il est encore*, songea le commissaire. Il profita de la distraction manifeste du comte pour le regarder de plus près et fut surpris de se rendre compte que son beau-père était devenu plus chétif depuis leur dernière rencontre. Ou plutôt depuis la dernière fois qu'il avait prêté attention à l'apparence du vieil homme. Même si ses épaules étaient plus étroites, la veste du comte les étreignait encore en douceur. Peut-être l'avait-il fait retoucher, mais Brunetti s'aperçut que le revers était à la mode de cette année, et donc qu'elle était neuve.

Le comte continua d'observer le dos de ses mains, comme si elles pouvaient lui procurer une réponse, puis il regarda Brunetti droit dans les yeux et lui lança : « Tu es toujours dans une position ambiguë, n'est-ce pas, Guido ? »

Est-ce une question, se demanda Brunetti, *ou l'affirmation de son opinion ?* Évoquait-il la différence de classe entre lui, le fils d'un homme d'humble extraction, dont la vie avait été une kyrielle d'échecs, et sa femme, la fille du comte Falier, future héritière d'une des plus grandes fortunes de la ville ? Ou peut-être entre ses responsabilités professionnelles et les hautes exigences que pouvaient lui dicter l'amitié et l'amour ? Ou bien était-ce sa situation de commissaire de police, marié au sein de la famille Falier, dont les affaires ne pouvaient souffrir aucun examen approfondi des autorités ?

Pour éviter de lui demander à quelle facette de sa vie il faisait allusion, Brunetti temporisa : « Je pense que beaucoup d'entre nous mènent des existences ambiguës. C'est nécessaire, dans le monde où nous vivons. »

Le vieil homme hocha la tête et posa confortablement ses mains sur les bras du fauteuil. « Je me rappelle que Paola, il y a fort longtemps, était venue nous voir à la maison pendant ses études en Angleterre. Elle avait passé le plus clair de son temps à lire un livre dont elle devait faire la recension. » Son visage s'adoucit au souvenir de sa seule enfant, à la maison après l'école, en train de faire ses devoirs.

Brunetti attendit, habitué à la façon dont le comte aimait raconter des histoires.

« Elle a mis trois jours à nous parler de l'ouvrage et à nous dévoiler le futur contenu de son essai.

— Que t'a-t-elle dit ? »

Pourquoi, songea alors Brunetti, *sommes-nous toujours autant intéressés par les expériences passées de nos êtres les plus chers ?*

« Que je devais le lire, révéla le comte. J'ai essayé, mais pas avant son retour en Angleterre. » Il secoua la tête comme s'il allait se livrer à un aveu. « Cela ne m'attire pas, ce genre de question : c'était un texte religieux et je ne suis pas arrivé au bout.

— Qu'est-ce que c'était ? s'enquit Brunetti, curieux d'apprendre ce que Paola avait pu lire pendant ses études.

— *Le Nuage de l'inconnaissance*[1]. J'ai toujours pensé que ce serait un titre merveilleux pour une autobiographie. N'importe quelle autobiographie. » Son sourire s'élargit et Brunetti lui sourit en retour.

Il attendit un moment, puis décida qu'il voulait en savoir davantage, quelles qu'en soient les conséquences. « Ne parlions-nous pas de Gonzalo ?
— Oui.
— Tu semblais inquiet à son sujet. »
Le comte opina du chef.
Les mains du vieil homme se crispèrent très brièvement, et la tension, en remontant à son visage, lui fit plisser les yeux. « Gonzalo est mon meilleur ami. Nous étions au pensionnat ensemble. » Il regarda Brunetti et s'exclama, incapable de masquer sa stupeur : « Mon Dieu, cela fait plus de soixante ans !
— Où était-ce ?
— En Suisse. Mon père voulait que je vive à l'étranger pendant un certain temps.
— Pour une raison particulière ? s'informa Brunetti, avide d'apprendre quelques éléments sur le passé de son beau-père et de plonger dans le trou noir qu'était la vie du comte.
— Il disait que je devais apprendre le français et l'allemand. Personne n'avait l'anglais en tête, à l'époque. Mais c'était un stratagème, à mon avis. Il voulait m'éloigner des gens que je fréquentais.
— Pourquoi ? »
Le comte leva les deux mains, paumes en avant, comme s'il essayait de prouver son innocuité à son agresseur. « Je

---

1. Œuvre anonyme de mysticisme chrétien datant du XIVe siècle.

pense qu'il n'appréciait pas les idées politiques de certains de mes amis. »

Brunetti tenta de se remémorer les années précédant sa naissance, mais ne se souvint d'aucun trouble politique qui aurait pu porter atteinte à l'aristocratie. Les Brigades rouges étaient encore en culottes courtes et le boom financier propulsait alors le pays vers un avenir radieux.

« A-t-il eu gain de cause ? »

Le comte sourit et regarda par la fenêtre située derrière Brunetti. « J'ai appris ces langues. Acquis d'autres connaissances, aussi.

— Tu as dit que tu avais rencontré Gonzalo là-bas », lui rappela le commissaire, souhaitant connaître le lien entre eux.

Le comte esquissa un sourire qui adoucit son visage. « Il m'a appris à skier », raconta-t-il, et Brunetti comprit qu'il ne saurait rien d'autre sur le jeune Gonzalo. Le sourire de son beau-père s'éteignit un peu, puis un souvenir lui revint brusquement en mémoire. « Il m'a aussi appris à tricher au poker. » Le comte rit avec une joie d'enfant. « Il m'a expliqué que c'était le meilleur moyen de me rendre compte si quelqu'un essayait d'en faire autant avec moi.

— C'est déjà arrivé ?

— Pas avec les cartes, répondit le comte Falier sans fournir davantage d'explications. Mais les signes que Gonzalo m'a appris à détecter sont présents dans d'autres formes de jeux.

— Voilà une faculté fort utile.

— Beaucoup plus que de savoir skier. Surtout dans le genre d'affaires que je traite. »

Quelle qu'en soit la nature, nota Brunetti. Il se souvint d'avoir demandé à Paola, peu après leur rencontre, ce que faisait son père. Il ignorait encore, à l'époque, qu'elle tenait son sens de l'humour de sa nounou anglaise et de quatre années d'études à Oxford. Il fut donc surpris de l'entendre dire : « Il est assis dans son bureau au *piano nobile*[1] de son *palazzo* et passe des coups de fil. » Après avoir compris qu'elle était en train de plaisanter, ou plutôt de lui dire la vérité en la tordant, Brunetti pensa à son propre père qui avait passé sa vie à la maison, assis à attendre que quelqu'un vienne lui proposer une journée de travail sur les quais, à charger et décharger les navires. Il avait donc été conscient, dès le début, de l'abîme qui séparait leurs familles : le père de Paola, un comte, sa mère, la descendante de princes florentins ; la mère de Brunetti, une femme qui avait arrêté l'école à l'âge de douze ans, et son père, un rêveur invétéré, détruit par ses années de prisonnier de guerre.

Brunetti observa à nouveau le visage de son beau-père et s'attarda sur la place importante qu'occupait son nez. « Pendant combien d'années êtes-vous allés à l'école ensemble ? » demanda-t-il, surpris d'imaginer que cet homme ait pu être un adolescent allant au lycée.

Le vieil homme émit un profond soupir, mais dépourvu de tout accent mélodramatique. « Quatre ans, de mes quinze ans à mes dix-neuf ans, l'âge où j'ai commencé mes études à l'université. » Le comte s'était enfoncé dans son fauteuil en parlant, mais il se redressa vivement et lança un regard perçant à Brunetti. « Me voici devenu un vieil idiot volubile, n'est-ce pas, Guido ? s'enquit-il, amusé.

— Pas du tout, Orazio. Le passé ne manque jamais d'intérêt.

---

1. À l'étage noble de son palais : l'étage d'apparat, qui se distingue par la hauteur sous plafond et la taille remarquable des fenêtres.

— Le passé lointain, peut-être », corrigea le comte en se penchant pour lui tapoter le genou et souligner cette nuance.

Brunetti se remémora l'époque – il lui sembla qu'il s'était écoulé une éternité depuis – où il avait acheté un costume neuf pour sa première rencontre avec le comte, qui voulait parler au jeune homme qui avait demandé la main de sa fille. Brunetti avait dépensé une somme immodérée à ses yeux, au point qu'il n'avait pas pu s'acheter de nouvelles chaussures à porter avec. Pas encore promu *commissario di polizia*, et avec une mère veuve à entretenir, il constituait un bien pauvre parti – dans tous les sens du terme. Il le savait, ne pouvait rien y changer, mais avait tout de même accepté, en pleine connaissance de cause, cette entrevue qui signifiait la fin de toutes ses espérances.

Il se revit en train de se rendre au *palazzo* pour la première fois. La domestique lui avait véritablement fait la révérence avant de le conduire au premier étage. Elle s'était arrêtée devant une porte, avait frappé, puis ouvert pour permettre à Brunetti d'entrer.

Il avait immédiatement reconnu le comte, l'homme avec qui il allait passer de nombreuses heures, dans cette même pièce. Ses cheveux gris, ses yeux marron et sa bouche dénuée de tout sourire. Aussi surpris de reconnaître Brunetti que d'être reconnu, le comte était venu à sa rencontre et lui avait serré la main chaleureusement : « Vous êtes le jeune homme qui est en train de lire un livre sur Hadrien. » Il avait posé son autre main sur celle de Brunetti et l'avait pressée avec une sincère affection.

Brunetti n'avait pu que bredouiller : « Oui, monsieur », mais il avait ensuite eu la présence d'esprit de demander : « Comment savez-vous ce que je suis en train de lire ? »

— C'est le bibliothécaire qui me l'a dit. Nous sommes de vieux amis.

— Que vous a-t-il raconté d'autre ?» Peut-être que la fille de cet homme s'était assise à côté de ce garçon un après-midi et que tous deux, main dans la main, avaient ri à la difficulté de tourner les pages ainsi ?

Le comte Falier s'était tourné sans répondre et avait guidé Brunetti vers un fauteuil cossu ; il s'était assis en face et lui avait fait signe d'en faire autant. Une fois qu'ils se furent confortablement installés, il lui avait expliqué : «Rien de plus que les livres que vous lui avez demandés ces dernières semaines.» Brunetti en avait parcouru les titres mentalement et les avait espérés à la hauteur de ce test. Dion Cassius, *Histoire Auguste*[1], Philostrate et Pausanias. Mais impossible, apparemment, de se procurer les lettres de Fronton, avec leurs commentaires ambigus sur Hadrien.

«Il m'a dit, avait poursuivi le comte, que vous manifestiez un vif intérêt pour Hadrien.»

Brunetti avait plongé dans un état de confusion plus profond encore. Il était venu lui parler de sa fille, pas d'un empereur romain du IIe siècle. Il avait les mains moites, mais il ne pouvait quand même pas les essuyer sur les jambes de son nouveau costume. Il avait préféré lui demander : «Trouvez-vous cette figure intéressante, monsieur le comte ?

— Bien sûr. Pourriez-vous me dire pourquoi vous vous intéressez à sa personne ?

— À cause de Paola», avait répliqué Brunetti spontanément. Puis, se rendant compte de l'inanité de ce propos,

---

1. Ensemble de biographies des empereurs romains, de Hadrien à Numérien, écrites de 117 à 284 par six auteurs sous Dioclétien et Constantin.

il avait expliqué : « Elle m'a parlé de lui, mais avec trop d'enthousiasme à mon sens. » Il s'exprimait comme si Paola avait parlé d'une de leurs connaissances communes, un rival qui allait peut-être lui voler la vedette, et qu'il avait cédé à une réaction de jalousie.

Dans l'espoir de rectifier le tir, Brunetti avait précisé : « Si ce que j'ai lu sur lui est vrai, naturellement.

— C'est-à-dire ? » avait enchaîné le comte.

Brunetti avait failli lui demander pourquoi il souhaitait avoir son avis et si sa réponse lui prouverait son inadéquation à devenir son gendre. « Je suis policier, monsieur, donc j'ai pris l'habitude de lire les rapports sur le comportement des gens comme si c'étaient des rapports de police.

— Je vois, avait fait le comte, le sourire aux lèvres. Est-ce vrai dans le cas de l'empereur Hadrien ? » Il avait eu l'élégance de sourire à nouveau, même si son intérêt semblait des plus sincères.

Brunetti avait décidé que cette question méritait une réponse sérieuse. « Il passe pour l'un des cinq plus grands empereurs, mais l'histoire de son adoption à la dernière minute par Trajan et tout le processus de la succession m'ont toujours semblé douteux. Sans compter, juste après qu'il est devenu empereur, l'élimination des sénateurs, qu'ils aient été ses opposants politiques véritables ou prétendus. »

Le comte avait lentement opiné du chef, comme si on l'invitait à regarder une histoire connue sous un nouveau jour. « Est-ce là la seule raison de votre intérêt ? »

Brunetti avait eu un moment d'hésitation, avait plaqué sa main sur ses lèvres, puis regardé par la fenêtre s'ouvrant derrière le vieil homme.

« Paola est en train de lire un livre sur Hadrien. Un roman. Un roman épistolaire. Et d'après ce qu'elle m'en a dit, le héros se présente comme un moulin à paroles, une sorte de mélange entre Marc Aurèle et saint François. Il ne cesse de répéter combien l'idée de partir en guerre lui répugne, mais il ne se gêne pas pour envoyer ses troupes tout mettre à feu et à sang.» C'était plus ou moins le contenu de son discours, même si ces constats n'avaient en rien réduit son enthousiasme pour le livre, ni pour Hadrien.

Le comte était passé du sourire au rire. «Quand Paola était jeune, nous ne l'avons jamais empêchée de lire ce qu'elle voulait, mais maintenant que c'est une adulte, je ne peux que souhaiter qu'elle se concentre sur les romans britanniques et ne gâche pas son temps avec ces sornettes françaises complètement ineptes.

— L'avez-vous lu? avait demandé Brunetti, sans pouvoir dissimuler sa surprise.

— Il y a fort longtemps, mais seulement quelques pages, répondit le comte, comme s'il s'était lancé dans le treizième travail d'Hercule. C'est totalement anhistorique et prétentieusement stupide. L'*Histoire Auguste* est une simple œuvre de fiction, mais de loin plus amusante et mieux écrite, n'êtes-vous pas d'accord?»

Tandis que Brunetti essayait de se remémorer les mots exacts qu'il avait répliqués, il entendit une voix l'appeler: «Guido? Guido?» Il sortit de ses réflexions sur ce passé fort lointain et revint au présent. Son beau-père se pencha vers lui, la main tendue.

«Désolé, Orazio, j'étais en train de songer à notre toute première conversation», avoua-t-il en souriant. Il jeta un regard circulaire sur cette pièce désormais familière. «C'était ici, n'est-ce pas?»

Le comte acquiesça.

«Je suis content d'avoir remporté l'épreuve», déclara-t-il, car il avait toujours soupçonné que c'était cette conversation au sujet d'Hadrien, suivie d'un café et d'aimables bavardages dont il ne parvenait plus à se souvenir, qui avait été le premier pas vers son bonheur actuel.

Le comte sourit et ouvrit les mains en un geste de bienvenue. «Tout comme moi, Guido», affirma-t-il. Son expression changea soudain; toute douceur disparut de son visage lorsqu'il annonça: «Je voudrais que tu traites la question de Gonzalo comme tu as traité celle d'Hadrien.»

Momentanément confus, Brunetti demanda: «Que veux-tu dire?

— En l'abordant du point de vue d'un policier.»

2

«*Oddio!* s'exclama Brunetti. Qu'a-t-il fait?»
Le comte leva de nouveau les mains, mais cette fois pour se défendre. «Non, ce n'est pas ce que tu crois. Il n'a rien fait de mal.»
Cette réponse déconcerta Brunetti, vu que son beau-père venait de lui demander de regarder Gonzalo avec des yeux de policier et non plus comme il l'avait toujours perçu : un mélange d'ami et de membre de la famille qui l'avait aussi adopté dans son cercle. «Je ne comprends pas», avoua-t-il.
Le visage du comte se durcit. «Aucune de ses connaissances ne pourrait comprendre, effectivement.
— Dis-m'en plus», le pria Brunetti.
Le comte pinça les lèvres et leva les sourcils en une expression que le commissaire ne parvint pas à décrypter. «J'ignore qui est impliqué dans cette affaire, et de quelle manière. Je ne peux même pas expliquer ce qui est véritablement en train de se passer.»
Brunetti se retint de lui demander quel était donc le sens de cette conversation. «Peux-tu me faire part des rumeurs que tu as entendues courir? s'enquit-il.
— Je crois que nous devrions prendre un verre», suggéra le comte. Il gagna le buffet et ouvrit une bouteille de

whisky sans demander à Brunetti ce qu'il aimerait boire, puis revint avec deux petits verres généreusement remplis.

Brunetti prit le sien, attendit que son beau-père s'asseye et porta le verre à ses lèvres. Heureusement qu'ils n'avaient rien de tel à la maison. Comment un liquide aussi fort et amer pouvait-il avoir si bon goût ?

«Sa sœur Elena m'a appelé. Elle est médecin à la retraite; elle vit à Madrid avec son mari et son fils. Son frère, son autre sœur et leurs enfants vivent là-bas aussi.

— Tu la connais ? »

Le comte hocha la tête. «Nous nous sommes rencontrés il y a longtemps, la première fois que Gonzalo m'a emmené chez lui alors que nous étions encore étudiants. Nous sommes toujours restés en contact.

— Et les deux autres ? s'informa Brunetti, étonné d'apprendre que Gonzalo n'était pas fils unique et que depuis le temps qu'ils se connaissaient, il n'avait jamais fait allusion à sa famille.

— María Pilar et Francisco. Gonzalo ne s'entend pas bien avec eux; depuis toujours, d'ailleurs.

— Les connais-tu aussi ?

— Je les ai vus quelquefois.

— Parle-moi d'eux.

— Il y a fort peu à dire. Gonzalo et eux sont tous les trois propriétaires de la société. Les deux autres sont mariés et ont chacun un fils.» Il précisa en souriant: «Des bérets.

— Pardon ?

— En fait, il s'agit de chapeaux. Mais leur principal article a toujours été le béret. À chaque fois que tu vois quelqu'un porter un de ces stupides couvre-chefs tout plats, tu peux être quasiment sûr qu'ils sortent de leur fabrique familiale. C'est une des plus grandes d'Espagne.» Il saisit son verre et le fit rouler plusieurs fois dans sa paume, en en fixant la surface avant de le reposer sur la table sans y tremper les lèvres. «Et maintenant, leurs fils travaillent dans la société et en hériteront.»

Il leva son whisky et le but d'un trait, puis il posa et regarda son verre vide. «Le nœud du problème est là, finit-il par énoncer. Gonzalo veut un fils.

— Quoi?» s'exclama Brunetti en levant la tête brusquement, renversant un peu d'alcool sur sa chemise. Il fixa le comte comme s'il avait perdu la raison. «Qu'est-ce que tu as dit?

— Il veut adopter un fils.

— Il est fou», déclara Brunetti en songeant à des cas analogues, qui avaient tous mal fini. Mais il ne connaissait pas celui de Gonzalo, n'est-ce pas? Il en ignorait les tenants et les aboutissants et ferait donc mieux de se taire et d'attendre la suite.

Le comte lui lança un regard neutre. «Tu as toujours été connu pour la modération de tes propos, Guido.»

Brunetti rougit. «Je n'aurais pas dû dire cela.» Il essuya sa chemise avec un mouchoir, en se demandant ce qu'allait penser Paola s'il arrivait à la maison en puant le whisky.

«Mais tu l'as dit. Et tu as probablement raison.»

Brunetti prit en considération cette nouvelle: le projet d'adopter un fils. «Qui?» demanda-t-il.

Le comte haussa les épaules et prit son verre. Comme il était vide, il retourna au buffet et revint avec la bouteille. Il en versa un peu à tous deux et en avala quelques gouttes avant de poser la bouteille sur la table devant eux. Ignorant la question de Brunetti, il continua: «C'est Lodo Costantini qui m'en a parlé.» L'un de ses meilleurs amis, et l'un de ses avocats. «Il m'a dit que Gonzalo lui a demandé, il y a quelques mois, si son cabinet juridique traitait les adoptions. Lorsque Lodo a voulu savoir pourquoi, il lui a répondu qu'il se renseignait pour un de ses amis qui voulait adopter une personne adulte.» Il plaqua sa main sur sa bouche et secoua la tête, comme s'il n'accordait aucun crédit à ces paroles.

«Lodo n'en a pas cru un seul mot et m'a dit qu'il était sûr que Gonzalo avait posé la question pour lui-même. Comme il ne s'agissait encore que d'une question, Lodo pensait qu'il ne pouvait toujours pas exprimer son opinion, mais il a entendu dire ensuite par quelqu'un d'autre – il ne m'a pas précisé qui – que Gonzalo avait lancé la procédure. Il se sentait donc autorisé à m'en faire part, car Gonzalo est mon ami.» *Ah*, songea Brunetti, *quels fins jésuites que ces avocats.*

Le comte poursuivit: «Comme tu le sais, c'est la loi qui décide à qui doit aller la majeure partie de son patrimoine, en dépit de ses volontés. La fortune reste dans la famille, va à ses frère et sœurs, indépendamment de ses sentiments à leur égard et de leur comportement de philistins.» Le comte parlait d'un ton aussi neutre que s'il lisait la recette d'un gâteau. Puis il ajouta, avec le même calme: «Je soupçonne cette loi d'avoir été établie en faveur des riches.»

Si la fille du comte avait été là pour lui apporter son soutien, Brunetti aurait demandé: «N'est-ce pas le propre de toutes les lois?» Mais en l'absence de Paola, il se limita à opiner du chef.

«Si toutefois, avant sa mort, il a adopté quelqu'un, cette personne sera son héritier ou son héritière universelle, exactement comme si c'était son enfant naturel. Même le titre pourrait lui revenir.»

Brunetti nota que le comte Falier, qui détenait l'un des plus vieux titres de noblesse de Venise, prononça cette dernière phrase avec un très net détachement. La famille de Brunetti n'ayant jamais eu à se frotter à ce problème, il se contenta d'observer : « Comme tu l'as dit, Orazio, c'est une loi faite pour les riches.

— Si Paola et toi n'aviez pas eu d'enfants, déclara le comte avec patience, vous auriez pu être confrontés un jour à cette question. » Il regarda Brunetti pour voir comment il réagissait à cette vérité dérangeante, avant d'ajouter : « C'est à ton frère que serait allé tout ce que Paola et toi possédez. » Brunetti fut étonné de voir avec quel naturel son beau-père le désignait comme co-héritier plénier de Paola. Le comte lui donna l'occasion de commenter cette réflexion, mais comme son gendre ne la saisit pas, il ajouta : « Il a l'air d'être quelqu'un de bien, mais s'il ne l'était pas, seriez-vous contents qu'il rafle tout ? »

Dans la bouche d'un autre, ces derniers mots auraient eu une résonance irrémédiablement vulgaire. Même s'il en était ainsi, Brunetti fut tenté de rétorquer que, une fois mort, la question de savoir si son frère méritait ou non d'hériter la fortune des Falier lui importerait peu. Leur échange s'était écarté du sujet initial, Gonzalo, et avait dévié vers un débat à la limite de la superstition qui expliquait, aux yeux de Brunetti, pourquoi les gens ne couchaient pas de testament.

« L'adoption suffit-elle ? s'informa-t-il.

— Oui. »

Brunetti prit son verre et le leva dans la lumière. Il fit tourner le restant de whisky d'un côté à l'autre avant de le laisser retomber. Le comte avait affirmé ne pas aimer les ragots, mais toute leur conversation n'avait relevé que de ce registre.

« Pourquoi me racontes-tu cela, Orazio ? »

Le comte porta sa main droite sur le côté de sa bouche et tira sur sa peau à deux reprises. Ses rides jouaient chaque fois à cache-cache, mais revenaient systématiquement à leur place. «Je veux savoir, finit-il par dire, s'il a besoin de quoi que ce soit, mais j'ignore comment m'y prendre. Je pensais que tu pouvais connaître une façon de procéder.

— Pourquoi ne le lui demandes-tu pas, tout simplement?» proposa Brunetti, non pas parce qu'il ne voulait pas venir en aide à son beau-père, mais parce que poser directement la question à Gonzalo lui semblait la manière la plus facile de le savoir.

Le comte leva les mains en signe de protestation, comme s'il lui avait suggéré l'impensable. «Gonzalo serait vexé.

— À l'idée d'avoir besoin d'aide?

— À l'idée que j'aie pu imaginer qu'il en ait besoin.»

Brunetti s'apprêtait à dire que c'était peut-être la fin de l'âge d'or pour son ami. Il était vieux et faible, et il n'y avait donc rien de déshonorant à demander de l'aide, mais il prit conscience à temps qu'il était en train de parler avec un homme presque aussi âgé que Gonzalo et qui, sans avoir atteint le même degré de faiblesse que lui, risquait de ne pas apprécier ce genre de propos.

«Qu'est-ce que tu as en tête?» Le comte ne parvint à masquer sa confusion: «À quel sujet?

— À propos du fait que je sois censé trouver le moyen de l'aider.»

Le comte le regarda un long moment, puis détourna le regard.

«Je ne sais pas, Guido, répondit-il, manifestement surpris par la question. Si je te donnais le nom du jeune homme?

— Celui qu'il veut adopter?

— Oui», confirma le comte. Il prit son verre et sembla étonné de le voir de nouveau vide. Il le remit sur la table et se tourna vers Brunetti. «Il y a quelque temps, peut-être une dizaine d'années, Gonzalo a vécu pendant un bref moment avec un homme plus jeune que lui.»

Brunetti fit mine d'être une couche de mousse sur une pierre, immobile, en train d'attendre. Il pouvait pleuvoir; des pas pouvaient la frôler, des animaux en grignoter les bords: il garderait sa posture. Il ne croisa pas les jambes ni ne bougea les pieds. Ses bras prenaient appui sur ceux du fauteuil. Son whisky aurait parfaitement pu se trouver dans une autre pièce. Ou sur une autre planète.

«Cette relation n'a duré que quelques mois. Pas ici. À Rome.»

Brunetti fixait le bout de ses chaussures et attendait.

«Ce jeune homme était le fils d'un avocat: issu d'une bonne famille, des études en France, passablement riche. Je sais que ça a encore l'air d'être des ragots, mais toute cette histoire est vraie.»

Le comte revint à ses moutons: «Il était terrible, ce jeune homme. Il se droguait, et il dealait aussi. À des gens qu'il rencontrait par l'intermédiaire de Gonzalo. Jusqu'à ce qu'il soit arrêté à l'aéroport de Bogotá avec une mallette pleine de cocaïne. La police l'a autorisé à appeler son père, mais il a refusé. Le lendemain matin, le père a téléphoné à Gonzalo et lui a dit où était son fils. Mais le temps que Gonzalo contacte les autorités, le jeune homme s'était pendu dans sa cellule.» Le comte marqua une pause et examina le visage de Brunetti, avant de spécifier: «Du moins, aux dires de la police.»

Brunetti se remémorait vaguement ce fait divers, mais savait que Gonzalo n'avait été cité ni dans les journaux ni dans aucun des rapports officiels qu'il avait lus à ce sujet.

« Comment est-il parvenu à rester en dehors de toute cette affaire ? »

Le comte haussa imperceptiblement les épaules. « Je ne sais pas. Mais ce n'est pas difficile à imaginer, n'est-ce pas ? »

Effectivement, pas pour un homme ayant autant d'entregent et d'argent que Gonzalo, pensa Brunetti, mais il s'abstint de tout commentaire. Une des règles de sa profession consistait à ne jamais révéler d'informations à une personne n'ayant pas de raisons officielles de les détenir. « Nous n'avons jamais été sommés – ni par Rome ni par personne d'autre – de surveiller Gonzalo. Donc ceux qui ont géré son dossier là-bas ont fait du bon boulot. »

Le comte se saisit de la bouteille. Brunetti secoua la tête et posa sa main au sommet de son verre. Le comte la remit en place et annonça : « Je veux lui éviter de commettre la même erreur. » Puis, sans laisser à Brunetti le temps de poser la moindre question, il assena : « Et je te demande de le faire pour moi. »

3

Pour briser le silence qui s'était installé après la dernière remarque du comte, Brunetti demanda : « D'autres amis à toi ont-ils jamais rien dit sur ce jeune homme que Gonzalo veut adopter ?

— Non, pas vraiment.

— Que signifie ce "pas vraiment" ? »

La question surprit le vieil homme. « Plus personne ne me parle de Gonzalo depuis un certain temps. Pour autant que je sache, Lodo est le seul avec qui il ait discuté.

— Est-ce que sa famille est au courant ?

— Elena est la seule à qui je pourrais poser la question, mais je préférerais l'éviter.

— Et pourquoi n'est-ce pas possible avec les autres ?

— C'est une famille très riche, expliqua le comte. Les gens comme eux n'aiment pas avoir des histoires. »

Brunetti se retint de dire qu'aucune famille n'aime en avoir. « Conservatrice ? » lança-t-il.

Le comte émit un grognement soudain, proche d'un éclat de rire. « Gonzalo m'a dit une fois que ses parents avaient peur que je ne le corrompe.

— Pardon ? fut tout ce que Brunetti trouva à dire.

— Politiquement, précisa le comte. Ils avaient entendu dire que ni mon grand-père ni mon père n'avaient été fascistes. »

Brunetti n'osa pas demander si c'était vrai.

« Quand j'étais tout petit, mais avant que la guerre n'éclate, mon grand-père avait pressenti ce qui allait se produire. Il a donc déclaré mon père malade d'esprit, expliqua tranquillement le comte comme si c'était la décision la plus normale à prendre pour des parents, ouvrant un chapitre entier de l'histoire de la famille Falier dont Paola ne lui avait jamais parlé. Il nous a tous emmenés dans notre villa à Vittorio Veneto. Comme on soupçonnait que ce puisse être une tare familiale, plus aucun homme chez nous ne subit la moindre pression pour aller s'enrôler dans l'armée. Mon père non plus ne fut pas mobilisé. Mon grand-père était trop vieux, mon père passait pour fou et moi, j'étais encore un enfant. Nous sommes donc restés là-bas et avons été oubliés, les trois générations entières.

— Et ton père ? Qu'est-il devenu ?

— Il a compris combien c'était dur de s'occuper de la ferme et de faire les travaux des champs.

— Êtes-vous tous restés là-bas jusqu'à la fin de la guerre ?

— C'était le plan de mon grand-père, mais mon père voyait les choses autrement.

— C'est-à-dire ?

— Il voulait entrer dans la résistance. Je pense qu'il voulait être un héros.

— Ah », murmura Brunetti.

Le comte sourit. « Nous nous sommes rendus aux Alliés en 1943, et mon grand-père lui a demandé d'attendre que la situation s'éclaircisse avant de bouger le petit doigt.

— Pourquoi ?

— Probablement parce qu'il était plus vieux et plus sage ; il avait fait la Première Guerre et avait vu comment les gens se comportaient.

— Est-ce que ton père était d'accord ?»

Le comte fit un signe d'assentiment. «Peu de temps après la reddition, les résistants ont commencé à venir à la ferme et à exiger les animaux qui n'avaient pas été emmenés dans les pâturages. Les ouvriers agricoles avaient caché la majeure partie de la production de céréales, de blé et de fromage, Dieu merci, donc nous avions à manger. Il y avait une vieille paysanne – elle devait avoir quatre-vingt-dix ans – qui refusa de les laisser entrer chez elle. Elle avait des poulets au grenier : on pouvait les entendre de l'extérieur, mais les résistants avaient peur d'elle, donc ils l'ont laissée tranquille. » D'un ton moins enjoué, il ajouta : «Les Allemands sont arrivés un an plus tard. Ils ont emporté les poulets. »

Pour mettre un terme à cette conversation tournée vers le passé, le comte affirma : «Les parents de Gonzalo n'auraient pas approuvé l'attitude de mon grand-père.

— Et toi ? se surprit à lui demander Brunetti.

— Il a eu raison, répliqua le comte sans hésitation. Il a fait en sorte que son fils ne soit pas obligé de s'enrôler dans l'armée et d'être envoyé sur le front russe, albanais, grec ou libyen. Et il lui a sauvé la vie. » Après une pause prolongée, durant laquelle il sembla sombrer dans ses lointains souvenirs, il conclut : «Mon grand-père avait raison : les gens se comportaient mal.

— Tu étais encore un enfant, à l'époque. Comment as-tu appris ce qui s'était passé ?

— Les gens qui tiennent la ferme aujourd'hui m'ont dit qu'ils ont toujours entendu leurs parents et grands-parents raconter ces histoires. Au fil des ans, ils me les ont rapportées à leur tour.» Anticipant la question de Brunetti, il expliqua : «Oui, c'est une des raisons qui font que je ne puis me résoudre à vendre la villa.»

Il se redressa dans son fauteuil et précisa : «En outre, c'est le premier endroit dont je me souvienne, je pense qu'il a gravé une empreinte indélébile dans ma mémoire : ma maison est là-bas.

— Ce n'est pas celle-ci ?» s'enquit Brunetti en désignant de la main le mur, les poutres au plafond, la vue sur les *palazzi* se dressant de l'autre côté du Grand Canal.

Le visage du vieil homme s'adoucit ; il tourna les yeux pour suivre le regard que Brunetti lançait sur la rive opposée. «Oui, mais d'une manière différente.» Après un long silence, le comte enchaîna : «Saint Paul ne dit-il pas avoir été un enfant et penser encore de cette façon ? Mais que désormais c'est un homme et qu'il doit renoncer aux enfantillages ?»

Brunetti connaissait cette citation, mais en avait oublié la source.

«Donc la villa, c'est mon enfance. Et tout ceci, dit le comte en reprenant le geste inclusif de son gendre, est associé à ma vie d'homme.»

Brunetti se raidit, en proie à une sensation proche de la crainte. *Pourvu qu'il ne se mette pas à divaguer sur le fait que tout passera un jour à Paola, puis à Raffi et à Chiara, songea-t-il. Je ne veux pas que cette conversation glisse sur le poids des siècles qui s'apprête à s'abattre sur nos épaules, sur la nécessité d'adopter une attitude exemplaire vis-à-vis des paysans qui ont faim et de les traiter avec les égards qui leur sont dus. Je ne veux pas qu'on me rappelle que ce n'est pas moi qui assurerai l'avenir de mes enfants, mais cet homme et leur mère.*

« Guido ? »

Brunetti regarda vers le comte et discerna une réelle inquiétude sur son visage.

Il esquissa un sourire. « Désolé, Orazio. J'étais ailleurs. » Puis, conscient que sa question constituerait la première étape pour la suite, il demanda : « Voulez-vous me dire le nom du jeune homme ? »

Le comte pinça ses lèvres et fit une grimace résignée. Il finit par lâcher, d'un ton étrangement sérieux : « Promets-moi de ne pas rire. »

Frappé par l'idée des différentes possibilités que laissait deviner cette requête, Brunetti répliqua : « Bien sûr.

— Attilio Circetti, marquis de Torrebardo. »

Exiger cette promesse avait été une sage intuition de sa part, car Brunetti trouva le nom ridicule, comme bien des noms nobles qu'il avait entendus et lus au cours de sa vie. Mais voulant passer outre les préjugés, il se dit qu'Attilio pouvait se révéler un jeune homme modeste et sans prétention.

« Tu penses donc que c'est lui que Gonzalo veut adopter ?

— Probablement. Cela fait deux ans qu'il vit à Venise.

— N'as-tu aucune information sûre à son sujet ?

— Quasiment pas. D'informations fiables, je veux dire. » Le silence de Brunetti força son beau-père à poursuivre : « Je le répète, je n'aime pas les ragots. Mais j'en entends énormément. Les gens savent que je suis un ami de Gonzalo, donc ils pourraient modérer leurs propos sur son compte.

— Sur Gonzalo ?

— Non, sur l'autre.

— Qu'est-ce que tu as entendu dire, jusqu'à présent ?

— Qu'on le voit fréquemment avec Gonzalo et que Gonzalo lui est très attaché. Il circule souvent des rumeurs sur son intelligence et son charme. Nul ne semble savoir exactement quelle est sa profession, ni même s'il en exerce une. Il est de tous les dîners et de toutes les fêtes, mais personne, apparemment, n'est véritablement capable de le cerner.»

Brunetti savait, par expérience, qu'il était fort courant de voir ce genre d'individu dans certains cercles de la ville: l'hôte parfait à inviter à dîner si l'on devait manquer de présences masculines. Discret, affable et bien élevé, plus ou moins proche de quasiment tous les convives et capable de s'entretenir sur les sujets les plus variés, sans oublier son grand nombre de connaissances parmi les Vénitiens. Et pourtant, pourtant... personne ne savait ce qu'il faisait dans la vie ni où vivait exactement sa famille, et il avait l'art et la manière d'éluder la question, au risque de vous faire passer pour un malotru.

«Est-ce que tu l'as rencontré?

— Nous nous sommes retrouvés ensemble à deux dîners, mais je n'ai pas eu l'occasion de lui parler.

— D'autres rumeurs à son sujet?»

Le comte secoua la tête: «Rien de précis ou de clair. Mais dès que l'on évoque son nom, les bruits, ou plutôt les chuchotements, vont bon train.» Il regarda alors Brunetti, qui hocha la tête. Sur un ton conclusif, le comte affirma: «Je ne peux rien te dire de plus, Guido.»

Ils restèrent assis un moment sans parler, puis son beau-père rompit le silence: «Il y a un dernier élément.»

Brunetti leva le menton en signe de curiosité.

«Je les ai vus dans la rue, il y a environ un an. Calle della Mandola.» Il marqua une pause mais, aiguillonné par le mutisme de Brunetti, il reprit rapidement: «Ils se comportaient d'une façon que je trouvais... Eh bien, que je trouvais inappropriée pour l'endroit, à 2 heures de l'après-midi.» Puis il ajouta, au prix d'un gros effort : «J'en ai touché un mot à Gonzalo lorsque je l'ai revu.

— Tu lui as tenu ces mêmes propos ?

— Disons, des propos dans cet esprit.» Le comte, comme sa fille, était doté d'une mémoire infaillible : il pouvait se souvenir exactement des mots qu'il avait employés. «Comment a-t-il réagi ?

— Il a posé sa serviette près de son assiette ; il s'est levé et s'en est allé.

— A-t-il dit quelque chose ?»

Le comte regarda par la fenêtre, mais le *palazzo* d'en face n'avait rien à lui révéler.

«Non.

— Et depuis, c'est le silence ?

— Effectivement.»

Brunetti se leva et alla à la fenêtre. Cela faisait déjà plus d'une heure qu'il était avec son beau-père et il avait très envie de rentrer chez lui. Il aurait pu invoquer une foule de raisons pour refuser sa requête : alléguer par exemple que c'était là une manière incorrecte d'exploiter les ressources de la police, ou qu'il avait déjà trop d'affaires en cours. Il savait, cependant, que la raison était tout autre : il ne voulait pas être mêlé à cette histoire ; il ne voulait pas mettre son nez dans la vie privée de Gonzalo.

Brunetti songea à en parler à Paola dès son retour à la maison, mais il ne voulait pas qu'elle se retrouve coincée entre son père et son mari, ni lui dévoiler que l'enquête concernait son parrain.

Les bateaux allaient et venaient ; il les entendait parce que le *palazzo*, fragment du patrimoine artistique de la ville, ne pouvait être équipé d'un double vitrage. Les moteurs et les klaxons, et parfois les sirènes, constituaient donc le bruit de fond habituel des conversations se tenant dans les pièces situées face au canal. Les pièces à l'arrière étaient plus calmes.

On entendit vrombir le moteur d'un taxi se dirigeant vers Saint-Marc ; il dépassait de loin la limitation de vitesse, mais il était impossible d'empêcher cet excès. Brunetti songea que dans cette ville, il était d'ailleurs impossible d'agir dans la plupart des domaines.

« Il y a une chose que je te prierai de faire pour moi, lui dit le comte en l'arrachant à ses réflexions.

— Qu'est-ce que c'est ?

— Lodo donne un dîner demain soir. Je voudrais que tu y ailles avec Paola. Je lui ai parlé et vous êtes invités tous les deux. »

Brunetti se retint de justesse de préciser « Pour espionner ? » et préféra demander : « Gonzalo y sera ?

— Oui.

— Avec le jeune homme en question ?

— Oui.

— Je suis désolé, Orazio, mais je ne me sens pas de jouer ce rôle. »

Le comte soupira. « Je me doutais bien que tu réagirais ainsi, mais j'ai quand même voulu tenter ma chance. » Puis, au bout d'un moment d'hésitation, il ajouta : « Ce n'est pas pareil dans le contexte d'un dîner. Je voudrais que tu les voies ensemble et que tu te rendes compte si cela vaut la peine d'essayer de le raisonner sur... » Il laissa sa voix mourir.

Brunetti se demanda s'il ne s'agissait pas là d'une sorte de test d'allégeance familiale. Son beau-père irait-il raconter à Paola comme il avait laissé tomber leur équipe ? Ce refus allait-il altérer son amitié pas-si-facilement-acquise avec le comte ?

Le vieil homme se leva et secoua une jambe de son pantalon pour remettre le pli en place. Il rejoignit Brunetti à la fenêtre et, tandis qu'ils regardaient tous deux la circulation sur le canal, il finit par déclarer : « Plus le temps passe, plus cette ville me devient étrangère par maints de ses aspects. En face de nous, il y a un *palazzo* du XVe siècle, avec toujours les mêmes colonnes et les mêmes fenêtres. Un peu plus loin, sur cette même rive, se dresse le palais où Henry James a écrit *Les Papiers d'Aspern* et que ma fille considère de ce fait comme le Saint des saints. Et je viens de demander à quelqu'un que j'aime d'espionner quelqu'un d'autre que j'aime. »

Ces derniers mots firent battre le cœur de Brunetti, au point de le réduire au silence. Il tendit son bras droit et prit le comte par les épaules. Frappé par leur fragilité, il évita de le rapprocher davantage de lui. Il se pencha et lui dit, en l'embrassant sur la tempe : « Je saluerai Paola et les enfants de ta part.

— Merci, Guido », répliqua le comte, en fixant les bateaux qui passaient en dessous.

Brunetti tourna les talons et quitta son beau-père, perdu dans le passé.

4

Brunetti se dépêcha de rentrer chez lui, sans prêter grande attention ni aux passants ni au décor et resta sourd au gazouillis des oiseaux migrateurs qui étaient de retour – les seuls touristes bienvenus. Il ne put s'empêcher, cependant, de réfléchir à la situation qu'il venait de vivre. Le comte avait commencé par le traiter avec civilité et respect, lui avait démontré ensuite davantage d'affection, puis avait fini par lui témoigner l'amour que le vieil homme réservait à ses amis les plus proches et à sa famille. Le comte Falier lui avait généreusement offert son temps pendant des décennies entières et, élément non moins important, lui avait fait bénéficier, avec tout autant de générosité, de ses relations et, par là même, de précieuses informations qui lui avaient permis de venir à bout d'enquêtes tortueuses impliquant hommes politiques et gens de pouvoir. Le comte était en contact avec beaucoup d'entre eux et n'avait jamais hésité à passer un coup de fil ou à présenter Brunetti à toute personne susceptible de détenir des tuyaux utiles. Il n'avait jamais non plus tergiversé lorsqu'il avait fallu exercer une pression sur une connaissance peu disposée à révéler à Brunetti des faits relatifs à un événement passé en dépit des conséquences dérangeantes pour le comte si le bruit était venu à se répandre. Brunetti avait recherché

– et obtenu – tous ces avantages sous les ailes protectrices de cet homme puissant.

Arrivé au deuxième étage de son immeuble, Brunetti avait le souffle court et son cœur battait la chamade. Il s'arrêta devant la porte des Lambrini, sortit son *telefonino* et composa le numéro du comte.

Ce dernier répondit dès la seconde sonnerie : « Oui, Guido ?

— Nous irons au dîner et j'observerai la situation », lui assura Brunetti.

Au bout d'un long silence, le comte lui dit : « Merci. » Le silence retomba et se prolongea jusqu'au moment où il l'entendit dire, en anglais, une expression qu'il n'employait jamais qu'avec Raffi, son petit-fils, l'espoir de la famille, la prunelle de ses yeux : *« Dear boy. »*

Lorsque Brunetti gagna son palier et introduisit la clef dans la serrure, son cœur et son souffle avaient retrouvé leur rythme normal. Qu'est-ce que disait toujours Paola ? « L'amour l'emporte sur les principes » ? Oui. *Ma foi, peut-être.*

Il entra, accrocha sa veste près de la porte, s'apercevant à cet instant seulement combien elle était désagréablement lourde et chaude. Il se dirigea vers la terrasse et regarda par les différentes portes-fenêtres. Le carrelage avait été balayé et lavé, et deux des chaises remises en place, mais pas la table. Il entendit le pépiement des oiseaux. Une vague de joie l'envahit : c'était le printemps, les oiseaux étaient revenus. Il se sentait en paix vis-à-vis de son beau-père et avait évité de se comporter comme un goujat dénué de gratitude. Il aurait aimé qu'il fasse encore jour pour pouvoir ressortir, enlever sa chemise et sa cravate, et laisser le soleil inonder sa poitrine.

Il entendit des pas en provenance de la cuisine ; il se tourna et vit sa femme s'approcher. Il eut envie de prendre une photo captant l'émotion de cet instant, pour pouvoir un jour, plus tard, si la vie devait changer, la sortir de sa mémoire et la regarder en se disant: «J'ai été heureux.»

«Ah, tu es rentré tôt, constata Paola, manifestement ravie.

— Allons nous asseoir sur la terrasse», suggéra-t-il, indifférent au fait que la nuit s'apprêtait à tomber. Il voulait voir s'ils pouvaient encore jouir de la douceur du jour.

Ils prirent place l'un à côté de l'autre, si près que leurs cuisses se touchaient. Ils écoutaient les oiseaux discuter de l'emplacement de leur nouveau nid, ou peut-être se quereller pour un vermisseau: Brunetti avait du mal à le savoir. Malgré la lumière allumée aux étages inférieurs et supérieurs, les lueurs du couchant se réfléchissaient encore sur les toits et les clochers.

Il rapporta à Paola sa conversation avec son père, en prenant son temps: il lui fit part de sa première réaction puis de sa décision finale, sans lui révéler pourquoi il avait changé d'avis, et lui parla ensuite du dîner.

«Pauvre Gonzalo», conclut Paola lorsqu'il eut terminé. Elle lui prit la main: «Il était si heureux avec Rudy, n'est-ce pas?» demanda-t-elle en nommant le partenaire précédent de Gonzalo, Rudy Adler, qui l'avait quitté quatre ans plus tôt. Il était parti s'installer à Londres, et depuis, il n'avait fait en ville que de rares apparitions, et l'on n'entendait parler de lui que sporadiquement. «Ce n'est plus le même depuis qu'il le lui a dit.

— Qui a dit quoi? s'informa Brunetti.

— Depuis que Rudy a dit à Gonzalo qu'il avait rencontré quelqu'un d'autre et qu'il s'en allait.»

Brunetti mit un long moment à répliquer: «Je ne savais pas que c'était pour cette raison.» Il songea à la délicatesse de Rudy et à son sens de l'humour, et ne put recourir qu'à la formule banalement convenue: «Je suis désolé.»

Paola lui serra la main, puis la relâcha pour écarter une mèche de cheveux de ses yeux. «Je l'ignorais aussi, mais j'ai vu Rudy l'an passé à Londres, et c'est là qu'il me l'a raconté.»

Elle se leva alors de sa chaise et regarda la cour d'en face, d'où provenaient des cris stridents. «Mon Dieu, mais qu'est-ce qui leur prend?» s'exclama-t-elle à la cantonade. Elle gagna l'extrémité de la terrasse pour avoir une meilleure vue.

«À mon avis, ils se battent pour le territoire, expliqua Brunetti. C'est fréquent chez les oiseaux.» Paola ne dit rien, mais continuait à regarder en bas, par-dessus la balustrade. Brunetti ajouta: «Les hommes aussi.» S'il avait espéré l'exhorter ainsi à une discussion, c'était raté.

Paola pivota et revint. «Est-ce que cela te dit de manger des asperges ce soir? J'en ai vu au marché et je n'ai pas pu résister. Elles viennent de Sicile et elles avaient l'air excellentes.

— Comment penses-tu les préparer?

— Peut-être juste les blanchir et les accompagner d'œufs durs.

— Combien en as-tu acheté?

— Un kilo. Elles me semblaient tellement bonnes.

— Veux-tu que j'aille acheter du *prosciutto*?»

Elle sourit et se pencha pour lui effleurer la joue: «C'est déjà fait.»

Quoi de mieux pour célébrer le printemps? songea Brunetti. «Il y a du champagne au réfrigérateur, n'est-ce pas? s'enquit-il, l'ayant aperçu la veille.

— Oui. C'est la dernière des bouteilles que mes parents nous ont données pour Noël.»

Brunetti essaya de se remémorer combien de caisses avaient été livrées par Mascari[1] : au moins quatre, se souvint-il. Grands dieux, buvaient-ils donc autant?

« Avant d'envisager de t'inscrire aux Alcooliques anonymes, Guido, permets-moi de te rappeler que plus de douze bouteilles ont disparu le soir de la Saint-Sylvestre. Nous étions au moins vingt personnes.

— J'avais oublié », avoua Brunetti.

À ces mots, Paola se couvrit le visage des mains, retourna se pencher au-dessus de la balustrade et, de la voix qu'elle réservait à ses imitations des soap operas, elle hurla vers la *calle* vide : « J'ai passé trois jours à préparer à manger pour ce réveillon! Trois jours, vous entendez? Et il a oublié! »

Brunetti ignora sa réaction et porta son attention sur le campanile de Saint-Marc.

De sa droite provenait le son de sanglots étouffés. Il la regarda furtivement et la surprit en train de l'épier à travers ses doigts. « Alors, dois-je l'ouvrir, cette dernière bouteille? » demanda-t-il.

Elle laissa ses mains retomber en souriant. « Oh oui, quelle bonne idée! » Elle rejoignit Brunetti, qui n'avait pas quitté sa chaise, et s'appuya contre son épaule; elle se pencha et l'embrassa dans les cheveux : « C'était une fête vraiment réussie, n'est-ce pas?

— Être ici avec toi, c'est mieux », répliqua-t-il.

Le silence se fit entre eux. Les cloches commencèrent à retentir : leur son l'emplit de la même sensation de complétude. Il se leva et alla chercher le champagne.

---

1. L'épicerie fine la plus connue de Venise.

Le lendemain matin, Brunetti arriva à la questure une demi-heure plus tôt que d'habitude, bien qu'il n'eût aucune chance d'y trouver déjà son supérieur hiérarchique. Il était même fort probable que le vice-questeur Patta ne vienne pas du tout. Brunetti gagna son bureau et lut son courrier, puis il descendit à la recherche de la secrétaire de Patta, la signorina Elettra Zorzi. Elle était en train de sortir des jonquilles de leur emballage et de les mettre dans un grand vase en cristal. Elle avait déjà posé sur son bureau quelques-unes des grandes feuilles de papier protecteur et s'apprêtait à enlever les dernières du bouquet.

« Ah, commissaire ! » dit-elle avec un sourire, en disposant la toute dernière fleur dans le vase. Elle ramassa ensuite les feuilles, les plia soigneusement en deux, puis en quatre, et se pencha pour les jeter dans la corbeille à recyclage, à gauche de son bureau.

Elle se redressa et souleva le vase avant que Brunetti n'ait eu le temps de s'en saisir et de le porter à sa place. Elle le posa sur le rebord de la fenêtre, l'arrangea encore un peu et retourna à son bureau.

« En quoi puis-je vous être utile ce matin ? » demanda-t-elle avec un nouveau sourire.

Brunetti avait réfléchi à la manière d'exprimer sa requête, puisqu'il s'agissait d'une affaire personnelle qui n'avait rien à voir avec son travail de policier. « Je voudrais que vous examiniez le dossier d'une certaine personne », répondit-il.

La doublure du col et des manchettes du chemisier de la signorina était d'un jaune éclatant, remarqua Brunetti. Ce détail l'avait-il obligée à rapporter des jonquilles du marché ? Elle aurait parfaitement pu acheter des tulipes jaunes, supposa-t-il, mais elles ne tenaient pas aussi bien debout et n'annonçaient pas «LE PRINTEMPS EST ARRIVÉ !» comme le faisaient ces fleurs.

«De qui s'agit-il, signore?

— D'un certain Gonzalo Rodríguez de Tejeda. Né en Espagne.

— Pas en Pologne?» s'enquit-elle en allumant aussitôt son ordinateur.

Au lieu de répondre du tac au tac, Brunetti retroussa les lèvres et attendit un moment, les yeux au plafond. «Il a obtenu la nationalité italienne il y a environ vingt ans et a renoncé à son passeport espagnol.

— Il sera plus facile à trouver qu'un Franco Rossi, dans tous les cas», constata-t-elle en posant ses mains de chaque côté du clavier, le temps que son ordinateur se déclare apte au service.

Lorsqu'elle commença à entrer le nom, il précisa: «Il se peut qu'il y ait aussi un titre de noblesse, mais je ne sais pas s'il a été omis lors de son changement de nationalité.

— Autre chose, signore?

— Il a longtemps vécu ici et il est propriétaire de sa maison, donc il devrait être enregistré à l'*Ufficio anagrafe*[1]. Il habite aux Fondamente Nuove. Si vous trouvez son adresse, j'aimerais savoir si quelqu'un d'autre y figure comme résident.»

Tandis qu'elle établissait la liste de ces demandes, Brunetti apprécia de la voir utiliser encore, de temps à autre, un papier et un stylo. «Et vérifiez éventuellement ses comptes bancaires ou ses investissements, ici ou en Espagne. Ou n'importe où ailleurs. Et s'il a été impliqué dans quelque affaire.»

---

1. Bureau d'état civil.

Elle leva les yeux au dernier mot. « Cela risque de prendre un certain temps. Je ne sais pas si... », commença-t-elle, puis sa voix ne fut plus qu'un filet.

Brunetti attendit, mais comme elle n'acheva pas sa phrase, il reprit : « Pendant que vous y êtes, pourriez-vous chercher s'il possède d'autres biens à Venise ? Ou ailleurs ? » Il se rendit compte qu'il retardait le moment de lui avouer qu'il avait quelqu'un d'autre en tête.

« C'est facile de travailler avec l'Espagne », affirma-t-elle. Cette remarque lui rappela un cambrioleur qu'il avait arrêté au début de sa carrière et qui lui avait dit : « Les portes en bois sont faciles à défoncer. »

« J'ai des amis là-bas », lui apprit-elle. Probablement à la tête de la Banque centrale.

« Sa famille, aussi, continua Brunetti. Il a un frère et deux sœurs, qui ont une fabrique de bérets. »

Elle ajouta cet élément à sa liste.

« Toute information me sera précieuse. »

Comme il en avait terminé avec Gonzalo, Brunetti lâcha : « Il y a quelqu'un d'autre. » Elle fit un signe d'assentiment, mais sans lever les yeux. « Attilio Circetti, marquis de Torrebardo. »

À l'évocation de ce nom, elle tourna son regard vers lui. Brunetti opina du chef. « Tout ce que je sais, c'est qu'il a vécu ici au moins deux ans. »

Il vit son sourire passer de ses lèvres à ses yeux. « Ah ! fit-elle en notant le nom. Il pourrait y avoir un dossier sur lui. »

Il pivota pour partir, mais elle le rappela : « Commissaire ?

— Oui ? demanda-t-il en se tournant pour la regarder en face.

— Est-ce que cette... recherche est une recherche privée, par hasard ? »

Brunetti s'accorda un temps de réflexion, puis procrastina encore : « Pourquoi me posez-vous cette question ?

— S'il avait auparavant la nationalité espagnole et qu'il s'agissait d'une enquête officielle, je pense que vous auriez contacté les autorités de son pays et que vous auriez déjà quelques renseignements à son sujet. »

Elle lui fit un sourire aussi lumineux que ses jonquilles et expliqua : « Bien sûr, cela n'a aucune importance. Mais si c'est tout sauf officiel, je procéderai d'une autre manière. » Elle intensifia la luminescence de son sourire. « D'une manière encore plus discrète.

— Tout à fait, signorina, approuva Brunetti. Ce serait mieux, je pense. Oui, jouons la discrétion.

— Mais...

— Mais ? reprit-il avec un sourire.

— Mais je ne sais pas ce que je parviendrai à faire avec ce qu'il me reste comme temps. »

Confus, Brunetti demanda : « Avant quoi ? Pour qui ?

— Pour moi », répondit-elle.

Si la foudre lui était tombée sur la tête, Brunetti n'en aurait pas été moins abasourdi. Était-elle malade ? Allait-elle partir ? Il la fixa, debout, incapable d'émettre un son. « Qu'est-ce qui..., commença-t-il en toussant légèrement, afin de dominer sa panique. Qu'est-ce qui va se passer ? Si je puis vous le demander. » Il ne voulait pas savoir. Il ne voulait surtout pas savoir.

« Mes congés, expliqua-t-elle, en regardant ses genoux pour y enlever quelque chose, ou pour donner peut-être l'occasion à Brunetti d'afficher l'expression appropriée. C'est sur le planning de l'équipe du mois prochain, signore.

— Bien sûr, approuva Brunetti, ayant retrouvé l'usage de la parole. Pourriez-vous me repréciser jusqu'à quand vous serez absente ? » Le temps de terminer sa phrase, il avait entièrement recouvré le contrôle de sa voix.

« Je finis vendredi. Et je pars pour trois semaines. »

Brunetti pinça les lèvres et enfouit ses mains dans ses poches. « Ah oui », fit-il, étonné de l'ignorer. Il savait qu'il avait des choses à lui demander, mais elles lui échappaient pour l'instant. « J'espère que vous en profiterez bien. »

Elle esquissa un autre sourire et retourna à son ordinateur.

En montant l'escalier, Brunetti se demanda pourquoi personne ne l'avait prévenu. Il savait toujours quand Vianello, Griffoni et Pucetti s'absentaient, il prenait donc rarement la peine de lire les horaires du personnel avant le premier de chaque mois ; parfois, pas même après. S'il devait y avoir une coupure d'électricité pendant trois semaines, les gens en discuteraient, non ? Il aurait bien dû en entendre parler. Elle s'en allait dans trois jours à peine et elle devait avoir d'autres affaires à régler avant de partir, donc les enquêtes discrètes risquaient de devoir attendre son retour. Au fond, Gonzalo n'allait nulle part, mais il valait mieux que Brunetti informe Vianello et Griffoni de la requête qu'il venait de faire.

Au lieu de s'arrêter à son bureau, il continua à gravir les marches, puis suivit le couloir à l'arrière du bâtiment jusqu'au cagibi qui avait été octroyé à Griffoni. La porte était ouverte. Sa collègue était assise à son poste de travail qu'un ami avait construit pour elle ; le plateau consistait en un seul morceau de bois de la taille de trois cageots de bananes, auquel était vissée une lampe d'architecte. Il y avait dessus un iPad, un mug contenant des stylos, du moins ce jour-là, et son pistolet de service, avec son étui.

Le corridor était si long et si étroit que personne ne pouvait s'approcher de son bureau sans être entendu. Sans même se tourner, elle dit : « Bonjour, Guido.
— Tu as glissé un traqueur derrière mon oreille ? » s'enquit-il.
Elle fit pivoter sa chaise de bureau pour lui faire face et bougea les genoux afin de lui permettre d'entrer, de passer devant elle et de prendre l'autre fauteuil. Elle portait un pull gris clair, avec une veste noire accrochée au dossier de son siège. Le gris, parfois, ne va pas très bien aux blondes, mais elle faisait exception ; peut-être à cause de ses yeux. « Non, répondit-elle, c'est que je reconnais tes pas. »
Il regarda ses chaussures, comme pour vérifier si elles avaient un défaut bizarre, à même de révéler son identité. Mais ce n'étaient que de simples chaussures en cuir marron.
Elle haussa les épaules, un sourire aux lèvres. « Le bruit des pas diffère d'une personne à l'autre. J'ai appris à reconnaître tout le monde.
— Même le lieutenant Scarpa ? s'enquit Brunetti à propos de sa *bête noire*[1].
— L'arrivée du lieutenant se distingue à l'odeur de soufre qui le précède, répliqua-t-elle d'un air impassible. Donc je ne prête pas particulièrement attention au cliquetis de ses sabots fourchus. » Elle sourit, ravie, de toute évidence, de pouvoir décocher une flèche sur Scarpa.
Brunetti opina du chef, se demandant s'il était en mesure de reconnaître les pas de qui que ce soit.
« J'ai demandé à la signorina Elettra de se renseigner sur une de mes connaissances », commença-t-il. Griffoni hocha la tête et attendit.

---

1. En français dans le texte.

«Elle s'en occupera à son retour, ajouta-t-il, fier de garder une voix aussi calme.

— Bien. Mais qu'allons-nous faire sans elle?»

Content d'entendre Griffoni dire «nous», il répondit: «Prier.

— De qui s'agit-il? s'informa-t-elle au bout d'un moment.

— De mon beau-père.»

Son expression changea et passa de l'amusement à la curiosité. «Je n'ai jamais fait sa connaissance, mais je l'ai croisé plusieurs fois dans la rue.

— Comment savais-tu que c'était lui?»

Elle lui lança le sourire qu'elle tentait de dissimuler lorsqu'un suspect lui révélait un élément qu'elle pourrait utiliser à son avantage. «Comme tu me le répètes depuis mon arrivée, Guido, on est à Venise ici, et tout le monde reconnaît tout le monde.

— Est-ce qu'il te reconnaît?

— Il me remarque. Et maintenant, nous nous sourions et nous faisons un signe de tête. Mais nous ne nous sommes jamais adressé la parole.

— Tu devrais faire le premier pas, franchement. Cela fait des années que nous travaillons ensemble, et je suis sûr de lui avoir parlé de toi.

— Ah! Guido, c'est là qu'on voit ton jeune âge.

— Pardon?

— C'est un homme d'un autre temps. Ou d'une autre ère, peut-être vaudrait-il mieux dire. Ne l'oublie pas. Il a grandi à une époque où les femmes n'adressaient pas la parole à des hommes auxquels elles n'avaient jamais été présentées.»

Brunetti émit un grognement involontaire et la fixa, interloqué. «Claudia, pour l'amour du ciel, ce n'est pas un dinosaure.»

Elle continua de sourire. «J'ai vu comment il se comporte en société, surtout avec les femmes. Il ne porte jamais de chapeau, mais s'il en avait un, il le lèverait probablement à tous les hommes qu'il rencontre. Quant aux femmes, il leur fait le baisemain quand il les croise dans la rue.» Elle marqua une pause pour lui permettre d'intervenir, mais il garda le silence, cherchant à se remémorer ce que signifiait marcher en ville aux côtés du comte.

«Il ne le fait pas comme on le ferait dans une salle de réception. Ses lèvres n'effleurent même pas la main: c'est un baiser conceptuel. Probablement parce que toute femme dont il embrasserait la main ne sortirait jamais sans gants.»

De nouveau, Brunetti resta interdit.

«Ce genre d'homme ne parle pas à des femmes inconnues, et réciproquement, Guido.» Comme il s'abstint de la contredire, elle demanda: «Sur qui es-tu censé lui trouver des informations?

— Sur son meilleur ami.

— *Oddio!*» s'exclama-t-elle, en plaquant la main sur sa bouche. Puis, lentement et à regret, lui sembla-t-il, elle assena: «Alors peut-être qu'il n'en est pas vraiment un.

— Un quoi?

— Un *gentleman*», dit-elle en anglais.

5

Brunetti mit énormément de temps à rapporter à Griffoni les propos du comte au sujet de son meilleur ami et à lui expliquer dans quelle impasse il se trouvait : plus de soixante années d'amitié compromises à cause d'un entichement que le comte Falier réprouvait. Mais Brunetti marqua une pause à ce moment de son récit, car il se rendit compte qu'il ignorait totalement, en fait, si son beau-père approuvait ou non le choix de Gonzalo, et même s'il avait le droit, au fond, d'émettre un jugement. Le comte ne s'était exprimé que sur le comportement des deux hommes dans la calle della Mandola, comportement qu'il n'avait, par ailleurs, aucunement décrit. Il s'était prononcé sur la question de la bienséance, pas de la morale.

Brunetti acheva cette histoire, sans lui signaler son refus initial de venir en aide à son beau-père.

« Qu'en penses-tu ? » lui demanda Griffoni à la fin de son récit. Face à son silence, elle précisa : « De l'adoption ?

— Qu'il ne devrait pas le faire, répondit Brunetti spontanément.

— Parce qu'il a dans les quatre-vingts ans et qu'il a perdu la raison pour un homme d'au moins deux générations de moins ? Qu'y a-t-il de si grave ? » Le ton de

Griffoni était étrangement doux, compte tenu de la situation qu'elle évoquait.

Brunetti la fixa. «Ce n'est pas bizarre pour toi? Plus de quarante ans de différence?

— Si c'était son fils naturel, personne ne l'aurait souligné, Guido, répliqua-t-elle. Beaucoup d'hommes ont des enfants à cinquante, soixante ans.

— Leurs femmes ont des bébés, Claudia. Elles ne mettent pas au monde des hommes adultes.» Il leva les mains et les écarta d'une vingtaine de centimètres. «Elles ont des bébés.

— Pas besoin de répéter, Guido. Je ne suis pas sourde.

— J'ai répété pour bien te faire comprendre, rétorqua Brunetti.

— J'ai bien compris. Et je comprends aussi que beaucoup de gens vont imaginer que son intérêt pour un homme aussi jeune ne peut être que d'ordre sexuel.»

Brunetti sortit de ses gonds et proféra: «Évidemment que c'est sexuel!

— Ouh ouh ouh», grogna Griffoni, puis elle leva ses mains au niveau des épaules, paumes en avant, en signe de reddition. Elle garda le silence un moment, puis elle les posa à plat sur son bureau et nota, avec un sourire: «Et même si c'était le cas?»

Brunetti croisa les bras. Se rendant compte immédiatement combien cette attitude le plaçait sur la défensive, il les décroisa et mit ses mains sur les cuisses. Il aurait aimé pouvoir regarder au loin. Et pouvoir prendre ainsi du recul sur toute cette affaire.

À aucun moment il ne s'était interrogé sur les sentiments de Gonzalo envers cet homme plus jeune.

Son homosexualité ne le rendait-elle capable que de désir, et pas d'amour ?

Aurait-il eu la même opinion à l'égard d'un hétérosexuel attiré par une femme beaucoup plus jeune ? Certes, mais il aurait entrevu une possibilité d'amour entre eux et le leur aurait même probablement souhaité.

Griffoni remua sur sa chaise et croisa les jambes, perturbant ainsi sa réflexion à ce sujet. Il observa le dos de ses mains, tout en se repassant mentalement le film de la conversation : l'intensité de leurs voix, le poids que tous deux avaient accordé au moindre mot, le ton inquisitoire que chacun avait adopté.

« Très bien, conclut-il, toujours sans la regarder. Le tout est de savoir si cet homme l'aime et sera bienveillant envers lui. » *En fait,* songea Brunetti, *que cet homme aime ou non Gonzalo n'a pas grande importance : ce qui compte, c'est qu'il soit bienveillant envers lui. Gonzalo a quatre-vingt-cinq ans. Combien d'années lui reste-t-il à vivre ?* Brunetti se remémora Gonzalo, ce vieil homme, cherchant de toute évidence à éviter de discuter, s'éloignant de lui le plus rapidement possible, puis reprenant un pas lent, la main sur la hanche, pour calmer sa douleur.

« Est-ce que tu crois que l'ordinateur de la signorina Elettra pourra répondre à tes interrogations ? » demanda Griffoni d'une voix aussi douce qu'un souffle de zéphyr.

Il leva la tête rapidement et la regarda, en quête de sarcasme, mais n'en décela pas un iota.

Il ne le pouvait pas, Brunetti le savait. Mais l'ordinateur pouvait révéler le passé de cet homme – du moins, jusqu'à un certain point – et donner ainsi des indications sur le présent de Gonzalo et donc sur son avenir plausible.

Brunetti se leva, passa devant Griffoni en se plaquant contre le mur et se glissa à l'extérieur du bureau. «J'ai besoin d'y réfléchir», dit-il en guise d'adieu. Elle ne souffla mot et le laissa sortir dans le couloir sans se tourner vers lui. Au milieu de l'escalier, il s'arrêta et regarda en arrière, puis il pivota et revint s'appuyer contre l'embrasure de la porte. Elle avait gardé la même position, le dos tourné, les bras croisés sur la poitrine, les yeux rivés sur son bureau.

Elle ne signala en aucune façon qu'elle avait perçu sa présence, mais l'aspect de son corps changea, comme si elle était devenue plus attentive, et donc plus réceptive à tout propos éventuel. «Merci pour tes mots», déclara Brunetti.

Il la vit hocher la tête, mais elle ne se retourna pas.

6

En descendant dans son bureau, Brunetti se prit à penser que chercher à mettre au jour ses motivations inconscientes et ses idées reçues, c'était comme avancer pieds nus dans des eaux troubles : on ne savait jamais si l'on allait marcher sur quelque chose de répugnant ou se cogner l'orteil contre un rocher. Il s'était toujours considéré comme relativement dénué de préjugés et avait même réussi à tempérer certaines de ses suspicions ataviques envers les gens du Sud. Disons, de certains d'entre eux.

Il se croyait aussi à l'abri de jugements préconçus à l'égard des homosexuels, mais Griffoni lui avait prouvé qu'il se trompait. *Est-ce qu'un jugement préconçu est la même chose qu'un préjugé ?* se demanda-t-il. Plongé dans ces réflexions, il ne s'aperçut pas que le lieutenant Scarpa avait emprunté le couloir, et faillit le bousculer.

«Bonjour, commissaire», dit le lieutenant en levant une main en guise de salutation. Il ne dépassait Brunetti que d'un ou deux centimètres, mais comme il faisait au bas mot quinze kilos de moins, il avait l'air beaucoup plus grand et sa simple présence pesait de ce fait comme une menace.

«Bonjour, lieutenant», répliqua Brunetti en le contournant. Sans bouger d'un centimètre, le lieutenant se pencha, lui bloquant ainsi le passage. « Je voulais vous demander quelque chose, commissaire.

— Oui, lieutenant ?

— C'est au sujet de la visite du questeur de Palerme.

— Oui ? répéta Brunetti, en se forçant à sourire.

— Le dîner. Ce soir. Le questeur voudrait savoir si vous y allez. »

Brunetti avait cherché une excuse pendant des jours, et maintenant, il en avait une : le dîner chez Lodo.

Sans lui laisser le temps de répondre, Scarpa ajouta : « Il a dit qu'il aimerait beaucoup que vous veniez.

— Le questeur de Palerme ? s'étonna Brunetti. Je ne l'ai jamais rencontré.

— Non, commissaire : le questeur de Venise, expliqua Scarpa en parlant lentement, comme s'il imaginait que Brunetti n'avait jamais entendu parler, ou croisé, son supérieur.

— J'en suis flatté, mais je suis déjà pris. » Pendant un moment, il envisagea de préciser que cette soirée serait une bonne occasion de se remémorer les traits du questeur, vu ses rares apparitions à la questure, mais il réprima cette pulsion sarcastique et ne fit qu'un bref signe de tête au lieutenant avant de s'en aller.

Il entendit Scarpa ajouter dans son dos : « La dottoressa Griffoni a dit qu'elle y allait. »

Brunetti s'abstint de rétorquer qu'ainsi elle pourrait prendre des notes pour lui et gagna son bureau. Il refusa de concéder à Scarpa la satisfaction de le voir fermer sa porte, s'installa à sa table de travail et alluma son ordinateur. Le premier détail qu'il remarqua en ouvrant son courrier officiel fut le drapeau rouge sur un e-mail de l'inspecteur Vianello, lui apprenant qu'une recherche effectuée tard dans la nuit chez trois des bagagistes de l'aéroport, dont la surveillance avait été réassignée à la questure de Venise sur ordre du préfet, avait mis au jour des quantités considérables de bijoux et un certain nombre de vêtements de femmes, encore dans leurs sacs et emballages d'origine. Certains de ces objets, qui avaient disparu de valises en transit, avaient été rapportés aux autorités de l'aéroport et les trois hommes arrêtés avaient été emmenés à la questure pour être interrogés séparément.

Brunetti entendit un gémissement sourd dont il comprit, une seconde plus tard, qu'il émanait de sa propre poitrine. L'enquête sur les bagagistes était devenue le gag récurrent de la questure et il refusait d'y consacrer une seule minute de plus. Il murmura dans sa barbe : « Non, non, et non. Je ne me laisserai pas vampiriser une autre fois par cette histoire. » Dérangé par un son provenant de la porte, il leva les yeux et vit Vianello debout, une feuille de papier à la main.

« Oh que si, si, si, fit l'inspecteur, avant d'ajouter, avec un large sourire : À moins que tu ne fasses très attention. »

Brunetti lui fit signe de venir s'asseoir dans le fauteuil en face de son bureau : « Nous leur avons fait la chasse pendant je ne sais combien d'années : nous les arrêtons, ils vont parfois en prison ; le plus souvent, ils n'y vont pas, et la plupart d'entre eux recommencent de plus belle.

— Jusqu'à ce qu'on les arrête de nouveau, lança Vianello.

— Pourquoi ne vont-ils pas officier ailleurs, dans une autre ville ? Ou pourquoi ne se trouvent-ils pas un autre genre de travail ?

— Peut-être qu'ils aiment leur métier, suggéra l'inspecteur, en laissant le soin à Brunetti de déduire tout le sens de sa phrase.

— C'est fou. »

Vianello haussa les épaules.

Brunetti demanda, plus calmement : « Tu disais que j'allais bel et bien me refaire vampiriser. Mais comment ?

— Je suis sûr que Patta veut t'attribuer une autre fonction qu'il a qualifiée de "mission spéciale", expliqua Vianello. Je ne sais pas ce qu'il nous mijote, mais le lieutenant Scarpa a laissé entendre, mine de rien, que les gens doivent faire ce qu'on leur dit de faire. Tu vois le genre, et tu es tout trouvé pour commencer à appliquer ce principe. Il te déteste. »

Brunetti n'en fut pas surpris. La haine était réciproque. « D'accord, Scarpa me déteste. Et Patta ne m'aime pas, déclara le commissaire, comme s'il récitait une litanie.

— Ce n'est pas vrai, l'interrompit Vianello. Ce n'est pas que Patta ne t'aime pas, c'est juste qu'il ne te fait pas confiance. C'est différent. Et il a compris avec le temps qu'il a besoin de toi.

— Pour quelles raisons ? s'enquit Brunetti.

— Tu n'objectes jamais quand il s'arroge le mérite de ta réussite, ou de la réussite de qui que ce soit. Et il a besoin d'un levier à utiliser contre toi de sorte que, si tu refuses d'obéir à une de ses injonctions, ta seule option soit de te retrouver à l'aéroport. » Vianello esquissa un sourire, loin d'être plaisant : « Il te sommera d'exécuter la tâche de ton choix. »

Tout aussi familier que Vianello du comportement du vice-questeur, Brunetti fut forcé de reconnaître la justesse de son raisonnement. Il recula son fauteuil de son bureau et se leva. Pendant des années, *Il Gazzettino* avait loué l'étonnante habileté du vice-questeur à s'immiscer dans l'esprit des criminels, et donc à les flouer, un talent que le dottor Patta reniait à chaque conférence de presse où il allait présenter ses résultats. Le succès de Patta l'avait ancré sur la place de Venise : dès l'instant où il figurait dans la liste des mutations pour une autre province, le maire intervenait en personne pour garder ce magicien : ainsi le vice-questeur continuait-il à étendre ses bras protecteurs au-dessus de la ville, telle la Madonna della Misericordia.

Brunetti alla à la fenêtre, mais ne put profiter d'aucun panorama agréable. Le succès personnel ne l'intéressait pas et les louanges le mettaient dans l'embarras. Enfant, il jouait au football, mais ce qu'il aimait dans ce type de compétition, c'était de mener un jeu honnête ; peut-être que son indignation face au crime n'était dictée que par son dégoût envers ceux qui dérogent aux règles de la loyauté. L'important, c'était de les arrêter, pas de savoir qui était parvenu à les arrêter.

« Il veut me coller une enquête ? s'informa Brunetti, tout en continuant à regarder par la fenêtre.

— Non. Pas du tout. Aucun homme politique n'a été arrêté pour vol à l'étalage ; aucun riche médecin n'a frappé sa femme ; aucun évêque n'a été surpris dans la sacristie avec un enfant de chœur.

— Ni avec une gamine, j'espère », répliqua Brunetti en instillant une once de fantaisie dans le style de vie clérical.

Vianello affirma, le visage sérieux : « Ce qui est certain, c'est qu'il sera présenté comme le cerveau capable de régler l'affaire.

— Toute affaire sera bienvenue, conclut Brunetti. Je n'ai pas envie de recommencer à aller à l'aéroport tous les jours pour interroger les supérieurs et collègues de ces types. »

Comme si l'idée venait juste de lui traverser l'esprit, Vianello suggéra spontanément : « La signorina Elettra pourrait recycler – ou je peux le faire en son absence – quelques déclarations tirées des autres enquêtes : il y en a au moins sur dix ans. Beaucoup d'entre elles proviendraient des mêmes suspects. » Frappé par le silence et l'impassibilité de Brunetti, il ajouta : « Tu as sûrement eu des entretiens avec eux, donc nous avons déjà des enregistrements de ces interrogatoires. »

Cette réflexion arracha un sourire à Brunetti, qui leva une main : « Mets-toi bien en tête, Lorenzo, que je ne retourne pas à l'aéroport.

— Certes, approuva Vianello en se levant. Tu finiras sans doute, tôt ou tard, par devoir étouffer un scandale pour un ami du maire.

— Face à un tel choix, j'aimerais mieux encore l'aéroport », déclara Brunetti instantanément. Sa seule récompense fut l'éclat de rire de Vianello, qui tourna les talons et sortit.

Ils essayèrent de déjeuner sur la terrasse ce jour-là, mais au bout de cinq minutes, le froid gagna la partie. Chiara renonça à cette idée et rapporta son assiette à la cuisine. Brunetti décida d'en faire autant, par solidarité envers sa fille. Raffi les rejoignit tous deux quelques minutes plus tard et alla directement vers la casserole où il restait quelques *tagliatelle con peperoni gialli e piselli*[1].

Paola arriva pile au moment où Raffi se servait et elle déclara, d'une voix aussi grave et aussi rauque qu'un truand dans un western spaghetti : « Reprends-en, *caro*, et c'est ton dernier repas dans cette ville. »

---

1. Tagliatelles avec des poivrons jaunes et des petits pois.

Brunetti observa la scène : Raffi, qui tenait son assiette à moitié remplie dans sa main gauche et la cuillère de service débordant de pâtes dans la droite, se tourna le plus naturellement du monde – comme si son intention avait toujours été, de toute façon, de remettre la cuillère dans la casserole –, s'exécuta, puis il remit le couvercle en place et revint à table manger sa portion congrue.

Paola prit la casserole et resservit Chiara et Brunetti, puis posa la casserole vide sur la gazinière.

« Il n'en restait plus assez, *mamma*? demanda Chiara, en tendant son assiette à sa mère pour lui en proposer un peu.

— Non merci, mon ange, cela me suffit, dit Paola. En outre, il y a du *vitello tonnato*[1], continua-t-elle, en dépit du regard horrifié de Chiara. Et des *zucchine ripiene*[2] pour toi », annonça-t-elle pour calmer l'indignation de sa fille.

Lorsque Brunetti vit la bouche de Chiara se contracter, il comprit qu'elle allait déroger à la règle de la maison interdisant de critiquer les choix alimentaires de tout convive. Brunetti, un carnivore qui s'était toujours abstenu de commenter la prédilection de sa fille végétarienne pour les œufs, se restreignit à chuchoter « Chiara », d'une voix douce.

« D'accord, dit-elle, en posant son assiette devant elle. Mais je ne veux même pas en sentir l'odeur. C'est dégoûtant.

— Pour certaines personnes, certainement, répliqua Paola d'un ton tout à fait modéré. Mais moi j'aime ça, et du moment que je l'ai cuisiné chez moi, je le mange ici.

— Ce n'est pas aussi chez moi? s'enquit Chiara en prenant sa voix d'adulte.

---

1. Du veau à la sauce au thon.
2. Des courgettes farcies.

— Oui, bien sûr. Mais les gens qui vivent ensemble doivent trouver un terrain d'entente sur ce qu'ils sont et ce qu'ils font.

— Et sur ce qu'ils mangent ? s'informa Chiara, sur le ton de qui s'attend forcément à un "non".

— Y compris sur leur musique. » L'affirmation de Paola était sans appel.

Raffi pencha la tête sur son assiette et porta la main à son front, en cachant son visage, et donc son sourire, à sa sœur.

Brunetti observa Chiara en train de décider de sa réaction : jouer la victime d'une injustice, ou accepter la défaite avec grâce.

Elle chipota son restant de pâtes dans son assiette, but une gorgée d'eau, puis finit sa sauce avec le dos de sa fourchette.

7

Brunetti retourna au bureau, tout en réfléchissant à leur discussion familiale sur les habitudes alimentaires. Chiara semblait avoir adopté la planète entière et se sentait désormais dans l'obligation de faire tout son possible pour la protéger. D'où les bouteilles d'eau minérale en verre, qu'il fallait monter jusqu'en haut des cinq étages avec la constance et la détermination des fourmis.

Au nom des faveurs que Brunetti avait accordées à pratiquement tous ses voisins pendant des décennies, il avait obtenu d'eux tous – à la seule exception du couple d'avocats français du deuxième étage, qui ne lui avaient pas concédé leur autorisation : refus que Brunetti avait décidé d'ignorer – de pouvoir entreposer les caisses en plastique contenant les bouteilles d'eau minérale en verre dans le petit cagibi situé sous l'escalier principal. Comme il n'y avait pas de porte, les bouteilles étaient accessibles à tout un chacun et, au lieu de les voler – hypothèse tout à fait plausible, aux yeux du commissaire –, les habitants des étages inférieurs au sien portaient une ou deux bouteilles à chaque fois qu'ils montaient et les laissaient sur leur palier pour que Brunetti, de passage après eux, n'ait plus qu'à les monter sur les volées de marches restantes.

En échange, Chiara – et parfois Raffi – descendait les poubelles de plastique et de papier des trois couples âgés et les mettait devant la porte d'entrée pour les *spazzini*[1] qui venaient les enlever.

Comme elle était différente, la Venise où vivaient ses enfants ! Il se souvenait des histoires de sa mère : quand elle était petite, on brûlait tout dans la *cucina economica*[2], cette bête de travail qui chauffait l'appartement, faisait bouillir l'eau pour la cuisine et la toilette, assurait les repas chauds, et fonctionnait au bois ou au charbon livrés à la maison, ou encore avec les bouts de papier qu'on gardait à cet effet. Personne ne parlait de pollution à l'époque ; on ne se plaignait que des fines particules de poussière de carbone qui se déposaient partout : c'était le prix à payer pour lutter contre le froid. Que penserait-elle de l'air fétide caractéristique des hivers et des débuts de printemps, des agressions permanentes, sur le moindre quai, dues aux bateaux à moteur, et des tonnes de plastique qui s'amoncellent chaque jour dans les bennes ? Que savait seulement sa jeune mère du plastique ?

Il revint à la question de la viande et à la décision de Chiara de ne plus en manger. Auparavant, elle ne faisait aucune objection quant au fait qu'ils en consommaient, du moment qu'on lui proposait autre chose. Mais cumuler la viande et le poisson, c'était trop pour elle. Pour la première fois de sa vie, Brunetti réfléchit à ce qu'était la viande : sa substance, sa provenance, son rôle chez les êtres où elle... Il se sentit incapable de trouver un verbe plaisant. Est-ce que les muscles et les organes « vivaient » chez leur hôte, ou n'étaient-ils que des outils ?

---

1. Les éboueurs.
2. Le fourneau.

Il chercha à se remémorer à quel moment Raffi, Paola et lui avaient cessé de titiller Chiara sur ses opinions et ses idéaux écologiques. Il n'y avait eu ni action ni remarque décisives, ni aucune révélation sur le chemin de Damas ; seulement la prise de conscience progressive de la sagacité de sa fille. Un bruit à la porte le sortit de cette flânerie mentale. Il leva les yeux et aperçut la signorina Elettra. Comme elle avait dû passer une bonne partie de la journée devant son ordinateur, elle avait retroussé les manches de son chemisier, dont la doublure des manchettes se révélait du même jaune. Brunetti se demanda comment un détail aussi infime pouvait lui procurer un tel ravissement.

«Oui, signorina ?» demanda-t-il.

Elle s'approcha de son bureau en levant le dossier cartonné qu'elle tenait à la main. Elle le posa devant lui, avec un sourire.

«Est-ce intéressant ? s'informa-t-il, en le faisant glisser vers lui.

— En partie.» C'était apparemment les seuls mots d'introduction qu'elle était disposée à prononcer. «Il y a des éléments que je n'ai pas réussi à trouver, énonça-t-elle, avant de préciser aussitôt, face à la surprise du commissaire : J'ai contacté des amis susceptibles de m'aider, mais pas avant demain.»

Brunetti songea un instant qu'elle allait s'excuser pour la lenteur de ses associés, mais elle déclara, en regardant sa montre : «Je ne peux rien faire de plus tant que je n'ai pas leur réponse, donc je me suis dit que je pouvais partir.

— Et le vice-questeur ? s'enquit Brunetti, sachant pertinemment que Patta ne travaillait un peu qu'en fin d'après-midi.

« — Il est déjà rentré chez lui, dottore. Avant de sortir, il a dit qu'il voulait vous parler, mais que cette question pouvait attendre demain. »

Il la toisa, mais elle haussa les épaules en guise de réponse et laissa Brunetti imaginer ce que le vice-questeur Patta pouvait bien avoir en tête pour lui.

« Merci pour ces documents », lui dit-il en lui souhaitant une bonne soirée, et il ouvrit le dossier.

Il lui consacra un certain temps. Quelqu'un posté au sommet de l'édifice situé de l'autre côté du canal aurait vu, face à lui, un homme robuste, assis à son bureau, feuilletant lentement les pages posées juste à gauche du clavier de son ordinateur. De temps à autre, ses yeux passaient des papiers à la fenêtre, puis il croisait les bras et gardait cette position plus ou moins longtemps. Il était si concentré qu'il n'aurait pas remarqué la personne sur le toit en train de le fixer.

À d'autres moments, l'homme passait des documents à son ordinateur, appuyait sur les touches du clavier et regardait l'écran. Il retournait parfois aux papiers posés sur son bureau, notait un mot de temps en temps sur une ou plusieurs de ces feuilles, puis reportait son attention sur l'écran.

Une fois, il se leva et alla à la fenêtre, mais à aucun moment il ne dirigea son regard vers le toit opposé. Au contraire, il le laissait flotter sur la vaste étendue céleste. Il enfouissait de temps à autre ses mains dans les poches de son pantalon et se balançait sur ses pieds avant de ressortir ses mains et de revenir à son bureau.

Un peu plus tard, tandis qu'il examinait les documents, l'homme sursauta comme en réaction à un coup de tonnerre et plaqua ses mains contre sa poitrine, geste qui aurait alarmé tout observateur. Puis il glissa sa main droite à l'intérieur de sa veste, sortit son téléphone et le porta à l'oreille. Il écouta un certain temps, parla un certain temps, écouta de nouveau, essaya de reprendre la parole mais se tut, écouta encore un peu, dit quelques mots, raccrocha son téléphone et le remit dans la poche de sa veste.

Il sembla murmurer pour lui-même, puis retourna à son ordinateur. Il y resta un long moment, faisant glisser son index droit sur l'écran au fur et à mesure de sa lecture, et marquait occasionnellement une pause pour regarder le mur du fond.

Il revint à l'imprimé et l'examina jusqu'au dernier feuillet, plaça sa paume gauche au sommet du dossier, comme s'il voulait lui transmettre un message, ou au contraire que le document lui transmette sa substantifique moelle. Au bout d'un certain temps, il rassembla les papiers et les tapota contre le bureau afin de reformer une pile bien nette. Il les inséra au milieu de son exemplaire de *Il Fatto Quotidiano* plié en deux, qu'il poussa de l'autre côté de son bureau. Il s'approcha de l'écran, se frotta les yeux et le visage, et resta ainsi quelques instants. Il couvrit la souris de sa main droite et l'actionna, puis il retira sa main. L'écran s'éteignit alors et le rendit invisible dans l'obscurité du bureau.

Une pénombre grise, provenant des lampions du quai situé en dessous, s'installa lentement dans la pièce et éclaira légèrement l'homme et les objets présents. L'homme s'affala dans son fauteuil, leva les mains au-dessus de la tête et saisit son poignet. Puis il agita les bras d'un côté et de l'autre à plusieurs reprises, libéra son poignet et posa les mains sur les bras du fauteuil. Il se leva, s'apprêtant à prendre son journal, mais il se ravisa. Il se dirigea vers la porte et saisit la poignée. Un éclair jaillit dans la pièce au moment où la porte s'ouvrit sur le couloir. L'homme la franchit et la referma aussitôt.

8

Brunetti rentra chez lui par son chemin habituel, en passant par le campo Santi Giovanni e Paolo, Santa Marina et le pont du Rialto. Il tourna machinalement au niveau du pont afin de longer la riva del Vin, puis il coupa par San Silvestro. Comme ses pieds avaient la mémoire des pas, il laissait son esprit vaquer et donnait libre cours à ses jambes, certain qu'elles le ramèneraient dûment à la maison.

Arrivé en bas de l'escalier menant à son appartement, il ne pensa plus à l'eau minérale et se mit à monter. Ce n'est qu'au troisième étage, à la vue des quatre bouteilles alignées près de la porte des Nicchetti, que Brunetti prit conscience qu'il avait marché un bon bout de temps dans un état second.

Il se pencha, prit deux bouteilles dans chaque main et grimpa jusque chez lui. Parvenu à son palier, il était encore tellement confus qu'il dut s'arrêter et réfléchir un moment à ce qu'il devait faire de ces bouteilles avant de sortir ses clefs. Il les posa par terre, ouvrit la porte, les reprit et entra. Puis il les reposa, ferma la porte, les reprit de nouveau et les apporta à la cuisine. Le plan de travail semblait l'endroit indiqué.

Il trouva dans le réfrigérateur une bouteille de pinot grigio ouverte et s'en servit un verre. Il l'emporta avec lui dans le salon, s'assit sur le canapé, tira un coussin derrière son dos, étira ses jambes et posa les pieds sur la table basse devant lui.

Il avait fait exprès de laisser dans son bureau les papiers que la signorina Elettra lui avait donnés pour se forcer à se souvenir de ce qu'il avait lu, convaincu que les événements les plus importants lui reviendraient en tête les premiers. Lorsque Brunetti s'assit, s'autorisant un instant de détente, les informations contenues dans le rapport jaillirent les unes après les autres et commencèrent à s'agencer dans sa mémoire.

La première à surgir fut la plus surprenante : lorsque Gonzalo avait à peine vingt ans, son père, le propriétaire de la fabrique de chapeaux, avait réservé une page du journal local pour y déclarer qu'il reniait son fils. Ils ne vivaient pas à Madrid, mais dans une ville moyenne du Nord de l'Espagne que sa famille avait plus ou moins gouvernée pendant des siècles. Gonzalo était l'héritier direct de son père en qualité de chef de famille, de propriétaire de la fabrique et vicomte de… Brunetti ne se souvenait plus du nom de l'endroit. Cette déclaration, dont une copie figurait dans le dossier, signalait clairement qu'une certaine députation provinciale de quelque chose avait chassé Gonzalo du club avec pertes et fracas.

Comme ce document ne faisait mention d'aucune motivation pour cette décision, toutes les options étaient envisageables ; Brunetti misa sur la politique ou la dépravation. Nous étions dans l'Espagne de la fin des années cinquante, et au sein d'une puissante famille conservatrice et franquiste. La raison de ce désaveu n'était certainement pas le fait que Gonzalo aille à la chasse aux papillons.

Cette répudiation le poussa sans doute à rechercher le succès et la fortune par lui-même, et la signorina Elettra avait réussi à extraire des fragments de son parcours. Il se mit en route pour la Terre promise et la trouva en Argentine, où il devint agriculteur, puis exploitant d'un ranch, exportateur de bovins, et enfin millionnaire. La signorina Elettra n'avait trouvé aucune trace d'une quelconque implication dans la vie politique de là-bas : il avait son bétail et semblait se contenter de son sort. Puis, à la fin des années soixante, il se résolut apparemment à partir en exil volontaire : il prit ses clics et ses clacs et s'installa au Chili, où il redevint fermier et continua à éviter la politique. Il résista la première année du régime de Pinochet et retourna en Espagne au milieu des années soixante-dix.

Son père était mort quelques années plus tôt, mais visiblement Gonzalo ne réclama pas sa part de l'affaire de famille. En revanche, il ouvrit à Madrid une galerie spécialisée dans l'art précolombien et, en l'espace de quelques années, il en lança d'autres à Paris, à Venise et à Londres.

Brunetti regarda entre ses deux pieds surélevés. Il y avait longtemps que la lumière du jour avait disparu, mais il pouvait distinguer des rectangles lumineux et, au loin, le campanile : il suffisait d'habiter au dernier étage pour le voir depuis pratiquement toute la ville. Et l'entendre, aussi.

Il finit son vin et se pencha pour poser son verre sur la table, puis recommença à examiner les éléments officiels que différentes bureaucraties avaient accumulés sur Gonzalo au cours de toutes ces années où il avait cherché à se frayer un chemin à travers le monde.

L'achat de son appartement à Venise où, semblait-il, il vivait encore seul, avait été enregistré à l'*Ufficio del Catasto*[1] plus de vingt ans auparavant et à un prix qui ferait mourir d'envie toute personne à la recherche d'un logement

---

1. Bureau du cadastre.

aujourd'hui. Brunetti était suffisamment au fait de la question pour savoir que le prix inscrit dans les documents légaux correspondait sans doute à la moitié du prix que Gonzalo avait payé, mais même s'il avait coûté le triple du montant déclaré, cela restait une excellente affaire.

Les copies des autorisations pour les restaurations que la signorina Elettra avait trouvées dans maints bureaux laissaient deviner que ce prix modique s'expliquait par l'état de l'appartement. La liste des autorisations pour les rénovations était impressionnante : une toiture neuve et de nouvelles fenêtres, le chauffage, la mise aux normes de l'installation électrique, vingt centimètres d'isolation sous le toit, trois salles de bains et la reconstruction de trois murs.

Paola avait un jour comparé les maisons à un simple trou dans le sol, auprès duquel se tient le propriétaire, pendant qu'une voix crie du fond du puits : « Donnez-moi des euros, des dinars, des francs, des couronnes, des yens, des dollars, des ducats, votre fils aîné, votre sang. Donnez-moi tout. » Il était tout à fait d'accord avec elle.

Les papiers que la signorina Elettra avait réussi à obtenir indiquaient seulement le genre et l'ampleur des rénovations et passaient sous silence leur coût initial et l'inéluctable augmentation des sommes à sortir. L'appartement fut déclaré « habitable » deux ans et quatre mois après l'obtention effective des autorisations, six ans et trois mois après leur demande préliminaire. *Oblomov avait-il travaillé au bureau chargé de délivrer les permis de construire ?* se demanda Brunetti.

En 2001, Gonzalo prit sa retraite : le magazine *Vanity Fair* se fit l'écho, entre autres, de la fête qu'il organisa pour célébrer cet événement ; ce numéro contenait des photos des galas qui eurent lieu dans ses trois galeries. Après avoir jeté un coup d'œil aux copies que la signorina Elettra avait faites de ces articles, Brunetti fut surpris de reconnaître certains des invités : à Paris, une star du rock et un footballeur ; un homme politique et son épouse, actrice de profession, à la réception donnée à Londres ; et à Venise figurait un avocat qu'il avait arrêté autrefois, accompagné de sa femme.

Deux des articles rapportaient que Gonzalo avait vendu ses galeries et sa clientèle à une célèbre maison de vente aux enchères pour une somme gardée secrète. Interviewé lors de sa soirée à Venise – celle à laquelle il avait choisi de participer –, Gonzalo expliquait qu'il envisageait de passer sa retraite à aller voir dans les musées les tableaux et objets qu'il n'avait jamais eu le temps d'étudier véritablement. Il souhaitait bonne chance aux nouveaux propriétaires et annonçait qu'il travaillerait certainement avec eux l'année suivante en qualité de consultant.

Puis presque plus rien. On ne signala aucune collaboration avec ses successeurs. On le vit apparaître quelques fois dans des magazines tels que *Chi* et *Gente*[1], mais au fil du temps, ces photos devinrent de plus en plus rares et de plus en plus petites, puis passèrent en quatrième de couverture. À la vue des photos illustrant ces articles, Brunetti eut la sensation que Gonzalo n'avait pas seulement vieilli, mais aussi perdu de son éclat et de sa vivacité.

C'était le lot, Brunetti le savait, des gens qui prenaient leur retraite. Leurs couleurs pâlissent, tout comme celles des photos exposées trop longtemps à la lumière. Leurs cheveux reflètent le cours des ans et se mettent à ternir, et leurs yeux ne pétillent plus autant. La ligne des mâchoires s'accentue nettement ; la peau se dessèche et se fragilise. Ils restent les

---

1. Littéralement : « Qui » et « Gens ». Magazines relevant de la presse à sensation italienne.

mêmes, mais ils commencent à disparaître. Les gens, assurément, ne les remarquent plus : ni leurs vêtements ni même leurs paroles ou leurs actions. Ils sont là, en suspens, mis sur la touche et considérés comme inutiles, enfermés sous la cloche de verre de leur âge. La poussière se dépose sur ce piège cristallin et, un jour, ils disparaissent du mur, parmi les autres photos aux teintes passées et, très vite, les gens commencent à oublier leur apparence ou les propos qu'ils ont tenus.

Oh, comme tu es fin et intelligent, se dit Brunetti. Il se leva et alla se changer pour le dîner de Lodo.

Outre le fait d'être l'un des avocats du comte Falier, Lodovico Costantini était aussi son ami ; en raison d'une sorte de droit de succession, il était donc également l'ami de Paola, et cette même loi le rendait bien disposé à l'égard de Brunetti par le biais du mariage. Lodo accueillit chaleureusement le commissaire et lui annonça que Paola était déjà au salon. Elle était venue directement de l'université, après avoir assisté à la réunion annuelle de la faculté de littérature anglaise, où l'on devait choisir la personne chargée des examens oraux de fin de semestre.

Lorsqu'il entra dans le vaste *salone* orné de fresques aux couleurs trop vives, Brunetti chercha sa femme des yeux parmi les personnes présentes. Il fit un signe de tête à quelques visages familiers, se pencha pour faire le baisemain à la belle-sœur de Lodo et finit par apercevoir Paola en train de discuter, une coupe de champagne à la main, avec un homme qu'il ne reconnut pas.

Comme cet homme avait au minimum dix ans de moins et se révélait plutôt séduisant, Brunetti enlaça Paola en arrivant et l'embrassa sur la tempe. Elle se pencha plus près de lui un instant, suffisamment pour accueillir son baiser, et dit: «Ah, Guido, je voudrais te présenter Filippo Longo. C'est un collègue de Lodo. Il est ici pour une audience demain. Il était justement en train de m'en parler.»

Pendant ces mots d'introduction, l'avocat prit un verre sur le plateau que faisait circuler l'un des serveurs et le tendit à Brunetti qui le remercia d'un signe de tête. Longo était robuste: il avait la poitrine et le cou épais, et même ses poignets semblaient couverts d'une seconde couche de muscles. La fine ossature de son visage, en revanche, lui donnait un air délicat. On aurait dit une statue grecque, avec la tête d'Apollon sur le corps d'un ours.

«Quelle sorte d'audience, si je puis me permettre? s'enquit Brunetti en sirotant son champagne, d'une saveur exceptionnelle.

— Ce que l'on fait de pire en la matière, répondit Longo avec une voix digne de son physique: un baryton-basse, avec une réverbération à faire pâlir de jalousie n'importe quel chanteur. Droits de succession.» Il secoua la tête et simula un frisson théâtral de tout son corps. «Il n'y a pas plus terrible.» Mais il fit un large sourire en précisant: «C'est ma spécialité, donc comprenez bien que je suis en train de décrire mon activité, pas de me plaindre.

— Pourquoi est-ce le pire? s'informa Brunetti.

— Parce que la réalité ne correspond jamais aux apparences et que, souvent, elle diffère de la description qu'en fait votre client.» Il marqua une pause, le temps de se remémorer ces causes véritablement terrifiantes. Il opina du chef: «Oui, c'est cela. Vous croyez que votre client est en train de se faire flouer par ses frères et sœurs, ou par ses enfants, ou encore par le majordome du défunt dont sont contestées les dernières volontés, et vous pensez que tous ces gens se battent parce qu'ils croient honnêtement, et en toute bonne foi, qu'ils ont droit à davantage d'argent, ou à un appartement, ou aux diamants de leur mère. »

L'avocat but une gorgée, et Brunetti songea combien cet homme devait exceller dans ses plaidoiries, avec une telle maîtrise de l'art de la pause.

« Mais ce qu'ils sont en train de faire, en réalité, c'est rejouer les batailles de leur enfance, prendre leur revanche sur de vieilles rancœurs : les biens ou l'argent ne sont pas du tout l'objet de leur préoccupation ; ils ne cherchent qu'à se venger des blessures qui leur ont été infligées cinquante ans plus tôt. » Il prit une autre gorgée et déclara, d'une voix plus grave et plus lente, et du ton sinistre des cortèges funèbres : « Et le plus tragique, c'est qu'ils n'en prendront jamais conscience. »

Avant que l'avocat puisse poursuivre, un autre serveur vint à la porte et annonça à la cantonade : « *Signori, la cena è pronta*[1]. »

C'est au moment précis où les convives jetèrent un regard circulaire pour repérer un endroit où poser leur verre que Brunetti aperçut Gonzalo. Il ne le reconnut pas tout de suite, parce que ce Gonzalo mesurait au bas mot dix centimètres de moins que dans son souvenir. Et ses cheveux autrefois drus et en bataille, pleins de mèches rebelles, reposaient mollement sur son crâne, sans parvenir vraiment à recouvrir les plaques de peau rose en dessous.

Le vieil homme se dirigea vers la porte ; sa tête sombra sous l'effet de la fatigue. Puis il dut se rappeler, à un moment donné, où il était car il se redressa. Il gagna la table et passa

---

1. « Mesdames, messieurs, le dîner est servi. »

derrière les chaises, vérifiant les noms des invités sur chaque étiquette. Brunetti l'observait et le vit arriver à la dernière, contourner la seule chaise présente en bout de table et commencer à longer lentement l'autre côté, en continuant à regarder les cartons posés contre les assiettes.

Il trouva sa place, à la droite de l'hôte, Lodo. Il prit appui de ses deux mains sur le dossier de sa chaise, sans cacher ce besoin d'aide. La belle-sœur de Lodo, à sa droite, s'en aperçut et glissa sur sa chaise en tapotant celle de Gonzalo, pour l'inviter à s'asseoir. Il s'installa en se tenant d'une main à la table, puis se tourna pour la remercier et répondre à ses propos.

Brunetti, qui était assis à l'autre extrémité, sur le côté opposé, ne pouvait voir Gonzalo à cause de l'un des deux énormes bouquets de glaïeuls qui se trouvaient au centre de la table.

À la droite de Brunetti était assise la fille de Lodo, Margherita, qui avait fait des études de droit à Ca' Foscari quelques années après lui et qu'il considérait comme une de ses amies du milieu juridique. À côté d'elle se trouvait Paola, qui avait à sa droite le directeur d'un festival de cinéma en Toscane, qu'elle avait rencontré lors de la série de conférences qu'il avait tenues à l'université.

Les deux chaises en face de Brunetti et de Margherita étaient vides, mais au moment où la porte de la cuisine s'ouvrit pour laisser passer les domestiques avec les plats, une très jeune femme gagna rapidement la chaise devant Brunetti et se tourna vers l'épouse de Lodo, assise au bout de la table, à l'opposé de son mari, en disant : « *Scusa, Nonna*[1]. » Elle s'assit alors et garda la tête penchée jusqu'à ce que Brunetti

---

1. « Excuse-moi, mamie. »

s'exclame : «Mon Dieu, c'est toi, Sandra ! La dernière fois que je t'ai vue, tu n'étais pas plus haute que cette table, et te voilà devenue une belle femme ! » Elle leva la tête, le sourire aux lèvres, puis regarda la tablée pour examiner les autres convives.

Le premier plat, un *antipasto di mare*[1], fut servi avec un excellent ribolla gialla que Brunetti se souvenait d'avoir bu chez Lodo quelques années plus tôt. Comme Brunetti demanda à sa fille sur quoi elle travaillait, Margherita lui expliqua qu'elle représentait actuellement la famille d'un ouvrier, mort à la suite d'un accident du travail sur le port de Marghera : après avoir grimpé six niveaux d'échafaudages, il avait fait une pause et s'était appuyé contre ce qu'il croyait être un mur, mais ce n'était qu'un morceau de tissu blanc tendu entre deux planches verticales ; il était tombé et était mort sur le coup.

Pendant qu'elle lui rapportait ce fait, Brunetti entendit des voix derrière lui et tourna la tête pour voir ce qui se passait. Un homme rasé de près, vêtu d'un costume gris foncé, parlait doucement à l'un des serveurs qui écouta quelques secondes, tête baissée, pour mieux entendre sa requête. Le serveur opina du chef et lui fit faire le tour de la table jusqu'à la chaise vide située à deux places d'écart de Gonzalo, à sa droite et directement en face de Margherita. Il s'assit rapidement et marmotta vraisemblablement quelques mots d'excuse, adressés à l'ensemble des invités. La muraille de Chine fleurie cachait partiellement le visage de cet homme, mais Brunetti le voyait suffisamment pour se rendre compte de sa beauté : grand, les yeux foncés et les cheveux noirs bouclés, coupés très court. Il parla à la belle-sœur de Lodo

---

1. Hors d'œuvre de poissons et fruits de mer.

à sa gauche, puis à Sandra, qui hochèrent toutes deux la tête et lui firent un gracieux sourire en retour.

Tandis que le nouveau venu continuait à discuter avec Sandra, Brunetti vit Gonzalo poser ses paumes de chaque côté de son assiette comme pour se lever, mais il relâcha sa prise et recula presque immédiatement au fond de sa chaise. Il se saisit alors de sa fourchette et de son couteau, et regarda son assiette, le visage impassible. Même à travers le rideau de fleurs, Brunetti nota la tension qui sillonnait ses traits. Gonzalo se pencha et regarda, sur sa droite, l'homme assis en face de la vieille dame. «*Buonasera*», dit Gonzalo, le regard toujours rivé sur le convive nouvellement installé. Un serveur débarrassa l'assiette de Margherita, qui cessa de parler pendant cette opération. La voix de Gonzalo était vacillante et Brunetti se détourna pour ne plus l'entendre.

L'homme en question se tourna vers Gonzalo et croisa son regard. Il s'écoula trois secondes – Brunetti les compta – avant qu'il ne fasse un signe de tête et n'adresse un sourire éclatant au vieil homme.

«Je suis désolé pour mon retard», dit-il, comme si Gonzalo était l'hôte de la soirée et donc la personne auprès de qui s'excuser pour cette arrivée tardive.

Brunetti, qui avait passé des décennies entières à observer et soupeser le comportement humain, se mit à analyser ce bref échange. Toute excuse exige une réaction, et la seule réaction que ce jeune homme attendait – Brunetti en était certain – était l'acceptation, que l'autre personne ne pouvait lui accorder qu'en décrétant que ce retard n'était absolument pas grave.

Gonzalo esquissa un sourire; son visage s'était enfin détendu. «Du moment que tu es là», affirma-t-il en reprenant sa fourchette.

Gonzalo répondit au rire du jeune homme par un sourire. Brunetti l'observa, il le vit se redresser ; ses épaules semblaient mieux remplir sa veste et sa voix n'accusa plus le moindre signe de vieillesse : elle retrouva la profondeur et la sonorité que Brunetti lui avait toujours connues.

Ils ne s'adressèrent directement la parole que quelques fois pendant le restant du repas, mais la manière dont ils se parlaient laissait deviner un lien irréfutable entre eux. Brunetti ne les entrevoyait qu'à travers le bouquet, mais il apercevait la façon dont Gonzalo inclinait sa tête vers son interlocuteur à chaque échange, même si ce dernier ne daignait pas se tourner pour capter le regard du vieil homme lorsqu'il lui répondait.

Vu le peu d'intérêt que Brunetti accordait à ses histoires de preuves et de déclarations de témoins, Margherita se tourna vers Paola et parla avec elle un moment.

Le domestique apparut à la gauche de la jeune femme et servit un plat que Brunetti ne prit pas la peine de regarder. Il entendit toute la gamme des émotions qui traversèrent la voix de Margherita lorsqu'elle redécrivit pour son épouse la famille de l'ouvrier mort, mais il prêta bien plus d'attention au jeu des émotions animant ce qu'il distinguait du visage de Gonzalo quand il se penchait en avant et baissait les yeux sur la table en direction de l'autre homme.

D'après les bribes que Brunetti parvenait à en intercepter, la conversation menée des deux côtés de la table tournait principalement autour du cinéma, lancée sans aucun doute par le directeur du festival. Brunetti songea que si ce sujet prédominait désormais dans de si nombreux dîners, c'était parce qu'il était devenu de plus en plus dangereux, ces dernières années, de parler de politique ou d'immigration ou, à dire vrai, de quasiment toute question importante ; même les commentaires sur la politique des pays limitrophes risquaient de causer des problèmes. Brunetti ne pouvait absolument pas contribuer aux discussions sur le cinéma car il disposait de peu de loisirs et détestait regarder des films. Les rares fois où il s'était laissé amadouer, il était invariablement rentré chez lui en pestant contre cette perte de temps : il aurait pu lire.

Le dessert arriva, suivi du café et d'une délicieuse eau-de-vie à l'abricot qu'un ami de Lodo du val Venosta lui envoyait chaque année. Peu de convives eurent envie de rester après le digestif. La plupart remercièrent leur hôte pour la soirée et partirent vers 23 heures.

Gonzalo n'avait pas remarqué Brunetti ou, du moins, n'en avait rien montré, même s'il avait parlé à Paola, avec grande affection, semblait-il. Comme il ne voulait pas forcer la rencontre, Brunetti s'attarda en remerciements auprès de Lodo et de sa femme, le temps que tout le monde s'en aille.

« Eh bien ? lui demanda Lodo, tandis que sa femme et lui le raccompagnaient à la porte avec Paola.

— Quel magnifique dîner, Lodo, dit Paola, coupant ainsi court à toute possibilité de commentaire sur Gonzalo, l'homme plus jeune ou son propre père. Il y avait si longtemps que je n'avais pas vu Margherita. Elle est vraiment belle et a l'air tellement ravie et fière de son travail.

— Exactement », approuva Lodo, suggérant ainsi qu'il n'y aurait aucun propos embarrassant proféré au sujet de son client, l'ami du père de Paola.

Tout en discutant du succès professionnel de Margherita, ils gagnèrent la porte de l'appartement où fusèrent de toutes parts baisers, remerciements, bons souhaits et mots de courtoisie.

Au moment où ils prenaient la direction du pont de l'Accademia, Brunetti demanda: «Alors?

— J'imagine que ce n'est pas mon avis sur la nourriture qui t'intéresse, répliqua Paola.

— Si la subtilité était mon fort, je dirais que j'ai passé plus de temps à prêter attention à l'appât qu'aux plats.

— Si tu parles de Gonzalo, nota Paola alors qu'ils arrivaient sur le campo Santo Stefano, je dirais qu'il y a longtemps qu'il a mordu à l'hameçon, qu'il y est bien accroché et qu'il n'est pas près de le lâcher.

— J'ai eu la même impression, déclara Brunetti, mais tu étais assise plus près de lui et tu as probablement mieux perçu ce qui se jouait.

— J'ai en effet entendu pas mal de choses.» Elle s'arrêta et regarda la lune, suspendue au-dessus du palazzo Franchetti. Elle ne chercha pas à attirer l'attention de Brunetti sur cet astre; elle resta simplement un moment à observer la sphère dans le ciel. Une fois rassasiés de cette vision, ils traversèrent le *campo* en direction du pont restauré.

«Et donc? enchaîna Brunetti.

— Le Marchese Attilio pense que Quentin Tarantino est un génie.

— Et moi je suis Galilée, rétorqua Brunetti. Ont-ils passé tout le dîner à parler de films?

— Hélas, oui. Cela t'aurait fait hurler. J'étais à deux doigts de le faire, d'ailleurs.

— Pourquoi? Je croyais que tu aimais le cinéma.

— Oui. Mais je n'aime pas entendre les gens en parler. La plupart disent des bêtises sur les films. Pire, des bêtises prétentieuses.»

Brunetti l'interrompit en lui demandant: «Qu'est-ce que tu en penses?

— Je pense que Gonzalo est amoureux et je pense que le marquis s'arrange pour qu'il le reste.

— Mhhh. » Brunetti ne trouva pas d'autre réponse.

« Il a des yeux de requin, lança Paola.

— Le marquis ?

— Non. Gonzalo.

— Pardon ?

— Est-ce que tu te souviens quand nous nous sommes rencontrés et que tu as décidé de tomber amoureux de moi ?

— Tu as toujours été une spécialiste de la litote. C'est d'avoir fait tes études en Angleterre, je pense. »

Ignorant les propos de Brunetti, Paola poursuivit : « Il y a eu un temps où tu avais des yeux de requin. J'en ai vu toute ma vie, chez les hommes. Ils ont ces yeux-là quand ils sont en proie à la passion et qu'ils ne peuvent pas la contrôler.

— Moi ? s'enquit Brunetti d'une voix haut perchée.

— Oui, toi. Pendant environ une semaine. Ensuite, tu as commencé à bien m'aimer et après tu t'es rendu compte que tu m'aimais, alors tu as cessé d'avoir des yeux de requin et tu as retrouvé tes yeux à toi. »

Comme Brunetti préféra ne pas continuer dans cette voie, il lui demanda : « Et Gonzalo a des yeux de requins ?

— Oui, ou alors c'est moi qui suis Galilée », conclut Paola, et ils commencèrent à gravir le pont.

9

Le lendemain matin, quelqu'un lui apporta son café à 8 heures, posa la tasse et la soucoupe sur la table de nuit et se pencha pour déposer un baiser sur son oreille gauche. «Café», dit cette personne.

Pas encore très bien réveillé, il murmura: «Paola?

— Non, répondit-elle vivement en passant au français. Je suis Catherine Deneuve et j'ai tout laissé tomber pour venir te rejoindre, mon chéri.» Elle se pencha pour retaper plusieurs fois le matelas des deux mains et revint à l'italien: «Tu m'avais dit de te réveiller à 8 heures parce que Patta voulait te parler.»

Brunetti se tourna et se hissa contre la tête de lit. Il prit son café, qu'il liquida en trois gorgées. Il secoua la tête. «Je ne le lui pardonnerai jamais.

— Quoi donc? demanda-t-elle, confuse.

— D'avoir eu Catherine Deneuve dans ma chambre et d'avoir dû lui dire que je ne pouvais pas rester parce que j'avais rendez-vous avec mon patron.»

Elle gagna la porte en lui déclarant avec un sourire: «Je te l'ai dit, que tu avais perdu tes yeux de requin», et elle sortit aussitôt: trop tard pour lui lancer un oreiller.

Patta avait effectivement l'intention de lui parler, l'informa la signorina Elettra, mais pas avant 11 heures. Il avait donc une bonne heure devant lui. De retour dans son bureau, il revint aux événements de la veille au soir, mais son esprit s'en écarta pour réfléchir à la question de l'adoption en tant que moyen de transmission du nom patronymique. Jules César avait recouru à ce stratagème en donnant au monde romain son neveu Octave, qui s'était ensuite attribué le nom d'Auguste et avait gouverné dans un état relatif de paix pendant quarante ans. Mais la situation avait rapidement changé avec la venue de Tibère, Caligula et Néron.

Brunetti essayait de se remémorer l'ordre exact de succession des empereurs lorsque son téléphone sonna et la signorina Elettra lui annonça que le vice-questeur était disponible. Il descendit, vit que la porte de Patta était ouverte, passa en silence devant la signorina Elettra et entra en disant « *Buondì, vice-questore* ». Il s'apprêtait à lui demander en quoi il pouvait lui être utile ce matin-là, ayant en tête l'avertissement de Vianello, mais il se rendit compte à quel point il aurait semblé servile et ne prononça donc pas un mot de plus.

Patta était derrière son bureau, ses cheveux argentés fraîchement coupés, un peu plus court que d'habitude sur les côtés, comme s'il voulait imiter nombre de ces jeunes gens arrêtés les jours précédents ; il risquait d'arriver sous peu avec les cheveux rasés au niveau des oreilles et une longue crête lui traversant le crâne du front à la nuque. Sur une tête d'une telle noblesse, au-dessus d'un visage d'une telle beauté, ce style pourrait prendre et propulser Patta au cœur de la tendance.

« Ah, bonjour commissaire. Asseyez-vous, je vous prie. J'aimerais discuter avec vous, dit le vice-questeur en adressant à Brunetti un sourire toutes dents dehors, qui fit disparaître le sien.

— Oui, monsieur le vice-questeur ? s'enquit Brunetti d'un ton neutre.

— En fait, commença Patta, les dents désormais cachées derrière ses lèvres, pour mieux les acérer, peut-être, en vue de leur prochaine exhibition, c'est au sujet de ma... C'est au sujet de ma femme.

— Ah ! » fut tout ce que Brunetti se permit d'énoncer. Il se dit qu'il valait mieux se mettre à l'abri ; il se cacha donc derrière un air de douce inquiétude.

« Il s'est produit un... un incident chez moi, hier soir », expliqua Patta. Brunetti sentit, plus qu'il ne vit, les efforts du vice-questeur pour garder son calme.

Il opina du chef.

« Vous en avez entendu parler ? s'informa Patta, avec un mélange de peur et de colère. Déjà ?

— Non, dottore. J'ai hoché la tête simplement pour montrer que j'avais bien suivi vos propos.

— Êtes-vous en train de me mentir, Brunetti ?

— Non, signore, je vous le jure.

— D'accord, d'accord. De toute façon, je ne vois pas comment vous pourriez déjà être au courant. » Patta s'enfonça dans le silence, les yeux rivés sur son bureau, à la recherche peut-être de prompteurs capables de lui souffler son récit.

Brunetti se taisait ; il avait rencontré l'épouse de Patta une ou deux fois seulement et n'avait fait que lui serrer la main ou exprimer le plaisir de la voir par un simple hochement de tête. Dans son souvenir, elle était plus grande que Patta, avait un petit nez au milieu d'un large visage qui exhalait un air de cupidité, comme si elle attendait qu'on lui présente son prochain objet de jouissance. Ils s'étaient juste présentés, mais Brunetti l'avait appréciée, ne serait-ce que pour la dévotion sincère que Patta lui démontrait et qui lui évitait ainsi de nier tout signe d'humanité chez son supérieur.

Pendant que celui-ci regardait fixement les mini-drapeaux croisés de l'Italie et de l'Union européenne, fichés dans le support à stylos en cuivre posé sur son bureau, Brunetti perçut le sillon de désolation qui traversa son visage. Il songea d'emblée à un problème de santé, mais Patta n'aurait pas demandé à le voir pour cette raison et, généralement, il restait très discret sur les affaires de famille.

Le vice-questeur leva les yeux sur lui. «Vous êtes vénitien, déclara-t-il enfin.

— *Sì, signore*, répondit Brunetti.

— Donc vous les comprenez? s'enquit Patta, comme s'ils étaient en train de parler de Khoïkhoï ou de Pygmées.

— Les Vénitiens, monsieur?

— Oui, qui d'autre? rétorqua-t-il, retrouvant son ton habituel.

— Si vous me donniez un peu plus d'éléments, monsieur, je pourrais vous aider davantage.» Brunetti fit suivre ces mots d'un sourire qu'il enroba du plus grand naturel.

«Oui, bien sûr», approuva Patta d'un ton plus doux. Il se pencha et passa les doigts dans ses cheveux puis les retira, stupéfait d'avoir senti poindre de courts cheveux sur les côtés. Il croisa les mains et les posa sur le bureau devant lui, pour mieux les maîtriser.

«Nous avons des voisins.» Brunetti fit un signe d'assentiment et renonça à souligner que c'était là une situation des plus courantes. «Ils sont vénitiens.» Cette fois, Brunetti s'abstint de noter que, depuis quelque temps, ce n'était plus toujours le cas. Il préféra hocher de nouveau la tête.

« Nous avons des problèmes avec eux », lui expliqua Patta. Face à cette assertion, Brunetti n'avait plus qu'à offrir un sacrifice à la Vierge de Medjugorje[1] pour l'aider à ne pas succomber à la tentation de parler. Grâce à son intercession, le commissaire se retint de répliquer qu'il n'en était nullement étonné et émit un petit bruit qui suffit à exhorter Patta à préciser : « Depuis peu.

— Je suis désolé de l'apprendre, dottore », dit Brunetti, surpris de constater la sincérité de ces propos. Il était plus facile de porter plusieurs croix à la fois que celle de mauvais voisins. C'était dans les cas de violence domestique que la police décelait les formes les plus terribles d'agression et le plus haut degré de méchanceté préméditée.

Avant même que Brunetti ne lui demande la position de leur appartement par rapport au sien – les voisins du dessus ou de palier étant les pires en matière de bruit –, Patta spécifia : « Ils habitent en dessous de chez nous. » Pas de chance. Brunetti en savait quelque chose à cause des problèmes de fuites d'eau : si elles proviennent d'en haut, c'est de leur faute, et il n'y a pas à discuter. Si les tuyaux éclatent, ou si l'on a oublié de fermer le robinet de la baignoire, ou encore si l'eau provient directement du toit, cela ne change rien aux dégâts, et les dégâts des eaux sont les pires.

Pendant que Brunetti réfléchissait à cette question, Patta se hâta d'ajouter : « Il n'a jamais été question d'eau. Il n'y a jamais eu la moindre fuite, de toutes ces années.

---

1. Vierge dont le sanctuaire se trouve en Bosnie-Herzégovine, connue pour ses apparitions et fort adulée en Italie.

— Alors de quoi s'agit-il, monsieur ? Si je puis vous le demander ?

— Leur fils a insulté ma femme. Et plus d'une fois. »

Brunetti faillit lui demander s'il allait passer le reste de sa carrière à s'occuper de problèmes de famille, mais face au mutisme de Patta, il préféra observer : « J'espère que les parents ont réagi.

— Ils n'ont rien fait. Ils ont dit à ma femme qu'elle avait inventé cette histoire de toutes pièces et que leur fils était un ange », expliqua Patta en riant jaune. Son grognement de dégoût fit comprendre à Brunetti combien il trouvait ridicule de porter plainte.

« À quand remonte cet incident, signore ?

— À sept mois, c'était juste après la rentrée des classes.

— Quel âge a l'enfant ?

— Huit ans.

— Pouvez-vous me rapporter ses mots, signore ? »

Patta leva les yeux, puis les détourna. Brunetti attendit sa réponse. Le vice-questeur finit par lâcher : « Il a dit que c'était une *porca puttana*[1]. » Voyant Brunetti lever les sourcils en signe d'étonnement, il ajouta : « Je ne suis pas sûr qu'il comprenne ce que cela signifie, mais il devrait savoir qu'on ne doit pas dire cela à une femme. »

Comme l'expression *porca puttana* était très souvent utilisée en réaction à une déception ou à une surprise, Brunetti demanda : « S'adressait-il directement à votre femme lorsqu'il l'a dit ?

---

1. Interjection composée du substantif « porco », signifiant « porc », qui, utilisé comme adjectif, sert à renforcer négativement l'expression ; correspond ici à notre « putain », ou « merde alors ».

— Vous voulez dire qu'il a peut-être trébuché sur une marche et n'a donc pas insulté ma femme[1] ?
— Précisément.
— Ma femme m'a raconté qu'elle descendait l'escalier et qu'elle a croisé le garçon devant la porte d'entrée. Quand il l'a vue, il s'est arrêté et lui a dit, en la regardant dans les yeux : *"Tu sei una sporca puttana."* Donc il n'y avait pas la moindre confusion linguistique possible, commissaire : c'est bien ce qu'il voulait lui dire. »

Brunetti ne se rappelait plus quand il avait saisi pour la première fois le sens du mot *puttana*, mais il savait en revanche que si son père ou sa mère avaient découvert qu'il l'avait dit à une femme, n'importe quelle femme, il en aurait aussitôt payé les conséquences physiquement et qu'elles auraient été tout sauf agréables. Les temps avaient changé, il était donc envisageable qu'un enfant tutoie familièrement un adulte : mais dans son cas, cela aurait redoublé la gravité de l'offense.

« Votre femme est-elle allée parler aux parents ? s'enquit Brunetti.
— Le soir même. Elle est descendue les voir avant le dîner et, lorsque la mère a ouvert la porte, elle lui a rapporté ce que son fils avait dit.
— Comment a réagi la mère ?
— Elle lui a claqué la porte au nez.
— Et ensuite ?
— Ma femme me l'a raconté quand je suis rentré du travail ; je suis descendu et j'ai demandé à parler au père. Il

---

1. L'adjectif « sporca » signifie « sale », d'où l'expression « sale pute ».

est venu à la porte – je suis resté sur le palier – et il m'a dit que sa femme lui avait rapporté les propos de la mienne et qu'il pensait que mon épouse était folle.

— Qu'avez-vous fait ?

— Que pouvais-je faire ?

— Et tout cela s'est produit il y a sept mois ? » Au signe affirmatif de Patta, Brunetti s'informa : « Que s'est-il passé depuis, signore ?

— Nous nous sommes croisés de temps à autre dans l'escalier, mais sans nous parler. Avec les parents, je veux dire. Si ma femme passait à l'occasion devant le gamin et qu'ils étaient seuls, il faisait des bruits désobligeants envers elle, mais ne lui disait plus rien. Puis, il y a environ deux mois, un jour où ma femme rentrait à la maison, elle a entendu quelqu'un descendre les marches en courant. Comme elle était arrivée au premier étage, elle s'est arrêtée sur le palier pour laisser passer la personne en question. Lorsque le garçon est arrivé à son niveau, il a passé son cartable dans son autre main et l'a flanqué dans les jambes de ma femme. Il avait disparu avant qu'elle puisse faire quoi que ce soit – même si elle n'aurait pas pu faire grand-chose. Pas contre un enfant. »

Encouragé par les confidences de Patta, Brunetti poursuivit : « Et hier soir, monsieur ?

— Rebelote ; il descendait l'escalier et, lorsqu'il a vu ma femme monter, il s'est placé devant elle et a refusé de bouger, en décrétant que c'était son escalier et qu'il décidait qui devait le monter ou le descendre. Elle avait deux sacs de commissions qu'elle a posés près d'elle. » Comme Brunetti pensa que Patta s'approchait du moment fort de son récit, il songea à Œdipe et Laïus se confrontant à la croisée des chemins : voilà comment arrivent les problèmes.

« Elle a dit qu'ils se sont fixés un long moment, puis il a dévalé deux marches, a bondi sur un des deux sacs et a tout fait tomber dans l'escalier. » Patta avait la gorge si nouée que Brunetti fut content que son supérieur n'ait pas été témoin de la scène.

« Qu'a fait votre femme ? »

Le vice-questeur prit deux longues inspirations, comme pour expulser dans ce souffle un peu de sa colère.

« Elle l'a pris par le bras et a commencé à lui faire monter les marches. Comme il lui donnait des coups, elle l'a attrapé par les deux bras et l'a secoué jusqu'à ce qu'il arrête. Puis elle l'a amené chez lui et a sonné à l'appartement. Quand sa mère a ouvert, ma femme lui a raconté ce que le garçon avait fait et lui a dit qu'elle pouvait descendre et aller vérifier les faits dans l'escalier. »

— Qu'a-t-elle fait ?

— Elle a pris le garçon et l'a tiré à l'intérieur, puis a claqué la porte. Ma femme a entendu l'enfant crier pendant toute la demi-heure suivante. » Patta se tut, comme s'il n'avait plus rien à ajouter.

Il prit un stylo et commença à dessiner des rectangles sur le bord d'une lettre portant visiblement l'en-tête et le sceau du ministère de l'Intérieur.

« Après le dîner, son père est monté et a dit qu'il savait que j'étais policier et qu'il n'avait donc aucune chance de gagner s'il intentait un procès contre ma femme pour avoir agressé leur fils. » Il regarda Brunetti pour évaluer sa réaction et, devant l'impassibilité la plus totale du commissaire, il précisa : « Il a dit que c'était le genre de choses qui arrivaient depuis qu'on avait laissé des gens extérieurs à Venise venir vivre dans leur immeuble.

— Ah ! laissa échapper Brunetti.

— Puis il a déclaré que si ma femme continuait à causer des problèmes à son épouse et à son fils, il n'avait d'autre choix que de parler à son père.

— Qui est-ce ? » s'enquit Brunetti.

Patta grimaça comme sous l'effet d'un goût amer : « Umberto Rullo. »

Une sombre nageoire vint traverser les flots mémoriels de Brunetti et disparut sans un bruit, en formant quelques cercles concentriques.

Il répéta le nom et demanda : « Dans quel domaine exerce-t-il ?

— Il est le président-directeur général de la société où travaille Roberto. Ils fabriquent des engrais. » Un autre éclair jaillit parmi les souvenirs de Brunetti.

« Votre plus jeune fils ? »

Patta opina du chef.

Bien au fait du monde moderne, Brunetti demanda : « Quel genre de contrat a-t-il signé ?

— À temps déterminé, dit Patta, en ajoutant d'une voix aussi triste que son expression : Cela fait cinq ans qu'on le lui reconduit. On le lui renouvelle deux fois par an. » Patta passa les doigts sur ses tempes : « Cinq ans d'études en sciences économiques pour des contrats de six mois. »

Il regarda Brunetti, tel un père sans entregent – dans le Nord en tout cas – incapable de trouver un meilleur poste à son fils. « S'il perd son emploi, il n'en trouvera jamais plus un autre. Pas ici, du moins. » Il leva les mains d'un geste de désespoir. « Et il n'y a pas de travail chez nous. » Brunetti savait que Patta entendait Palerme, et pas Venise.

Le commissaire était assis calmement, pensant avec quelle facilité ses deux enfants obtiendraient un emploi à la fin de leurs études. Peu importe la branche : qu'ils aient choisi archéologie ou zoologie, le nom de Falier était le sésame qui leur ouvrirait assurément toutes les portes.

D'une voix soudain fatiguée, Patta conclut: «C'est pourquoi je voulais vous parler. Je voudrais que vous m'aidiez.

— J'en serai ravi, signore, répondit Brunetti, soulagé que Patta n'ait pas donné à cette discussion l'allure d'une "mission spéciale".

— Je voudrais que vous demandiez à la signorina Elettra de vérifier si cet enfant est bien normal.

— La signorina Elettra, monsieur?

— Bien sûr. Qui d'autre peut trouver ce genre de renseignement?»

Et dire qu'ils avaient échafaudé tellement de stratégies alambiquées pour cacher à Patta ce qui se tramait dans son propre bureau; et dire qu'ils cultivaient tranquillement leur sens de supériorité vis-à-vis de Patta, le lourdaud du Sud, censé ignorer les faits et le véritable mode de fonctionnement de la questure.

«Si vous me donnez le nom du garçon et de ses parents, ainsi que leur adresse, je suis sûr qu'elle y jettera un coup d'œil, monsieur, lui certifia Bruneti.

— Bien», dit Patta. Il ouvrit le tiroir de son bureau et en sortit une feuille de papier. Il nota rapidement les noms et l'adresse, puis leva les yeux sur Brunetti, qui se pencha pour la prendre. «Et, ajouta le vice-questeur, le papier toujours sous sa main, s'il se trouve que l'enfant n'a pas de problèmes – c'est-à-dire qu'il n'a pas de réels problèmes –, voudriez-vous lui demander de procéder à une recherche sur ses parents?» Face à la surprise manifeste de Brunetti, Patta nuança: «S'ils ont des difficultés avec leur fils, je ne veux pas leur compliquer encore plus la vie.

— Et si ce n'est pas le cas?

— Alors je m'emploierai à trouver les moyens d'exercer une pression sur eux, rétorqua Patta, en ajoutant d'un ton encore plus sévère : Il ne peut pas faire ça à ma femme.

— Je ne me souviens pas du nom de la société que dirige Rullo », répliqua Brunetti.

Patta lui lança un regard perçant, incapable de masquer le doute qui l'assaillit : « Pourquoi voulez-vous connaître son nom ?

— Il pourrait être pratique pour elle de tout examiner, tant qu'elle y est. »

Patta reprit son stylo et fixa Brunetti un long moment, avant de baisser la tête et d'écrire le nom de la société sur le papier qu'il fit glisser vers lui.

Le commissaire le saisit sans le regarder. Il souhaita une bonne matinée à son supérieur et se rendit dans le bureau de la signorina Elettra pour lui demander si elle voulait bien rendre un service au vice-questeur Patta.

10

La signorina Elettra sembla ravie de cette requête, mais lorsque Brunetti lui tendit la feuille de papier, elle énonça, d'un ton fort aimable : « Umberto Rullo ? Ce nom me dit quelque chose. » Elle pressa les doigts contre son visage un moment, en réfléchissant calmement. « Umberto Rullo », répéta-t-elle.

Bien des années plus tôt, Brunetti avait vu un tableau de sainte Catherine de Sienne – il ne se souvenait plus du nom du peintre – en contemplation devant la divine Essence de Dieu. Elle aussi était assise, la main droite contre la joue, en train de regarder par la fenêtre. Derrière elle, l'Essence divine se dissimulait parmi les douces collines de Toscane. La signorina Elettra, cependant, ne faisait que contempler la façade d'un édifice apparemment abandonné, situé de l'autre côté du rio di San Lorenzo. Sainte Catherine était élégamment drapée du noir et blanc des Dominicains, et le hasard fit que sa collègue avait choisi ce jour-là les mêmes couleurs : elle portait en effet un ample chemisier en soie blanche, fermé par des boutons de smoking et rentré dans un étroit pantalon de toréador en cachemire noir.

Sainte Catherine tenait une sorte de pochette, ce qui, de l'avis de Brunetti, conférait au tableau une touche très moderne. Il apprit seulement plus tard qu'il s'agissait de la peau du dragon qu'elle croyait avoir terrassé. Le sac de la signorina Elettra était accroché par une fine lanière de cuir au dos de son siège. Malgré sa curiosité, Brunetti s'abstint de l'interroger sur la provenance du matériau : elle n'aurait jamais acheté le moindre article confectionné avec la peau d'une espèce en voie d'extinction.

Sortie de son état de transe, elle lui demanda : « N'était-il pas impliqué dans la faillite d'une usine de plastique ? Il y a dix ans ? Quinze, peut-être ? »

Voilà donc d'où Brunetti connaissait ce nom ; c'était celui de l'usine près d'Udine. Certains enfants de cette région avaient eu le sang contaminé par un produit chimique – comment s'appelait-il, déjà ? – déversé dans l'eau potable. Et il y avait eu une histoire de médecins capables de leur purifier le sang. Sans parler des barriques de déchets toxiques ensevelies à proximité de l'usine. Et lorsque la Guardia di Finanza était venue séquestrer les comptes, elle avait découvert que l'établissement était aux mains d'une société du Panama ayant un bureau au Luxembourg, qui était elle-même aux mains d'une société nigérienne basée dans les Indes britanniques, qui à son tour... Au bout du compte, la police ne parvint jamais à en trouver le propriétaire. Rullo déclara, puis prouva, qu'il était le directeur général, qu'il touchait son traitement comme tout le monde et ignorait tout du patron de la société. Il n'était qu'un simple rouage de la machine, chargé de faire exécuter les ordres et de payer les salariés.

Les juges le prirent pour argent comptant. Ou empochèrent beaucoup d'argent. L'usine abandonnée, qui se trouvait au milieu d'un champ clôturé, avait pollué l'eau d'au moins vingt villes à la ronde et l'avait rendue impropre à la consommation humaine.

Et voilà que Rullo réapparaissait à la tête d'une autre société de produits chimiques.

« Son fils et sa famille habitent l'appartement au-dessous du vice-questeur », expliqua Brunetti. La signorina Elettra secoua lentement la tête, comme si le commissaire lui avait appris de mauvaises nouvelles. « Leur petit garçon a insulté la femme de Patta pendant plusieurs mois, il l'a même frappée avec son cartable. »

La signorina Elettra ne parvint pas à masquer son étonnement. « Mais c'est une femme agréable », dit-elle, indignée.

Cette remarque étonna Brunetti, mais il n'avait aucune preuve du contraire.

« Il vaut mieux commencer par l'enfant, suggéra-t-il. S'il a un problème, le vice-questeur a dit qu'il n'irait pas plus loin.

— Et pourquoi donc ? »

— Sans doute parce qu'il estime qu'ils ont bien assez de chats à fouetter avec leur fils », répondit prudemment Brunetti.

Il la vit saisir tout à coup le fin fond de l'histoire. « Dieux du ciel ! » finit-elle par s'exclamer. Elle regarda vers la porte du bureau de Patta, comme si elle la voyait pour la première fois, et déclara : « Qui l'eût cru ? »

Convaincu que tout commentaire eût été déplacé, Brunetti répondit simplement : « Je vous laisse à cette affaire. »

Il n'avait aucune idée du pouvoir que pouvait détenir Umberto Rullo : apparemment, il en avait suffisamment pour échapper aux accusations – voire aux condamnations – dans l'affaire de l'usine près d'Udine. Son rejeton avait certainement investi le nom de son père de vertus magiques capables de faire taire purement et simplement un vice-questeur de police, originaire du Sud, qui plus est. Brunetti fut surpris de constater à quel point cet abus de pouvoir le blessait, comme si sa profession, son honneur et sa vie avaient été remis en cause par la simple menace proférée à demi-mot par un idiot persuadé de jouir d'un pouvoir supérieur à celui du dottor Patta.

Il s'arrêta brièvement au milieu de la volée de marches, stupéfait par l'intensité de sa réaction, surtout après le vif soulagement – il pouvait au moins se l'avouer à lui-même – qu'il ressentit à l'idée du pouvoir qu'exerçait le nom de Falier. Quelle était la maxime que son ami Giulio lui récitait toujours en napolitain ? « *Votta 'a petrella e annasconne 'a manella.* » « Lance la pierre, puis cache ta main. » C'était tout à fait cela.

Brunetti trouva sur son bureau le planning des équipes pour le mois suivant et passa une heure à le parcourir et à le modifier : pour éviter, d'une part, que certains collègues sans atomes crochus se retrouvent à faire des rondes ensemble ; dans deux autres cas, pour placer des femmes officiers à la tête de patrouilles, au lieu de faire en sorte qu'elles s'occupent, comme d'habitude, de papiers à la questure ; et il opéra un dernier changement pour annuler la sanction disciplinaire qui avait été prise envers le pilote qui s'était servi du bateau de fonction pour emmener à l'hôpital une touriste gisant par terre, dont l'époux l'avait supplié de l'aider. Elle avait glissé et s'était fait une luxation, et non une fracture, de la hanche, mais le pilote ne pouvait pas le savoir. Brunetti s'opposa donc à cette mesure, puis constata avec joie qu'elle avait été prise sur l'initiative du lieutenant Scarpa.

C'était mardi, le jour où les enfants déjeunaient chez leurs grands-parents. Paola en avait profité pour organiser une session de travaux dirigés avec le seul doctorant qu'elle avait cette année-là. Quant à Brunetti, il descendit demander à Vianello s'il voulait aller manger avec lui.

Comme le temps était d'une douceur exceptionnelle, ils décidèrent de se diriger vers le *campo* devant l'Arsenal pour voir s'ils pouvaient s'installer en terrasse. Sur le chemin, Brunetti fit part à Vianello de la requête de Patta et de son souhait de ne pas s'acharner contre les parents si l'enfant était en quelque sorte…

«Spécial? suggéra Vianello.

— S'il a de graves problèmes, oui», confirma Brunetti.

Ils passèrent devant l'église San Martino et les lions qui gardaient l'entrée de l'Arsenal. Brunetti s'arrêta face à eux, comme il le faisait depuis tout petit. Ils n'avaient pas changé d'un iota : il y avait toujours les deux lions, tout à fait respectables, et plus loin, sur la droite, celui avec son air encore coupable d'avoir dévoré un chrétien. Il n'en avait pas tiré grand profit, efflanqué comme il l'était. Celui qui se prélassait sur le linteau au-dessus de la porte avait l'air plus robuste : il devait l'être d'ailleurs, car il n'aurait pas pu se hisser là-haut à la seule force de ses ailes.

«À quoi penses-tu?» demanda Vianello, en s'arrêtant à l'une des tables en terrasse. Brunetti remarqua qu'elles n'étaient pas dressées : il n'y avait pas de nappes et, plus étrange encore, pas de touristes.

«Allons à l'intérieur.» Comme ils étaient de service toute la journée, leur déjeuner serait payé par le ministère de l'Intérieur.

Brunetti ouvrit la porte et entra. Il y avait six tables occupées.

Le propriétaire, Luca, sortit de la cuisine et s'arrêta à leur vue. Une étrange expression lui traversa le visage, plus forte que de la surprise, proche de la déception, en apercevant deux clients fidèles, dont un qu'il appelait même par son prénom. Pour la première fois depuis des années, Brunetti remarqua les lignes horizontales sillonnant son front.

« *Ciao, Luca* », dit Vianello en ôtant son chapeau et en jetant un coup d'œil circulaire. Brunetti sourit et se dirigea vers le bout de la salle, leur place habituelle. Vianello lui passa le menu, un geste pour la forme et dénué de sens, car Brunetti prenait toujours des *paccheri*[1] au thon, avec des olives et des *pomodorini*[2], tandis que Vianello demandait immanquablement la *pasta alla Norma*[3]. Luca vint à leur table à petits pas, tenant un torchon des deux mains.

« *Buondì, signori* », dit-il en s'approchant, sans appeler Vianello par son prénom. Luca avait coutume de noter formellement leur commande par écrit, mais il n'avait pas pris de carnet avec lui. Il se tint près de la table, en triturant son torchon, et se balança plusieurs fois sur ses jambes sans rien dire de plus.

« Qu'est-ce qui ne va pas, Luca ? finit par demander Brunetti, avant d'ajouter, pour désamorcer la tension : Nous ne sommes pas venus t'arrêter. Ne t'inquiète pas. »

Luca garda un visage impassible, mais il cessa de tordre son torchon dans tous les sens.

Vianello insista : « Qu'est-ce qui ne va pas, Luca ? S'est-il passé quelque chose ?

---

1. Pâtes originaires de la région de Naples, en forme de large tube.
2. Tomates cerises.
3. Des pâtes, habituellement des macaroni, accompagnées d'une sauce à base de tomates, d'aubergines frites, de ricotta salée et de basilic.

— N'êtes-vous pas au courant ? demanda finalement le propriétaire. N'avez-vous pas lu *Il Gazzettino* aujourd'hui ?

— Non », répondit Brunetti. Il regarda Vianello, en levant le menton vers lui.

Ce dernier secoua la tête.

Luca oscilla encore plusieurs fois sur ses pieds avant de lâcher : « Je l'ai à la cuisine. Je vais vous le chercher. » Il pivota, ouvrit la porte de la cuisine et disparut.

Les deux hommes échangèrent un regard confus. « J'espère qu'il ne s'est pas fait pincer pour n'avoir pas donné de reçu à un client.

— Non, il le fait toujours », répliqua Brunetti, aussi étrange que cela puisse être dans un restaurant.

Au bout d'un moment, les portes s'ouvrirent brusquement et Luca réapparut avec le supplément local, au célèbre en-tête bleu foncé.

Il tendit le journal à Brunetti, qui l'ouvrit à plat sur la table entre Vianello et lui, de manière à ce que tous deux puissent lire les gros titres. Le commissaire, attiré par le plus imposant, commença à lire l'article sur la possible faillite d'une énième banque, mais son attention fut happée par le « *Oddio* » murmuré par Vianello.

Brunetti regarda son ami, qui pointa une des manchettes : *La Questura non paga trenta mila euro*[1]. Suivi, en plus petits caractères, de la déclaration : *Ristorante non accetta la polizia*[2]. Il continua à lire. Le propriétaire d'un restaurant à Chioggia fréquenté par les policiers locaux avait plus de trente mille euros de crédit vis-à-vis de la questure et n'acceptait plus de servir les officiers, à moins qu'ils ne

---

1. La questure doit trente mille euros.
2. Un restaurant n'accepte plus les policiers.

payent eux-mêmes leur repas. Il expliquait au journaliste que ces derniers étaient parfaitement libres de présenter leurs additions à la questure pour se faire rembourser, mais que lui ne voulait plus de cette situation.

Brunetti leva les yeux vers Luca, puis vers Vianello. «Nous paierons, Luca. Ne t'inquiète pas.

— Ce n'est pas pour vous, commissaire, fit le propriétaire, ni pour toi, Lorenzo. Ce sont les autres. Ils entrent et croient qu'ils peuvent continuer à manger sans prendre la peine de me régler. Mais ici, ce n'est pas une cuisine caritative. » Puis, prenant conscience de la réputation qu'il risquait de se faire, il énonça, en scandant ses phrases d'une voix de plus en plus forte : « On me doit plus de quinze mille euros. Cela suffit. Pas un jour de plus. »

Vianello posa sa main sur le bras de l'homme. «Luca, ne t'inquiète pas, nous te paierons. Et à notre retour au bureau, nous indiquerons les nouvelles règles au vice-questeur. » Son geste ou ses mots semblèrent calmer le restaurateur, mais pour en avoir l'assurance, Vianello ajouta : « D'accord, Luca ?»

Celui-ci reprit son journal, le plia et hocha la tête. «Un *paccheri* et une *norma*, c'est cela ?

— Et une bouteille d'eau plate », précisa Vianello en tapotant de nouveau le bras de Luca. Le propriétaire rangea le journal et se dirigea vers une autre table où une femme lui faisait signe de lui apporter l'addition.

Pendant qu'ils attendaient leur repas, Vianello observa : «J'espère que le garçon n'a pas de problèmes. En tout cas, pas trop graves. » Il déchira un paquet de gressins et en brisa un en quatre ou cinq morceaux qu'il aligna le long de sa fourchette, puis les ignora : « Ce doit être terrible. » Il poussa deux des morceaux de gressins sur sa droite, puis posa son index sur la base de l'un d'eux, le soulevant à l'autre bout, et le laissa retomber en continuant : « D'avoir un enfant dont tu sais qu'il est méchant, vraiment méchant, pas juste turbulent. Que c'est une peste. » Il régna un long silence.

« Tu en as connu ? » s'enquit Brunetti, car ce n'était pas son cas.

Vianello opina du chef, lança le deuxième morceau de gressin en l'air, puis le laissa retomber immédiatement. « Un garçon en face de chez nous, quand j'étais petit. Personne ne l'aimait, même pas ses parents ; du moins, pas tant que ça. »

Luca vint poser la bouteille d'eau sur la table et leur annonça que les pâtes seraient prêtes dans quelques minutes. Brunetti le regarda et remarqua que les lignes horizontales étaient moins marquées. « Qu'est-il devenu ? demanda-t-il à Vianello.

— Je ne sais pas. Ils ont déménagé quand j'avais quinze ans et je ne l'ai jamais revu. » Vianello leur servit à tous deux un verre d'eau et sortit un autre gressin, qu'il mangea cette fois.

Luca revint avec leurs plats, leur souhaita bon appétit et repartit à la cuisine. Brunetti piqua un des *paccheri*, ajouta un morceau de thon et goûta. C'était peut-être un peu trop salé aujourd'hui, mais quand même très bon.

« Avec certains enfants, poursuivit Vianello, surtout les petits garçons, c'est difficile à dire. La plupart grandissent et deviennent des gens normaux, mais d'autres non, visiblement. » Il mangea quelques pâtes, puis posa sa fourchette. Il regarda son ami dans les yeux. « Après tout, les gens avec lesquels nous travaillons – ceux que nous arrêtons – viennent bien de quelque part, non ? J'imagine qu'ils commencent un beau jour à être mauvais. Ou que quelque chose a fini par créer une déviance.

— Au départ, je pensais qu'ils étaient peut-être nés ainsi, répliqua Brunetti, en gardant sa fourchette suspendue au-dessus de son assiette. Je me demande si c'est ce que les calvinistes entendaient par prédestination. C'est juste une question de jugement social. Nous voulons tout expliquer par des causes physiques, alors qu'eux cherchaient des motivations spirituelles. C'est pourquoi ils décrétaient que l'on naissait sauvé ou damné, et la question était ainsi définitivement tranchée. » Il haussa les épaules en remettant sa fourchette dans son assiette, but un peu d'eau et s'essuya les lèvres.

Comme Vianello n'avait apparemment aucune envie de pérorer sur les différentes visions religieuses et que Brunetti souhaitait continuer à tirer profit de son bon sens, le commissaire lui dit : « J'aimerais te demander ton avis sur un autre point, Lorenzo », en s'adressant à lui par son prénom, signe qu'il s'agissait d'une question personnelle.

Si Vianello avait été un cerf paissant dans la forêt, il n'aurait pas été davantage alerté par les changements venus altérer son environnement sonore habituel. Il leva aussitôt la tête de son plat, posa sa fourchette et écouta attentivement son ami.

« C'est au sujet d'une connaissance, un ami, quelqu'un que je connais depuis des années, spécifia Brunetti, qui inclina rapidement la tête, reconnaissant combien ses propos étaient vagues. C'est un grand ami de mon beau-père : son plus vieil ami, d'origine espagnole. Il a à peu près le même âge, il est homosexuel et veut adopter un homme plus jeune – beaucoup plus jeune. » Il se tut pour évaluer la réaction de Vianello et attendit suffisamment longtemps pour lui donner l'occasion de répondre.

« À combien s'élève la différence d'âge ? »

Brunetti baissa les yeux sur son fond de sauce et songea à quel point il n'aimait pas garder l'assiette devant lui une fois son repas terminé.

« Au moins quarante ans.

— Tu m'as dit que c'était un ami de ton beau-père ? »

Brunetti fit un signe d'assentiment.

« De la même extraction ?

— Il vient d'une famille aristocratique, plus qu'aisée. Et il semble fort aisé lui-même.

— D'où vient l'argent ?

— Il s'est beaucoup enrichi en Amérique du Sud, mais il est revenu en Europe, où il est devenu marchand d'art.

— Et l'homme qu'il veut adopter ?

— Je l'ai vu une fois, à un dîner, mais je ne lui ai pas parlé. »

Vianello se tourna, mais c'était seulement pour faire signe à Luca de leur apporter deux cafés. Il revint à Brunetti et lui demanda : « Crois-tu que c'est autant pour sa classe que pour son âge ?

— Qu'il préfère l'adopter plutôt que l'épouser ? »

Brunetti se frotta la joue et sentit une petite plaque qu'il avait oublié de raser ce matin-là. Luca arriva avec les cafés ; Brunetti mit du sucre dans le sien et le mélangea pour s'occuper, le temps de réfléchir à sa réponse. Il finit par affirmer : « Je dirais que oui. » Il écouta l'écho de ces propos, avant de préciser : « Je ne les comprends pas, les gens que connaît mon beau-père, les gens de sa caste. Certains d'entre eux font tout ce qui leur chante, sans se poser la moindre question, alors que d'autres agissent comme si tout le monde, même leur chien, prêtait attention à leurs moindres faits et gestes.

— Tout comme les roturiers que nous sommes », répliqua Vianello en riant, et il appela Luca pour lui demander l'addition.

11

Sur le chemin de la questure, Brunetti expliqua à Vianello qu'il avait prié la signorina Elettra – si elle en avait le temps – de combler les trous subsistant entre les quelques événements de la vie de Gonzalo dont il avait connaissance. L'inspecteur lui rappela qu'elle partait en vacances le lendemain et qu'il était fort probable qu'elle ne puisse régler aucune question privée.

Brunetti comprit à quel point il avait occulté le fait que la signorina Elettra serait absente pendant trois semaines. Il se savait incapable d'effectuer cette recherche et ne demanderait à personne d'autre, pas même à l'inspecteur, d'entreprendre la moindre démarche, comme l'avait observé la signorina Elettra, d'ordre «personnel».

Ils se turent jusqu'à leur arrivée à la questure où, toujours en silence, ils se séparèrent pour regagner leur propre bureau. Brunetti passa le reste de l'après-midi à parcourir les dossiers qui avaient été déposés sur sa table ce matin-là. Rizzardi, le médecin légiste en chef, confirma que le touriste trouvé trois jours plus tôt dans ce que l'on décrit comme une «mare de sang», par la femme de chambre de l'hôtel où il était descendu, était effectivement mort exsangue après la rupture d'une veine variqueuse à la jambe. L'homme avait bu plus que de raison et était apparemment inconscient au moment de l'accident. Brunetti s'abstint de regarder les photos prises par l'équipe dépêchée dans sa chambre.

Un cuisinier bangladais avait été agressé sur la Lista di Spagna, alors qu'il rentrait chez lui après sa journée de travail dans un restaurant. Aucune tentative de vol, et ses agresseurs parlaient italien. Un engin explosif avait été posé devant le guichet automatique de l'une des banques du campo San Luca deux nuits plus tôt, mais l'appareil avait résisté au choc. La caméra de surveillance avait enregistré à la fois l'installation du dispositif et sa déflagration précoce qui avait blessé un des hommes. Tous deux avaient été identifiés par la police dès le premier visionnage de la vidéo et l'un d'eux avait été arrêté le lendemain. Une heure après les faits, son complice s'était rendu au *pronto soccorso*[1] avec des blessures dues aux éclats et des brûlures au troisième degré sur sa main et son bras droits. Il avait été appréhendé à sa sortie de l'hôpital, où on lui avait amputé trois doigts. Deux photogrammes avec les hommes en question étaient joints au dossier. Brunetti les reconnut tous deux : c'étaient de piètres criminels qui prenaient le système judiciaire pour un centre de recyclage.

Il sortit prendre un café, revint à la questure et monta dans le bureau de Griffoni, mais elle n'y était pas. Peu après 18 heures, il se dit qu'il en avait finalement assez et quitta son bureau. Il faisait encore jour ; un rayon de soleil illuminait la fin de cette morne journée.

Du côté du couchant, il vit dans le ciel des traces écarlates se réfléchir dans quelques nuages bas et regretta de ne pas avoir longé la rive au moins jusqu'à la basilique. Le temps d'arriver à Rialto, la luminescence rougeoyante

---

1. Aux urgences.

avait disparu et les nuages étaient redevenus des lambeaux couleur grisaille.

Lorsqu'il passa devant l'ancien magasin Biancat, il songea qu'il ne pouvait plus, désormais, s'y arrêter et acheter des fleurs sur le chemin de la maison. Mais il n'avait pas plus tôt formulé ce souvenir nostalgique qu'il s'exhorta à ne pas y penser, à ne pas se plaindre ni geindre. Biancat avait fermé ; on y vendait à la place des sacs et des ceintures bon marché. C'était ainsi, un point c'est tout.

Dans l'appartement régnait le plus parfait silence. Il alla dans sa chambre en passant devant le bureau vide de Paola et accrocha sa veste, qu'il remplaça par un épais pull marron, cadeau intéressé de Raffi pour Noël. Il retourna au bureau de Paola et se planta devant la bibliothèque. Il examina les titres au dos des livres, ne sachant trop que choisir. Ces derniers temps, il s'était replongé dans les tragédies grecques qu'il n'avait plus relues depuis la fin de ses études, les redécouvrant après toutes ces années, et les trouvant riches en enseignements. Il émit un léger murmure en passant en revue les différentes possibilités. Il n'était toujours pas prêt à relire *Médée*, et *Agamemnon* était insoutenable. Et *Les Troyennes* ? Il revit son professeur de grec lever les mains de dépit face à ses étudiants incapables d'établir un parallèle avec l'histoire contemporaine. Oh, si le professeur De Palma vivait aujourd'hui, songea Brunetti, il succomberait sous une pluie de parallèles historiques : les mers baignant l'Italie étaient remplies de bateaux chargés de Troyennes. Les maisons closes d'Europe débordaient des survivants des guerres menées dans l'Est du monde.

Il prit cet ouvrage et revint au salon où il commença à lire. Une demi-heure plus tard, au retour de Paola, il n'avait avancé que de quelques pages, car il s'était arrêté sur les mots de Poséidon : « Faut-il être insensé pour raser une ville, détruire les tombes et les temples, et les lieux sacrés, alors que la propre mort est si proche. » Il se demanda combien de gens sages avaient tenu ce même discours au fil des millénaires, et pourtant, les hommes en étaient encore là, à envoyer des hommes casqués en quête de revanche. Et de butin.

Brunetti ne s'aperçut de l'arrivée de Paola qu'au moment où elle l'appela. Il ferma son livre et le mit de côté. Il se leva, alla à sa rencontre et l'embrassa sur les joues, en réprimant son envie spontanée de la prendre dans ses bras et de lui promettre de la protéger à tout jamais.

Ignorant ce besoin de protection maritale, Paola accrocha sa veste sur la patère près de la porte et se pencha pour prendre les sacs de commissions posés à ses pieds. Il la devança en se disant que, même s'il ne pouvait pas la sauver de l'ire de Ménélas, il pouvait au moins porter les courses dans la cuisine.

Un des sacs était beaucoup plus lourd que l'autre. Il le soupesa plusieurs fois et demanda : « Qu'est-ce qu'il y a là-dedans ? »

Paola se tourna pour regarder le sac en question. « Ah, un kilo d'asperges et un kilo de petits pois nouveaux. Je pense qu'on pourra en manger tant qu'on veut car c'est la pleine saison pour ces légumes. J'ai bien envie d'expérimenter une recette de risotto.

— Pas seulement avec les petits pois ? » s'enquit-il. Vénitien jusqu'au bout des ongles, il mangeait depuis tout petit du *risi e bisi*[1] et adorait ce plat. « Peut-être pourrions-nous manger les asperges en hors-d'œuvre ?

---

1. Riz aux petits pois.

— Est-ce la plaidoirie d'un accro ?
— Tu sais que je suis fou de *risi e bisi*.
— Tu n'as pas une once de curiosité culinaire, Guido.
— Si, protesta-t-il en posant les sacs sur le plan de travail, la main sur le cœur. C'est juste que j'aime trop le *risi e bisi*.
— Tu es pire que les enfants. Eux, au moins, ils ont envie de goûter des plats nouveaux.
— Moi aussi, insista-t-il. Je pensais juste que ce serait bien si nous pouvions avoir... » Sa voix ne fut plus qu'un filet et il ajouta, avec quelques hoquets plaintifs, mêlant sa fille à la conversation : « En plus, nos légumes de Sant'Erasmo[1] feront passer le veau au thon. »

Paola, qui était en train de les déballer, lui tapota le bras avec la botte d'asperges. « C'est bon, allez, c'est bon. Retourne à ton livre et laisse-moi tranquille. »

Comme il allait vers le réfrigérateur, elle suggéra : « Il y a une bouteille de gewurztraminer. Tu devrais l'ouvrir, comme cela je pourrai en ajouter au risotto. »

Brunetti s'exécuta, toujours prêt à obéir à la voix du bon sens.

De retour à son fauteuil, il but une première gorgée de son vin, puis une autre. Il était encore temps, il le savait, de remettre le livre en place et d'en choisir un moins terrible. Il se souvenait des faits, mais avait oublié les réactions de la plupart des personnages face à leur destinée, dictée par les caprices des dieux, ou des humains.

Il posa son verre sur la table et prit le livre.

Il entendit les enfants rentrer à la maison. Chiara vint l'embrasser sur la tête et disparut sans un mot. Un son ou

---

1. Île maraîchère de Venise, située dans la lagune nord.

une voix filtraient de temps à autre dans sa direction, et il était soulagé d'entendre les bruits de la vie s'entremêler à sa lecture.

Lorsque Paola vint l'appeler depuis la porte, il n'avait lu que cinq pages de plus, mais il était ravi de cette invitation à dîner car elle lui évitait – du moins momentanément – d'entendre Cassandre prophétiser les conséquences mortelles de son viol. Il mit l'ouvrage de côté, sachant ce qu'il allait advenir de la folle princesse et des femmes capturées à sa suite. Bien des Troyennes avaient été arrachées à leur foyer et livrées aux hommes qui les vendaient aux enchères, ou auxquels elles avaient été promises comme une part du butin. Mais qu'en était-il des nombreux viols actuels, perpétrés dans les bateaux, sur les plages, dans les camions et les voitures ?

Brunetti s'arrêta dans l'embrasure de la porte de la cuisine et s'ébroua de l'emprise que la pièce avait sur lui, mais pas avant de s'être fait à l'idée que ce qui devait advenir adviendrait.

Ils levèrent tous les yeux à son arrivée, heureux de sa présence. Au milieu de la table se trouvait un récipient en porcelaine avec le risotto aux petits pois ; sa surface onctueuse semblait onduler vers lui en signe de bienvenue. Il s'assit à sa place ; Paola mit du risotto fumant dans son assiette et la lui passa. Elle s'occupa ensuite des enfants, puis se servit en dernier.

Chiara se leva de sa chaise en un geste spontané d'allégresse. *« Risi bisi, risi bisi ! »* s'écria-t-elle, laissant libre cours à sa joie.

Brunetti concentra tout son espoir – s'il avait eu la foi, il aurait qualifié ce souffle silencieux de prière – dans quelque chose de mystérieux auquel il ne croyait probablement pas, afin que Chiara puisse se régaler ainsi jusqu'à la fin des temps, à la saison des petits pois. C'était lui assurer une vie de bonheur.

« Papa, demanda-t-elle en hésitant, lorsque sa première sensation de faim fut rassasiée, est-ce vrai que zio Gonzalo va adopter quelqu'un ? »

Heureusement, Brunetti venait juste de commencer à manger, ce qui lui permit de procrastiner un moment, et il lui demanda, le temps de formuler sa réponse : « Où as-tu entendu ça ? » Il lança un regard en coin à Paola et la vit approuver sa réaction pondérée.

« C'est Nonno qui l'a dit aujourd'hui à table et il n'a pas arrêté d'en parler, même après que Nonna lui a demandé de se taire.

— Qu'a-t-il dit ? » l'interrompit Paola.

Chiara regarda furtivement son frère, qui avait déjeuné avec elle chez leurs grands-parents, mais Raffi continua à manger sans prêter grande attention à la conversation.

« Oh ! les histoires habituelles, répondit Chiara.

— Mais encore ? » s'enquit Brunetti.

Chiara posa sa fourchette. « Que c'était une erreur. »

Brunetti, qui partageait tout à fait cet avis, s'informa : « A-t-il précisé quelle sorte d'erreur ?

— Quelle sorte ?

— Oui. Est-ce parce qu'il a déjà une famille, ou parce qu'il est trop vieux pour assumer de nouvelles responsabilités, ou Nonno conteste-t-il le choix de la personne ? »

Cette réflexion fit entrer Raffi dans la danse : « Il ne l'a pas expliqué. Il a dit que Gonzalo ne devait pas le faire, point à la ligne. » Il laissa le temps à ses parents de digérer cette remarque, puis ajouta : « Ce n'est pas le genre de Nonno d'être si dogmatique, n'est-ce pas ? » Comme c'était pour Brunetti une question rhétorique, il passa la balle à Paola ; le comte était son père, après tout.

Ce n'est qu'après avoir senti les trois regards rivés sur elle que Paola finit par répliquer : « Je suppose que c'est parce qu'il a une idée de la famille différente de celle de Gonzalo.

— De la famille ? demanda Chiara. Celle de zio Gonzalo n'est-elle pas en Espagne ? »

Paola fit un signe d'assentiment.

« Alors en quoi cela devrait-il les déranger qu'il adopte quelqu'un ici ? » s'enquit-elle, sincèrement intriguée.

Raffi intervint : « On est sa famille ici, non ? » Au vu de leur expression, il nuança : « Bon, d'accord, on est une sorte de famille. »

Paola regarda Raffi en esquissant un sourire. « Pour ton grand-père, une famille ne peut pas être "une sorte de". Ou c'en est une, ou ce n'en est pas.

— Alors que signifie "famille" pour lui ? demanda Chiara d'un ton étonnamment adulte. "Famille", au nom de quoi ?

— Des liens du sang. J'imagine que c'est ce qu'il répondrait, affirma Paola.

— Alors qu'en est-il de Bartolomeo ? fit Chiara du tac au tac, évoquant le fils adoptif d'une collègue de Paola.

— Peut-être est-ce différent parce qu'il a été adopté enfant, suggéra Brunetti.

— Alors quel est l'âge minimal ?

— L'âge pour quoi ? s'informa Brunetti, momentanément confus.

— Pour que l'adoption fonctionne et que tu deviennes véritablement le fils des gens qui t'ont adopté. Y a-t-il un âge pour cela ?» La manière dont Chiara posa la question flairait l'espièglerie, mais pas le sarcasme.

Chiara se mettait souvent sur la défensive, Brunetti le savait, lorsque ses remarques n'étaient pas prises au sérieux, mais cette fois, elle garda son calme. «J'essaye juste de saisir les règles qui te font devenir membre d'une famille.»

Oh, qu'elle est intelligente, ma fille, pensa fièrement Brunetti.

«Est-ce que Nonno connaît l'âge de cette personne? demanda Paola en ajoutant, pour éviter toute ambiguïté. La personne que Gonzalo veut adopter?

— D'après ce qu'il disait, avant que Nonna arrive à le faire taire, répondit Chiara avec le plus fin des sourires, il doit être vieux.»

Raffi déclara, en regardant sa sœur: «J'ai comme l'impression que quelqu'un à cette table va te demander ce que tu entends par "vieux".»

Chiara lui jeta ce long regard de souffrance, typique des personnes entravées par tous les obstacles du monde, et lança: «Je pense qu'il a la quarantaine.»

Au lieu de lui demander comment elle l'avait découvert, Brunetti hocha la tête et confirma: «Vieux.» Il se demanda combien de temps mettrait Chiara à s'informer s'il y avait un âge maximal pour l'adoption, mais elle s'en abstint.

Elle s'adressa à ses parents: «Vous avez dit que Nonno pourrait contester le choix de cette personne. Il n'a pas dit qui c'était, mais j'ai eu la sensation que Nonno le connaissait et ne l'aimait pas trop.

— S'est-il expliqué sur ce point? s'enquit Paola.

— Non, mais tu sais que Nonno n'a pas besoin de raison pour se faire une opinion.»

Si la remarque de Chiara n'avait été que la simple observation d'une vérité connue de chacun des interlocuteurs, un de ses parents le lui aurait reproché. Mais elle ne fit l'objet d'aucun commentaire et, comme dit le proverbe, «qui ne dit mot, consent».

«En outre, continua-t-elle, nous savons tous en quels termes zio Gonzalo parle de sa famille depuis toujours. La seule personne qu'il supporte est sa sœur, le médecin. Donc pourquoi ne pourrait-il pas fonder sa propre famille?» Elle regarda la tablée tout entière, mais personne ne souffla mot. «C'est ce qu'il ferait s'il se mariait, n'est-ce pas?» nota-t-elle avec un brin d'incertitude dans la voix.

Paola regarda Brunetti et signala qu'il était sans doute plus à même qu'elle de répondre. Chiara se tourna vers lui et pencha la tête d'un air interrogateur.

Brunetti commença son laïus, du ton impartial de la loi: «L'adoption va un peu plus loin, à mon avis, car l'enfant adopté devient l'héritier universel, alors que l'époux ou l'épouse n'obtient que sa part.»

Chiara lui coupa la parole immédiatement: «Je ne parle pas d'argent, papa. Je suis en train de parler d'amour.»

Silence absolu, jusqu'à ce que Paola se lève et se mette à débarrasser la table. Ils lui tendirent tous leur assiette sans rien dire, en veillant à ne pas faire tomber les fourchettes. Elle revint rapidement avec un grand plat de poulet garni de tomates cerises et d'olives qu'elle posa au milieu de la table, puis elle retourna à son plan de travail et apporta à Chiara un plateau de fromages.

Brunetti attendit que Paola se soit de nouveau assise avant d'enchaîner: «Je crains que la loi ne puisse rien dire de précis au sujet de l'amour, Chiara. Il ne peut être mesuré ni évalué, ni même reconnu. Donc, quand les avocats traitent d'affaires comme l'adoption, il leur faut recourir à des éléments concrets, ce qui signifie qu'ils ne peuvent s'appuyer que sur la loi, et la loi a pour objet l'argent, les biens et les actes autorisés ou interdits. »

Chiara en oublia son assiette placée devant elle et garda les yeux rivés sur son père.

« Je ne peux pas parler au nom de ton grand-père, ni dire pourquoi il n'approuve pas la décision de Gonzalo, mais je pense pouvoir expliquer ce qui... le gêne... dans cette situation.

— C'est parce que Gonzalo est homosexuel? suggéra Chiara d'un ton hésitant.

— Non, déclara Brunetti sans ambages. Cela n'a aucune importance pour ton grand-père.

— Alors pourquoi est-il en train d'en faire toute une histoire? Vraiment, je ne comprends pas.

— À mon avis, c'est parce qu'il pense que Gonzalo n'y a pas suffisamment réfléchi, répondit Brunetti en se rendant compte qu'il pourrait véritablement en être ainsi. La loi établit clairement les obligations d'un père envers son fils: il doit subvenir à ses besoins, puis lui léguer ses biens, mais comme Gonzalo n'a pas de femme, son patrimoine ira au fils adoptif. Une fois l'adoption entérinée, il ne peut plus revenir sur ses pas. » Chiara hocha la tête en signe de compréhension.

« Mais à l'inverse, continua Brunetti, le père ne bénéficie d'aucune protection légale. Le fils n'a aucune obligation envers son père, pas même d'éprouver de l'amour ou de la gratitude à son égard. » Chiara mit cette fois un certain temps avant d'opiner du chef.

« Sans doute est-ce la raison pour laquelle ton grand-père se fait du souci pour son meilleur ami. »

Paola déclara soudain, à leur grande surprise : « N'en parlons plus, je vous prie. Cette question ne nous regarde pas. » Puis, sans leur laisser le temps de formuler le moindre commentaire, elle conclut : « Vu notre profonde affection pour Gonzalo, nous pouvons nous inquiéter pour lui, mais pas médire de lui ; du moins, pas à cette table. »

12

Rien ne put alléger l'atmosphère du dîner, même lorsque Paola leur rappela qu'il y avait encore au réfrigérateur la moitié d'un gâteau aux dattes et aux amandes. Raffi lui-même le bouda. Paola les fit tous sortir de la cuisine et se mit à la vaisselle. Depuis le salon où il s'était installé, Brunetti nota comme elle s'y prenait calmement ce soir-là, sans donner de coups dans tous les sens, point d'orgue habituel aux réflexions qui avaient pu jalonner le repas.

Plutôt que de retourner à ses *Troyennes*, Brunetti préféra écouter les bruits provenant de la cuisine. Assis dans son canapé, il médita sur le fait que ces personnages fictifs et leur vie étaient bien plus réels pour lui et le bouleversaient beaucoup plus que ce qu'il pouvait lire même dans les rapports de police les plus crus. N'étant pas écrivain ni particulièrement doué dans le maniement des mots, il décelait toutefois dans leur pouvoir les signes d'une dimension qu'il n'osait qualifier de divine.

Paola vint à la porte. «Un café?
— Oui, s'il te plaît.»

Il entendit ses pas disparaître peu à peu en direction de la cuisine. Qu'est-ce que cela devait être de se retrouver sur une plage, parqué comme une bête par les hommes étranges et violents qui ont exterminé votre famille, détruit votre ville et votre passé, dans l'attente de décider à quel complice vous livrer. Sans rien, hormis les vêtements que vous aviez sur vous. Sans le moindre droit ni bien, pas même le pouvoir de dire non à quoi que ce soit. Des hommes qui vous ont tout pris : la seule liberté qu'il vous reste, en vérité, étant de vous tuer vous-même. Les dieux ont accepté vos sacrifices pendant des années, puis se sont lavé les mains de votre sort et sont passés de l'autre côté de la barrière. Et vous voilà, sur la plage. Avec peut-être, à vos pieds, les cadavres gonflés d'eau de vos proches, lavés et relavés par les vagues, et, derrière vous, les tours écroulées, les portes démolies et des ruines à perte de vue, sans compter la pluie de cendres grasses qui tombe lentement sur vous et sur tous les autres : la seule forme lugubre d'égalité. Vous voici sans pays et, plus terrible encore, sans famille.

« Guido ? » entendit-il. Il leva les yeux et vit sa femme debout, en train de lui tendre une tasse et une soucoupe.

« Ah, merci, ma chérie.

— Tout va bien ? demanda-t-elle en s'asseyant sur la table basse en face de lui et en posant son café à côté d'elle.

— Oui. Je réfléchissais.

— À quoi ?

— À la manière dont un écrivain peut rendre même les choses les plus terribles… »

Brunetti ne voulait pas dire « belles », mais c'était ce qu'il entendait. « Peut les rendre puissantes. » C'était un autre concept, mais tout aussi pertinent.

« Je n'ai jamais compris pourquoi tu as fait des études de droit », répliqua-t-elle à la grande surprise de son époux. Elle prit sa tasse et but une gorgée.

« Moi non plus, à dire vrai.

— Est-ce que tu le regrettes ? »

Il secoua la tête. «Non. C'est beau, le droit. C'est comme construire une cathédrale.
— Je ne te suis pas, avoua Paola avec un sourire.
— En fait, tu bâtis un édifice censé durer et protéger, donc il faut qu'il soit solide, qu'il n'ait aucune faille. Il faut envisager tous les problèmes susceptibles de surgir si une partie se révèle fragile, ou mal conçue. Il faut chercher, du moins, à le rendre parfait.
— Voilà qui ne manque ni de grandeur ni de noblesse», déclara-t-elle. Elle se pencha et posa ses mains sur les genoux. «Mais on aboutit à un résultat tout autre, n'est-ce pas?»
Il secoua la tête et se tourna pour tapoter la couverture du livre posé à côté de lui. «Peut-être est-ce la raison pour laquelle j'ai abandonné l'histoire pour la tragédie, expliqua Brunetti.
— Pourquoi?
— Parce que les écrivains ne sont pas obligés de reconstituer les événements avec exactitude.
— Quel est leur but, d'après toi?
— Oublier les faits et nous dire la vérité», déclara Brunetti avec la conviction de celui qui énonce une certitude toute neuve.
Cette fois, Paola éclata de rire. «C'est ce que je te répète depuis toujours, mon chéri.» Elle prit son café mais, comme il était froid, elle remit la tasse et la soucoupe sur la table.
Elle alla s'asseoir près de lui et ils discutèrent de la volonté de plus en plus affirmée, chez Chiara, de former ses propres jugements, qu'ils n'approuvaient pas forcément. «Même au sujet de Gonzalo?» s'enquit Brunetti.
Paola haussa les épaules. «Elle ne le voit qu'avec les yeux de l'amour, Guido.
— Tu penses que cela change la vision?

— J'espère bien, répliqua-t-elle, puis avec un léger haussement d'épaules, elle décréta : Nous avons fait ce que nous avons pu. » Si Brunetti avait attendu davantage de réponses, il aurait été déçu : Paola rassembla les tasses et les soucoupes et les rapporta à la cuisine.

Lorsqu'elle revint se pelotonner contre lui avec un livre, prête à lire, il lui demanda : « Qui est-ce qui pourrait mieux connaître ses... sentiments, à ton avis ? »

Paola le regarda longuement, surprise d'entendre ce mot dans la bouche de Brunetti. « Le seul de ses amis que j'aie bien connu était Rudy. Et il l'a quitté. » Après une très brève pause, elle ajouta, d'une voix plus grave : « Je voudrais tellement le voir heureux. Aussi loin que je me souvienne, il a toujours fait partie de ma vie. »

Paola souleva la main de Brunetti et lui caressa les doigts. « Tu as vraiment de belles mains. Est-ce que je te l'ai déjà dit ?

— Six cent douze fois, je crois, même si j'ai dû perdre le compte pendant notre voyage de noces. »

Elle lâcha sa main en disant : « Quel idiot tu fais, Guido.

— Pourquoi avons-nous perdu ses amis de vue ? lui demanda Brunetti, étonné par cette brusque prise de conscience.

— Es-tu en train de me soumettre, en bon policier, à un interrogatoire ?

— Non, ça c'est quand je te dis que si tu ne réponds pas à mes questions, nous torturerons ton mari.

— Oh oui, monsieur, s'il vous plaît, monsieur, s'il vous plaît.

— Ce n'est pas bien que nous ne sachions rien de sa vie et que nous ne connaissions personne qui puisse nous en parler. »

Elle s'appuya contre le dossier du canapé et murmura : « J'ai épousé un pauvre fou.

— Est-ce que tu... »

Paola lui coupa la parole : « Dami.

— Pardon ?

— Padovani, précisa-t-elle. Il est de retour pour un congé sabbatique. Je l'ai vu il y a deux semaines.

— Et tu ne me l'as pas dit ?

— Un petit pincement de jalousie ? » demanda Paola, le sourire aux lèvres. Son camarade d'université était un des plus grands critiques d'art du pays : talentueux, caustique, drôle. Et un gay flamboyant.

« S'il est toujours aussi brillant, oui.

— S'il y a quelqu'un qui connaît bien le monde de l'art, c'est Dami, et Gonzalo y a baigné pendant des années.

— Quand puis-je le voir ? »

Au lieu de répondre, Paola se leva et alla dans son bureau. Elle revint avec son *telefonino* à la main. Elle s'affala près de son mari, appuya sur une touche et, à la première sonnerie, elle le lui tendit et se dirigea vers la cuisine.

Le téléphone sonna quatre fois avant qu'une voix grave ne demande : « Paola ?

— Non, Dami, c'est Guido.

— Ah », fit Padovani en soupirant profondément. Il s'éclaircit ensuite la gorge, comme s'il se préparait à jouer un personnage différent de celui qui avait décroché. « Quel plaisir d'entendre ta voix après toutes ces années, Guido.

— Paola m'a dit que tu étais revenu pour un congé sabbatique.

— On peut dire ça. C'est ce que je dis, d'ailleurs.

— N'est-ce pas le cas ?

— Pas vraiment.
— Alors de quoi s'agit-il ?
— Une fondation américaine m'a commandité un livre.
— Sur quel sujet ?
— Sur un peintre qui a vécu ici un certain temps.
— Qui ?
— Quelqu'un dont tu n'as certainement pas entendu parler, crois-moi, Guido. Il n'était absolument pas doué, mais était cousu d'or. Il a habité au palazzo Giustiniani pendant trois ans et a peint environ soixante-dix portraits de son chien. C'était un homme tout à fait charmant, sûr de son talent et gentil envers ses amis.
— Et comment se fait-il que tu écrives ce livre ? Tu le connaissais ?
— Je l'ai rencontré une fois, il y a environ quinze ans, à un dîner.
— Et cette rencontre a suffi à te donner envie de rédiger cet ouvrage ? »
Padovani éclata de rire. « Oh non, pas du tout. » Puis il partit d'un autre rire. Lorsqu'il cessa, il déclara, avec le plus grand sérieux : « J'imagine que tu m'as appelé pour une autre raison.
— Tu auras du mal à le croire, Dami.
— Au contraire, Guido. J'ai entièrement foi en tes motivations, même si souvent elles me dépassent.
— D'accord, eh bien… Je voudrais m'entretenir avec toi au sujet de quelqu'un, si tu le veux bien et à supposer que tu connaisses cette personne.
— Qui est-ce ?
— Gonzalo Rodríguez… » Dami compléta, en chœur avec le commissaire : « … de Tejeda.
— Ah, tu le connais, donc.

— Il fut un temps où il n'y avait pas un individu, de toute la chrétienté – du moins, à Rome – qui ne connaisse Gonzalo.

— Est-ce un compliment ?

— Oui.

— Le connais-tu ?

— Suis-je un chrétien ? répliqua Dami avec un rire furtif, puis il continua : Oui, je le connais, ou plutôt je le connaissais quand il vivait à Rome. Cela fait quelques années que je ne le vois plus, mais j'entends parler de lui de temps à autre.

— Tu accepterais de me parler de lui ? »

Padovani mit un moment à répondre : « Seulement si tu sais dès le départ combien je l'ai en estime, répondit-il à la grande surprise du commissaire.

— Demain ? » Brunetti réfléchit à un endroit où il pourrait inviter Padovani et discuter tranquillement de Gonzalo Rodríguez de Tejeda : « Au Florian, à 10 heures ?

— *Oddio*, tu as su combien j'allais gagner avec ce livre, ou quoi ? Si je viens, tu me laisseras parler de mon peintre ?

— C'est moi qui invite, donc pas question.

— Je cherche désespérément quelqu'un qui veuille bien m'écouter. C'est ma seule façon de trouver l'inspiration.

— La situation est-elle donc si grave ? s'inquiéta Brunetti.

— Pire encore », assena Padovani en raccrochant.

13

Brunetti appela la questure à 9 heures et pria le standardiste de prévenir le vice-questeur – mais seulement sur sa requête – qu'il serait en retard parce qu'il devait interroger un témoin. Il se fraya un chemin à travers les touristes de la place Saint-Marc et arriva au Florian à 9 h 45. Il demanda s'il pouvait s'asseoir dans une des arrière-salles. Le serveur hocha la tête et le fit passer devant le comptoir, puis il tourna sur la gauche et le mena dans une petite pièce. Il invita Brunetti à s'installer à la table de son choix : il était peu probable qu'il vienne d'autres clients, du moins pendant encore une demi-heure.

Brunetti le remercia et lui annonça qu'il attendait son ami pour commander. Il songea à décrire Padovani, de manière à ce que le serveur le conduise directement dans sa salle, mais il y avait si longtemps qu'il n'avait pas vu le journaliste qu'il ne savait plus à quoi il ressemblait. « Il s'appelle Padovani, l'informa-t-il.

— Bien sûr, signore. Le dottore est un de nos fidèles clients. » Au sourire de l'homme, Brunetti conclut que Dami n'avait rien perdu de son charme. Ni, imagina-t-il, la générosité de ses pourboires.

Il s'assit et aperçut son reflet dans les miroirs alignés devant lui, mais il changea ensuite de chaise, afin de voir la salle entière et toute personne franchissant la porte. Il prit la carte et jeta un coup d'œil à ses suggestions, comme un café avec de la crème chantilly, mais l'idée lui donna légèrement la nausée. Un autre serveur fit son entrée et Brunetti précisa à nouveau qu'il attendait un ami.

Il n'avait pas pensé à emporter son journal ; il éplucha donc la carte de bout en bout, puis jeta un coup d'œil circulaire pour voir si quelqu'un en avait laissé un.

« Guido ? » l'appela une voix d'homme.

Il se tourna et vit Dami, qui n'avait pas changé d'un pouce depuis leur dernière rencontre. Le journaliste avait la même corpulence et le même nez plat, et même s'il avait blanchi, il faisait plus jeune. Il avait coupé sa barbe et son bouc, et ses cheveux blancs, coiffés en arrière, n'accusaient pas son âge mais lui donnaient au contraire un air de vitalité. Dans son souvenir, Dami était plus – comment dire ? – plus indolent ? Oui, il dégageait davantage d'indolence : il aurait très bien pu être champion en double d'un club de tennis privé milanais.

Se remémorant soudain l'affection qu'il avait éprouvée pour Dami, Brunetti alla à sa rencontre et lui fit l'accolade. L'ancien Padovani aurait joué les effarouchés, mais celui d'aujourd'hui semblait s'être défait de ses vieilles manières : il se limita à tapoter l'épaule de Brunetti plusieurs fois et à serrer sa main dans les siennes. « Comme cela me fait plaisir de te revoir, Guido, après tout ce temps. » Il recula pour mieux l'observer, sourit et lâcha, en laissant resurgir un brin de son ego de toujours : « Si tu me dis que je n'ai pas changé, je te dirai que toi non plus. »

Avec une sincérité presque funèbre, Brunetti entonna : « Tu n'as pas changé d'un iota. »

Padovani lui donna une bourrade et se dirigea vers la table. « Pourquoi donc sommes-nous assis ici, à l'arrière, où personne ne peut nous voir ?

— Parce que, à l'arrière, personne ne peut nous entendre, répliqua Brunetti d'un ton neutre.

— Ah oui, bien sûr, approuva aimablement Padovani. Sommes-nous ici pour fomenter un complot ?

— Peut-être.

— Pas contre Gonzalo, je te préviens, déclara Padovani avec sérieux, sans la moindre once de cette frivolité que Brunetti trouvait si séduisante dans leurs conversations passées.

— Au contraire, je voudrais l'aider.

— Oh non ! » s'exclama Padovani d'une voix soudain inquiète. Les sourires disparurent des deux visages : « Que lui est-il arrivé ? »

Le premier garçon réapparut. Ils commandèrent un café et Padovani, prenant un air affable, demanda aussi un croissant.

Une fois le serveur parti, le journaliste reprit : « Qu'est-ce qui se passe ?

— Rien, répondit Brunetti d'une manière plutôt rassurante. Gonzalo veut adopter un fils. »

Padovani ferma les yeux un moment, secoua la tête et demanda d'un ton moins chaleureux : « Serait-ce par hasard un homme plus jeune ? Plutôt beau garçon ?

— Est-ce que tu le connais ?

— Non, mais je vois tout à fait le genre. » Sa voix laissait transparaître du mépris, peut-être même un sentiment plus acéré, mais Brunetti ne parvenait pas à saisir qui pouvait le lui avoir inspiré : Gonzalo ? L'homme en question ? Lui-même ?

« L'as-tu rencontré ? s'enquit Padovani. Il a traîné dans les parages à une époque et on m'a dit qu'il passait pas mal de temps avec Gonzalo maintenant.

— Sais-tu qui c'est ? Nous aimerions mieux le connaître », expliqua Brunetti, en évitant de signaler que c'était son beau-père qui était à l'origine de cette enquête.

Le serveur revint et, jouant les hommes invisibles, posa deux cafés sur la table, puis une petite assiette avec le croissant. Il regagna la porte sans toutefois la franchir. Brunetti leva les yeux et aperçut un jeune couple de Japonais sur le seuil. Ils regardaient de chaque côté du serveur qui leur bloquait le passage. Ce dernier s'inclina, les deux jeunes gens s'inclinèrent, et tous trois disparurent.

« Celui auquel je pense s'appelle Attilio Circetti di Torrebardo », répondit Dami, qui prononça le nom tel un animateur de télé présentant son invité. Puis il spécifia : « Marchese di Torrebardo.

— Peu importe », répliqua Brunetti en laissant le soin à Padovani d'en déduire que ce nom lui était déjà familier.

Le commissaire prit un sachet de sucre et le versa dans son café, le remua bien plus longtemps que nécessaire et revint à la charge : « Que sais-tu d'autre sur lui ? »

Padovani se pencha et mit aussi du sucre dans son café, puis en but une petite gorgée, posa sa tasse sur la soucoupe et prit son croissant. Il en mangea deux bouchées, le reposa sur l'assiette et finit son café, avant d'expliquer : « Il est historien de l'art. En fait, il a fait des études d'histoire de l'art à Rome, et cela fait dix ou quinze ans qu'il gravite dans ce monde.

— De quelle façon ?

— En effectuant des recherches pour des livres écrits par d'autres auteurs, ou en les écrivant lui-même, pour autant que je sache. En réalisant des catalogues pour des expositions; en rédigeant des recensions en ligne dessus, en tenant un blog. Comme il habite à Venise, il tient de temps à autre des conférences à l'Académie ou organise des visites dans les musées.

— Rien de stable, apparemment.

— Effectivement, approuva Padovani. Mais c'est un métier où l'atout majeur est le charme, et il en a à revendre.» Padovani mordit de nouveau dans son croissant.

Brunetti hésita avant de se lancer: «Dois-je conclure que tu parles par expérience?

— Oh mon Dieu! s'écria Padovani avec un large sourire, vivre avec Paola toutes ces années a fait de toi un garçon perspicace, ou je me trompe?»

Brunetti rit. «J'espère que tu vois le fait qu'elle m'ait gardé comme un gage de confiance», répliqua-t-il en attendant la réaction de Padovani. Le journaliste tergiversa un moment, puis sourit.

«Il m'a beaucoup impressionné quand je l'ai rencontré, raconta-t-il froidement.

— Ce n'est plus le cas?

— Non. Au début, j'étais complètement séduit par sa personne: il est brillant, il a d'excellentes manières – je suis très sensible à ce détail – et il semblait généreux. Mais au bout d'un moment, je me suis aperçu que ce n'était qu'une générosité verbale: il ne disait jamais de mal des autres, je lui reconnais cette qualité appréciable dans le monde où j'évolue. Mais il n'a jamais vraiment rien fait pour qui que ce soit et je l'ai rarement vu payer son écot lors des dîners.»

Padovani soupira: «C'est un genre très répandu. Il est bien habillé, il a un bon carnet d'adresses dans le monde de l'art, il est de toutes les soirées et de toutes les réceptions, et il a une kyrielle de comtesses vieillissantes à sa suite qu'il peut appeler et aller voir, ou emmener à l'opéra ou au restaurant. » Il réfléchit à ses propos et rectifia ses derniers mots : « Ou qui l'emmènent à l'opéra ou au restaurant, plus exactement. »

Il prit le verre d'eau qui accompagnait son café et le but d'un trait, puis il s'écarta de la table. La chaise fragile couina en signe de protestation et Padovani bondit sous l'effet de la surprise. Il réatterrit sur son siège et jeta un coup d'œil furtif en dessous, où il ne vit rien d'étrange, puis il reporta son attention sur Brunetti.

« Tout sonne faux chez lui. Il manque de gentillesse véritable. S'il est charmant, affable, et le plus attentionné des êtres, c'est parce qu'il cherche en réalité à tirer profit de toi. À chaque minute et à chaque seconde où il est avec toi.

— Qu'as-tu fait lorsque tu as découvert ce trait de caractère ?

— Je l'ai appelé un jour pour annuler un dîner auquel je l'avais invité. Je ne sais pas pourquoi : j'en avais tout simplement assez de lui. Il m'a rappelé quelques jours plus tard, mais je lui ai dit que j'étais pris. Et puis quand il a appelé de nouveau, j'étais pris de nouveau. Et voilà. Plus d'appels depuis.

— Tu t'en es tiré à bon compte », constata Brunetti. Ce qu'il s'abstint de souligner, c'était que la liste des offenses de Torrebardo pouvait aussi bien constituer la plainte d'un amant éconduit qu'un jugement impartial face aux graves défauts d'un individu. Vivre aux crochets des riches était tout un art à Venise, pas un crime.

« Effectivement.

— Et Gonzalo ? »

Padovani haussa les épaules. «Visiblement, Attilio s'est trouvé de plus verts pâturages où aller brouter. C'est la trajectoire normale pour un homme de son acabit.
— Qui va de où à où ? s'informa Brunetti.
— D'un journaliste modérément riche à un homme riche comme Crésus.
— Est-ce certain ?
— Que je n'aie qu'une modeste fortune ? C'est sûr», répondit Padovani en riant de bon cœur face à la gêne de Brunetti. Il se pencha pour lui tapoter le bras. «Tout cela n'est pas bien important, Guido. Quant à Gonzalo, sa fortune ne fait aucun doute. Il est assurément considéré comme quelqu'un de très riche et il a le train de vie de quelqu'un qui l'est.» Surpris peut-être par ces réflexions, il marqua une pause pour en écouter l'écho et nota: «Je n'ai jamais vu une ville avec autant de gens se faisant passer pour plus riches qu'ils ne le sont, et avec autant de riches jouant les pauvres.» Il partit d'un nouvel éclat de rire – ces rires engendrés par la révélation de vérités étonnantes. «Vous autres, Vénitiens, avez un rapport étrange à l'argent.»

Brunetti y songea un instant et se rendit compte que la vénalité, ou la non-vénalité des Vénitiens faisait partie des jugements qui lui sortaient par les yeux; il décida de changer de sujet. «La connaissais-tu bien, sa collection ?» s'enquit-il.

Padovani haussa les épaules. «Oui. Il a un goût très sûr, il a acheté beaucoup de bons tableaux par le passé.» Il pencha la tête et regarda au loin un moment, puis il expliqua à Brunetti: «Il a un petit Bronzino – non attribué, malheureusement – représentant un jeune courtisan. Il est tellement beau qu'il me fait encore rêver. Il possède aussi une première édition complète des *Prisons imaginaires*. En excellent état. Je n'ai jamais rien vu de tel. Ses autres pièces présentent pour la plupart le même degré de qualité. Donc, pour répondre à ta question, oui, il a parfaitement su gérer sa galerie. Ses galeries.»

Brunetti prit son café et en but une gorgée, mais comme il était froid, il le posa et demanda : «Lui était-il déjà arrivé de tomber amoureux et d'amadouer la personne par son argent, ou par la promesse de son argent?»

La bouche de Padovani esquissa un large sourire, mais dépourvu d'humour : «Est-ce donc évident à ce point?»

Brunetti retint un sourire. «J'ai passé une grande partie de ma vie auprès d'une femme qui est amoureuse de Henry James, et qui lit et relit ses romans indéfiniment : ne crois-tu pas que j'aie fini par cerner la manière dont les gens tirent profit les uns des autres?»

Gêné, de toute évidence, par le tour qu'avaient pris leurs échanges, Padovani avoua, d'un ton plus léger : «Je ne l'ai jamais lu, mais j'en sais suffisamment long sur lui pour pouvoir feindre de connaître son œuvre.»

Comme si leur conversation roulait encore sur la littérature, Brunetti précisa : «James s'intéresse aux prédations, mais enrobées de voix douces et commises autour d'une tasse de thé.»

Le visage de Padovani se durcit, sans doute sous l'effet du terme «prédation». «C'est pire encore, d'une certaine manière, quand on y procède la tête froide.» Après un long moment, il ajouta : «Gonzalo ne mérite pas ça.»

Il se saisit de sa tasse vide et essaya en vain d'en retirer encore quelques gouttes. Il la reposa sur la soucoupe et fixa Brunetti, qui soutint son regard jusqu'à l'arrivée du garçon venu leur demander s'ils désiraient autre chose.

Tous deux commandèrent un second café, puis Padovani enchaîna : «C'est une des premières personnes que j'ai connues au début de ma carrière. Nous nous sommes rencontrés... Eh bien, peu importe où et comment, mais le fait est que nous nous sommes rencontrés et que nous nous aimions beaucoup. Peut-être parce que nous aimions tous deux rire, ou parce que ni l'un ni l'autre ne prenions notre monde – le monde de l'art, j'entends – trop au sérieux. Gonzalo encore moins que moi.»

Brunetti s'écarta de la table pour croiser les jambes, et sa chaise grinça d'une manière encore plus furieuse que celle de Padovani quelques instants plus tôt. Ils en ignorèrent le bruit.

Le garçon arriva avec les deux cafés et deux autres petits verres d'eau sur un plateau d'argent qu'il posa sur la table, enlevant discrètement toute trace de la tournée précédente.

Après son départ, Padovani reprit: «Gonzalo m'a initié à l'art moderne et à l'art contemporain; il m'a appris à distinguer les bonnes œuvres des mauvaises, et celles qui se vendraient de celles qui ne se vendraient pas. Il m'a indiqué quels agents courtiser, quels artistes promouvoir, quand louer le talent d'un jeune génie et quand éviter d'écrire sur un artiste dont la carrière approche de son nadir.»

Il se tut et but une gorgée de son café. Brunetti saisit l'occasion pour observer: «À t'écouter, c'est une vaste escroquerie.

— Exactement. C'est aussi truqué que le football: dans les deux cas, les décisions sont arrêtées à huis clos, pas au grand jour. Les agents décident de la cote à faire monter ou descendre, déterminent qui gagne et qui perd. De temps à autre, il y a un génie qui fait fi de tout ce système et qui peint, sculpte ou photographie sans qu'aucune de leurs manigances puisse l'atteindre. Lui ou elle. Mais habituellement, le travail de création est véritablement dans les mains de l'agent qui transforme un tableau médiocre en chef-d'œuvre.

— Et un peintre médiocre en génie ? »

Padovani se pencha en avant et déclara : « Et j'ai appris à écrire de bonnes critiques sur de mauvaises œuvres. »

Il rit à sa propre remarque et finit son café. Comme il semblait avoir terminé son discours, Brunetti l'aiguillonna : « Et ensuite ?

— Gonzalo m'a appris comment survivre dans ce monde et je suis rapidement devenu célèbre. En fait, aussi célèbre que puisse le devenir un journaliste. » Il marqua une pause, tout en montrant bien que son propos était loin d'être achevé. Il déplaça sa tasse et sa soucoupe légèrement sur la gauche, regarda Brunetti et poursuivit : « C'est l'être le plus généreux que j'aie jamais rencontré, Guido, généreux de sa fortune, bien sûr, mais des tas de gens le sont. Lui, il est généreux de son savoir, et ça, c'est rare. Mon discours résulte sans doute en grande partie de ma honte de m'être si mal comporté envers lui, alors qu'il a eu la générosité de ne pas me rendre la pareille.

— Que s'est-il passé ? » s'enquit Brunetti, car le rythme du récit de Padovani laissait entendre qu'il touchait résolument à sa fin.

« J'ai trouvé quelqu'un d'autre, ou quelqu'un d'autre m'a trouvé, et ce chapitre était clos.

— Et ensuite ?

— Nous sommes restés amis, Dieu merci. Ou plutôt, merci à Gonzalo. Il a continué à m'informer et à m'aider, en établissant notamment des contacts, et tout à coup, il s'est mis à devenir un oncle – si c'est bien le mot – pour moi. Il était désormais un ami plus âgé, qui me protégeait. » Il se tut, comme si une idée lumineuse lui avait traversé l'esprit.

« Mais le temps passe, et maintenant qu'il est encore plus âgé, c'est moi qui le protège.

— Je vois », dit Brunetti, et ils s'absorbèrent dans le silence.

Brunetti ne savait comment formuler sa question à Padovani. « Crains-tu le pire ? » lui paraissait archaïque et grandiloquent, mais c'était précisément ce qu'il souhaitait savoir. Il opta pour une expression beaucoup plus prosaïque : « Es-tu inquiet pour lui ? »

Le regard de Padovani se fit plus grave. « Oui, et après ce que tu m'as raconté, je le suis davantage encore. »

Brunetti, décontenancé, ne souffla mot, puis il demanda : « D'où vient-il, ce Torrebardo ?

— Du Piémont, mais je ne sais pas d'où exactement.

— T'es-tu déjà retrouvé en leur compagnie ?

— Tu veux dire avec lui et Gonzalo ? »

Brunetti opina, et comme Padovani ne répondit pas, il insista : « Eh bien ? »

Padovani s'apprêtait à prendre la parole lorsque le serveur fit entrer six touristes chinois dans la petite salle, mais il veilla à les installer à la table la plus éloignée de la leur. Il leur tendit six cartes en expliquant qu'il reviendrait rapidement prendre la commande. Les touristes les ouvrirent et se mirent à parler tranquillement entre eux.

Padovani prit la sienne et en tapota la main de Brunetti. Il lui apprit avec un sourire : « Non, je ne les ai jamais vus ensemble. » Puis, redevenu sérieux, il ajouta : « Je ne sais pas pourquoi cette discussion me rend si déplaisant. N'oublie pas que je suis tout, sauf un témoin impartial. En outre, si Attilio est gentil envers lui et prend soin de lui, où est le problème ?

— Ce n'est pas ce que tu prétendais tout à l'heure, objecta Brunetti.

— Je t'ai dit que je n'étais pas un témoin digne de confiance. » Gêné, le journaliste remua sur sa chaise, remonta sa manche pour jeter un coup d'œil à sa montre et regarda Brunetti. Il pinça les lèvres et secoua la tête. «Je ne peux pas dire que ce soit quelqu'un de méchant. Il est égoïste et avide, mais il n'est pas le seul dans ce monde. Il aspire à une vie confortable mais, je dois bien l'avouer... » Il marqua une pause et émit un léger sifflement. «Moi aussi.

— Tu t'es mis sur la défensive, constata Brunetti, au cas où tu ne t'en serais pas rendu compte. » Il le lui dit en souriant, mais Padovani ne parvint pas à lui sourire en retour.

«C'est ce qu'on appelle la confusion des sentiments, Guido. »

Pour gagner du temps, Brunetti lui demanda : «Est-ce que tu ferais confiance à Torrebardo?

— Sur quel plan?

— Pour un secret.

— Si je lui disais de le garder pour lui, oui.

— Pour l'argent?

— Là, non, répondit Padovani du tac au tac. Il y aspire trop ; il veut tout ce que l'argent lui donnera ou lui permettra d'obtenir. Il est encore jeune ; disons, par rapport à moi. Il raisonne encore de cette manière.

— Comme la plupart des gens, indépendamment de leur âge, répliqua Brunetti. Et habituellement, cela ne s'arrange pas en vieillissant.

— Je sais, affirma Padovani en s'efforçant de sourire. Mais on a tellement besoin de croire que, au moins une fois, ce ne sera pas pareil.

— Et que quelqu'un nous aimera pour ce que nous sommes, et pas pour ce que nous possédons?

— Quelque chose de ce genre, confirma Padovani en jetant un coup d'œil au sucre dissous au fond de sa tasse.

— Tu n'as pas connu ma mère ? commença Brunetti, ce qui lui valut le regard confus et insistant de Padovani. Après la mort de mon père, je lui ai demandé si elle croyait en Dieu. » Face au trouble persistant de Padovani, Brunetti spécifia : « Elle allait tout le temps à la messe et nous emmenait avec elle, mon frère et moi. Mais elle traitait Dieu comme un parent éloigné et je n'ai jamais vraiment su quels étaient véritablement les fondements de sa croyance, ce qui fait qu'un jour, je lui ai demandé si elle croyait que notre père était avec Dieu. »

Comme Padovani persistait à se taire, Brunetti attendit que le journaliste finisse par lui demander : « Qu'a-t-elle dit ?

— Que ce serait bien. »

14

Ils passèrent encore un quart d'heure à discuter à bâtons rompus, en évitant les sujets Torrebardo ou Gonzalo. La salle se remplissait peu à peu et Brunetti songea qu'ils avaient occupé la table suffisamment longtemps. Il attira l'attention du serveur et mima une signature dans l'air. Ce dernier revint rapidement et tendit l'addition à Brunetti, sans tenir compte de la main levée de Padovani.

Brunetti vit qu'on leur avait fait la réduction réservée aux Vénitiens : il paya le serveur et lui donna un pourboire digne de la réputation de Padovani. Ils sortirent sur la place Saint-Marc où ils sentirent que le printemps avait pris la poudre d'escampette pour regagner le sud, laissant derrière lui une atmosphère humide et une brise qui avait dû faire un crochet par la Sibérie avant d'arriver à Venise.

« Encore quelques semaines, constata Brunetti, et le mot "printemps" prendra tout son sens. »

Padovani s'arrêta. « Je pense que le temps lui-même n'a plus de sens », dit-il d'une voix étonnamment sérieuse, en faisant parfaitement écho à Chiara. Le journaliste serra la main du commissaire et partit en direction de l'Accademia.

Lorsque Brunetti arriva à la questure, le planton à la porte lui annonça : « Commissaire, il y a un homme dans votre bureau, qui vous attend. »

C'était un jeune officier, recruté depuis peu, c'est pourquoi Brunetti s'enquit d'un ton modéré : « Qui est-ce ? », se demandant quel magistrat ou quel représentant officiel pouvait bien être venu lui parler.

Le gardien marmonna une réponse, en inspectant ses bottes.

« Excuse-moi, Coltro, je n'ai pas entendu. »

Les yeux toujours rivés sur le bout de ses chaussures, l'agent expliqua : « Il ne l'a pas dit, monsieur.

— Et tu l'as laissé monter ?

— Eh bien, monsieur, c'est un homme d'un certain âge, très bien habillé.

— Et ces critères suffisent pour donner accès à mon bureau ? répliqua Brunetti en essayant de se remémorer les dossiers contenus dans son tiroir, qu'il ne prenait jamais soin de fermer à clef.

— Il m'est passé devant, commissaire, et il a commencé à gravir les marches. Je ne pouvais pas courir après lui ; il fallait d'abord que je verrouille la porte d'entrée et, le temps que je le rattrape, il avait presque gagné le deuxième étage. Mais il se tenait à la rampe et il avait l'air mal en point. L'effort le faisait haleter. Il était pâle et avait le visage couvert de sueur. »

Brunetti demanda, d'un ton qu'il voulait le plus normal possible : « Qu'as-tu fait ?

— Comme Rugoletto descendait l'escalier, nous l'avons aidé à monter – ou plutôt, monsieur, nous l'avons hissé – jusqu'à votre bureau. Il n'y avait pas d'autre solution, en vérité.

— Est-il encore là ?

— Je pense que oui, signore. C'était il y a quelques minutes à peine. Rugoletto est allé lui chercher un verre d'eau et je suis redescendu ouvrir la porte d'entrée, au moment précis où vous êtes arrivé.

— Je vois », dit Brunetti. Il pivota pour se diriger vers l'escalier. Parvenu au premier palier, il se tourna vers Coltro et lui fit signe de retourner dans son bureau.

À mi-chemin, il entendit un bruit de pas lourds derrière lui ; il se retourna et vit Rugoletto qui gravissait les marches deux par deux. Il tenait une bouteille d'eau minérale et un verre. Arrivé au niveau de Brunetti, le jeune officier s'arrêta et leva le verre en guise de salutation. « Coltro vous a mis au courant, monsieur ? demanda-t-il.

— Oui.

— Voulez-vous que je vous accompagne, monsieur ?

— Non, je m'en occupe. » Brunetti lui prit la bouteille et le verre, le remercia et continua à monter. À la porte de son bureau, il passa la tête à l'intérieur pour voir qui était son visiteur.

Gonzalo Rodríguez de Tejeda était assis dans un des deux fauteuils disposés devant sa table de travail, le visage enfoui dans une main ; l'autre était mollement posée sur ses genoux. Un mouchoir blanc froissé gisait par terre, à ses pieds.

« Ah Gonzalo ! s'exclama Brunetti du ton le plus naturel qui soit. Comme cela me fait plaisir que vous soyez venu me rendre visite. Il y a si longtemps que nous n'avons plus eu l'occasion de nous parler. » Il posa la bouteille et le verre sur son bureau, déplaça ses papiers de-ci de-là quelques instants, puis se rapprocha de Gonzalo et lui tapota plusieurs fois l'épaule. « Je vais aller chercher un autre verre », annonça-t-il en parfait maître de maison, avant de fouiller lentement dans son placard où il finit par trouver un verre.

Gonzalo s'était redressé entre-temps; il avait posé les mains sur les bras de son fauteuil et le mouchoir avait disparu.

« Puis-je vous offrir un verre d'eau ? proposa Brunetti.
— Oui, s'il te plaît, Guido. »

Brunetti remplit un verre et le lui tendit, puis s'en versa un qu'il posa sur le bureau devant le second fauteuil. Il se pencha vers Gonzalo, en laissant sa main sur son épaule un moment, puis il s'installa en face de lui. « Je suis désolé de ne pas avoir pu vous accueillir, Gonzalo. J'étais sorti prendre un café avec un ami que je n'avais pas vu depuis de nombreuses années. » Brunetti ferma les yeux à ce souvenir. « Il était à l'université avec Paola et moi. »

Assis bien plus près de Gonzalo à présent et sans aucun obstacle entre eux, il remarqua combien l'homme avait vieilli depuis leur rencontre sur le campo dei Santi Apostoli. Les poches sous ses yeux s'étaient transformées en sillons de peau sèche. Ses lèvres s'étaient amincies et se seraient creusées, sans le soutien de sa dentition. Ses yeux avaient perdu leur éclat et étaient devenus légèrement chassieux. Mais il se tenait bien droit, malgré l'effort que lui coûtait cette posture, et il avait même réussi à croiser les jambes avec une grande désinvolture.

« Quand vous êtes-vous vus pour la dernière fois ? » demanda Gonzalo sur un ton qu'il parvint à rendre tout à fait informel, comme s'il souhaitait simplement rattraper le temps perdu depuis la dernière fois qu'ils s'étaient croisés. Gonzalo émit un très net sifflement que Brunetti ne lui connaissait pas et qu'il imputa au dentier lui assurant un sourire d'une blancheur immaculée.

« Je ne me souviens pas exactement, mais il y a plus de quinze ans. Paola est restée en contact avec lui. »

Posant son verre sur le bureau, Gonzalo déclara : « Ce peut être une bonne chose que de rester en contact avec les vieux amis. »

Brunetti choisit de ne pas interpréter cette remarque comme un reproche. Il veilla également à ne manifester aucune curiosité sur la raison de la visite de Gonzalo, comme si faire un saut à son bureau pour venir discourir de l'importance de cultiver les vieilles amitiés était l'attitude la plus naturelle du monde.

Comme il s'aperçut que le verre de Gonzalo était vide, Brunetti finit le sien et les resservit tous les deux. Il savait qu'en cas de doute, il était bienvenu de parler de la pluie et du beau temps. « Quelle délicieuse sensation que ce retour du printemps », lança-t-il. Face au mutisme de Gonzalo, il ajouta : « Et nous avons gagné une heure de lumière. » Ayant épuisé le sujet de la météo, Brunetti se tut et but un peu d'eau, résolu à laisser Gonzalo parler quand bon lui semblerait.

Le vieil homme se pencha et posa son verre vide sur le bureau avec un bruit sourd, car il avait mal évalué la distance. Brunetti sursauta mais, apparemment, Gonzalo ne s'en était pas aperçu. Il posa ses mains sur les bras de son fauteuil et commença à frotter l'index de sa main droite sur le bois. Au bout d'un moment, son majeur se joignit à ce doigt et ils se mirent à gratter ensemble la surface. Brunetti s'agrippa plus fortement à son fauteuil.

Il s'écoula un certain temps. La pièce était si calme que Brunetti crut entendre la faible friction des doigts de Gonzalo, même s'il savait que ce n'était que le fruit de son imagination. Le commissaire compta jusqu'à quatre, puis recommença. C'était une stratégie qu'il avait adoptée au début de sa carrière pour l'aider à supporter les heures de surveillance, dans l'attente que quelqu'un s'en aille ou revienne dans la nuit. Cette méthode ne lui avait jamais permis d'accélérer le cours des événements, mais l'avait aidé à surmonter un peu son anxiété face au néant.

Gonzalo brisa le silence le premier : «Je suis venu te demander une faveur, Guido, déclara-t-il d'une voix ferme. Au sujet d'Orazio.

— Oui ? l'interrogea Brunetti d'un ton neutre.

— Il paraît qu'il fait le tour de la ville en posant des questions sur moi.» Brunetti devina la colère cachée dans la voix du vieil homme, mais visible dans ses mains, ancrées à présent aux bras de son fauteuil.

«À propos de quoi ?»

Gonzalo le regarda sans chercher à masquer sa surprise. «Si tu n'étais pas l'époux de Paola, je me lèverais et partirais», rétorqua-t-il avec dureté. Puis il poursuivit, avec des traces d'accusation dans la voix : «Il t'a parlé aussi, n'est-ce pas ?

— Oui, c'est vrai. Il m'a demandé quand je vous ai vu pour la dernière fois et comment vous alliez.» C'était le souvenir que Brunetti avait décidé de garder en mémoire ; du reste, ces deux éléments avaient été effectivement abordés au cours de sa conversation avec le comte.

«T'a-t-il parlé d'un homme plus jeune ?

— Oui, confirma Brunetti sans hésitation.

— T'a-t-il demandé si tu nous avais vus ensemble ?»

Le commissaire laissa échapper un murmure d'exaspération, analogue à celui qu'il émettait de temps à autre avec ses enfants. «J'ai aperçu un jeune homme au dîner chez Lodo et j'ai remarqué que vous lui parliez, mais je n'y ai pas prêté spécialement attention. Il ne m'a pas été présenté et nous ne nous sommes parlé à aucun moment. »

Gonzalo ferma les yeux assez longtemps pour que Brunetti puisse remplir de nouveau leurs verres. Lorsqu'il les rouvrit, son visage était plus calme. « Paola et toi étiez là tous les deux, je le sais, mais nous n'avons pas eu le temps de discuter. Je suis désolé. »

Brunetti se pencha vers lui et lui tapota le dos de la main. « C'est bien ce que nous faisons là, n'est-ce pas, Gonzalo ? »

Gonzalo se mordilla la lèvre inférieure. Brunetti nota les marques que ses dents y avaient laissées. Le vieil homme sortit son mouchoir de la poche de sa veste et s'essuya le visage avant de le remettre en place. Il regarda de nouveau le commissaire et déclara sans ambages : « Nous nous sommes disputés. Avant le dîner.

— Vous et ce jeune homme ? s'enquit Brunetti, soupçonnant Gonzalo de ne pas avoir l'énergie de continuer sans y être incité. À quel sujet ? »

Il était tout à fait conscient que cette question l'entraînerait vers une discussion qu'il aurait préféré éviter.

— L'argent, répondit le vieil homme.
— Ah.
— J'ai essayé de l'exhorter à se trouver un emploi comme "chasseur de têtes". J'ai pris mes distances avec le monde de l'art depuis un certain temps déjà et je ne suis pas resté en contact avec mon réseau. Je n'ai pas suivi le marché – en tout cas, pas sérieusement –, donc j'ignore quels sont aujourd'hui les artistes cotés ou non. » Tandis que le commissaire digérait sa réponse, les yeux du vieil homme traversèrent la pièce, se fixèrent sur une directive gouvernementale affichée sur le mur opposé et s'en détournèrent rapidement.

« Je vois, fit Brunetti.

— J'ai besoin de quelqu'un qui sache se servir d'un ordinateur pour pouvoir trouver les prix d'adjudication établis lors de grandes ventes aux enchères et me dire ce qui s'est vendu à Hongkong et à la foire de Bâle, et pour quelle somme. Tant que je ne peux pas me faire une idée de la situation actuelle, ce serait une erreur même de simplement songer à m'y impliquer de nouveau. »

Pourquoi veut-il de nouveau s'impliquer ? Le commissaire était peu familier du commerce de l'art, mais il doutait qu'aucune liste de prix, aussi longue et détaillée soit-elle, puisse fournir suffisamment d'informations à Gonzalo pour lui permettre de se relancer dans ce milieu. Il ne voyait personnellement aucune différence entre ce domaine et toute autre forme de culte : les gens s'adressaient à des disciples en usant du langage de la croyance, et les dogmes fluctuaient en fonction du marché. Ils partageaient le même enjeu dévotionnel : entrer au Paradis, fût-il final ou fiscal.

« Vous voulez retourner travailler dans le monde de l'art ? » s'informa Brunetti, en essayant d'instiller de l'enthousiasme dans sa voix.

Gonzalo esquissa un de ses fameux sourires irrésistibles. Même avec ses dents neuves et son visage ridé, il irradiait le charme et l'énergie que Brunetti lui avait toujours connus. « C'est tout ce que je sais faire, expliqua Gonzalo, puis, avec son art de la pause qui participait grandement à son humour, il ajouta : À l'exception de l'élevage, mais cette activité ne me semble pas promise à un grand avenir à Venise. »

L'éclat de rire de Brunetti dissipa la tension entre eux. « Le travail vous manquait ? s'enquit Brunetti, songeant qu'il valait mieux formuler les choses ainsi que lui demander s'il allait bouleverser toute sa vie en prenant une décision hâtive uniquement pour assurer une activité professionnelle à ce jeune homme.

Gonzalo secoua la tête. « C'est lui – Attilio – qui m'a suggéré d'appeler mes amis encore actifs dans le milieu pour leur demander leur avis. » Sa voix mourut sur ses lèvres.

« Les avez-vous contactés ? »

Gonzalo hocha la tête. « Ils me l'ont déconseillé, répliqua-t-il d'emblée.

— Ah », fut la seule réponse que trouva Brunetti. Tel un chien bondissant pour protéger la maisonnée au moindre coup de sonnette, ses lèvres glissèrent sur le marbre poli de la conversation, s'ouvrant et se fermant à maintes reprises, sans rien trouver à se mettre sous la dent. « C'est peut-être mieux, risqua-t-il. Si telle est leur opinion. » Comment pouvait-il afficher de l'intérêt sans paraître indiscret ?

Comme pour lénifier la gêne de Brunetti, Gonzalo conclut : « Je reste ainsi un monsieur à la retraite et Attilio ne travaillera pas pour moi. »

Brunetti ne put qu'opiner du chef et sourire, en signe d'approbation.

Puis, sans en avoir été prié, Gonzalo prononça la phrase qui entraîna de nouveau Brunetti dans les tourments de leur échange. « J'ai donc décidé de trouver une meilleure façon de l'aider.

— Pardon ?

— En l'adoptant.

— Est-ce possible ? »

Gonzalo prit cette question en considération un certain temps avant d'assener : « Quand on a de bons avocats, oui.

— Ah. Pourquoi me faites-vous toutes ces confidences, Gonzalo ? »

Le vieil homme, surpris par la question, répondit sans réfléchir : « Parce qu'Orazio t'aime beaucoup et a confiance en toi, et qu'il pourrait donc t'écouter.

— Si je lui disais quoi ? s'informa Brunetti, qui connaissait déjà la réponse.

— Qu'il est trop tard pour m'en empêcher. » Sa voix gagnait en force à chaque mot, même si son visage demeurait celui d'un vieil homme fatigué. « Qu'il peut arrêter de demander à mes amis de m'en dissuader et de chercher partout la preuve que j'ai perdu la raison ou que je suis tombé entre de mauvaises mains. »

Cela signifie-t-il que Gonzalo a déjà adopté Attilio, ou qu'il ne reviendra pas sur sa décision ? se demanda Brunetti. Il joignit les mains, les porta à ses lèvres, puis les relâcha. « Ne pouvez-vous pas le lui dire vous-même ? s'enquit-il avant d'ajouter, d'un ton affable et raisonnable : Vous étiez amis avant même ma naissance, après tout. »

Gonzalo lui lança un regard glacial. « N'essaie pas de me détourner de ce projet, s'il te plaît, Guido.

— Je n'en ai nullement l'intention et, en outre, ce ne sont pas mes affaires, rétorqua Brunetti. Je ne veux pas être impliqué dans cette histoire, c'est tout.

— Mais tu l'es », répliqua Gonzalo froidement.

Brunetti avait appris très tôt dans sa vie qu'en position de faiblesse, la meilleure défense, c'était l'attaque. « Qu'est-ce que vous entendez par là ? demanda-t-il, en donnant libre cours à toute l'irritation que suscitait chez lui cette situation.

— Qu'en tant que parent d'Orazio – par les liens de la loi et de l'amour –, tu as la possibilité de l'empêcher de commettre une idiotie ou un acte qu'il pourrait être amené à regretter. »

Brunetti se retint de dire au vieil homme que ni lui ni son ami Orazio n'avaient suffisamment d'années de vie devant eux pour les souiller avec ce genre de mésentente. Paola n'avait de cesse de lui seriner que tous les échanges entre hommes étaient axés sur le pouvoir et sur qui en détenait le plus, et cet exemple était particulièrement probant.

À bout de patience, il répéta : « Ce ne sont pas mes affaires, Gonzalo, mais j'imagine que votre but est de faire de cet homme votre héritier universel et de lui éviter ainsi de n'obtenir qu'une partie de vos biens. » Gonzalo leva la main en signe de protestation, mais Brunetti était maintenant prêt à mordre et se sentait amplement la force de parler librement. « Vous pourriez simplement lui donner tout ce que vous voulez. Dès à présent. Prendre votre fortune et la lui transmettre. Et le désigner héritier de la part que vous pouvez lui léguer dans votre testament. Si vous deviez changer d'avis à la suite de tel ou tel incident, vous seriez à même de modifier vos volontés. Et en attendant, vous liquidez juste les actions de votre choix et vous les lui donnez. En espèces. Pas de taxes. Pas de traces.

— Pas mal pour quelqu'un qui prétendait ne pas vouloir être impliqué », rétorqua Gonzalo en se penchant en avant, la gorge nouée. Puis, d'un ton frôlant le dédain : « Et qui a déjà bien réfléchi à la question. » Il leva les mains et fit mine de tirer un trait pour éliminer Brunetti de sa vie.

« Je vous dis ce que vous dirait votre avocat…, commença le commissaire, en dominant sa rage, avant d'ajouter, à la vue de l'éclair de gêne qui traversa le regard de Gonzalo : Et qu'il vous a probablement déjà dit. Je ne m'implique pas, je vous donne simplement le conseil que vous donnerait n'importe quel homme de loi. »

Il était évident, à la façon dont Gonzalo fixait Brunetti, qu'il ne s'attendait pas à entendre ces réflexions dans la bouche du commissaire. C'était la source de ce discours qui le surprenait, pas son contenu.

Résolu à ne rien lui épargner, il poursuivit : « Une fois que vous l'aurez adopté – lui ou n'importe qui d'autre –, vous ne pourrez plus faire marche arrière, Gonzalo. Vous ne pouvez pas ouvrir la porte à une personne et lui offrir tout ce que vous possédez, puis changer d'avis et la lui refermer au nez. »

La colère de Brunetti se dissipa à l'instant où il se tut et il regretta d'avoir parlé ainsi au vieil homme, de lui avoir envoyé la législation en pleine figure. Il avait honte de lui avoir lâchement caché qu'il en savait beaucoup plus qu'il ne le montrait ou ne voulait le lui révéler. Que lui importait, au fond, où allait l'argent de Gonzalo ? Qu'il le laisse à ce jeune homme ou à ses frère et sœurs ? Ou qu'il le perde aux machines à sous, comme bien des retraités, mois après mois ?

Brunetti regarda Gonzalo ; il le vit faire un signe d'assentiment, puis s'efforcer de parler. Il ne put émettre qu'un bruit. Il leva une main, pour prier Brunetti d'être patient, et s'éclaircit la gorge plusieurs fois. Il finit par admettre : « D'accord, Guido. Je connais ton cœur. » Brunetti eut la sensation que Gonzalo avait dit autre chose encore, mais il ne put saisir ces mots.

« Excusez-moi, Gonzalo, je n'ai pas entendu. »

Le vieil homme le regarda droit dans les yeux. « C'est parce que tu ne peux pas comprendre. » Puis, comme s'il craignait d'avoir offensé Brunetti, il plaça sa main striée de veines sur celle du commissaire et expliqua : « C'est parce que tu es entouré d'amour, Guido. Tu nages en plein dedans. Tu as Paola, tu as Chiara et Raffi ; tu as même Orazio et

Donatella, qui t'aiment beaucoup aussi. Tu en reçois tellement, de l'amour, poursuivit-il en esquissant un sourire, que tu ne le remarques probablement même plus. »

Gonzalo se tut et Brunetti resta assis, muet, se retenant d'enlever sa main ou, pire, de faire une plaisanterie. Il attendit.

« Cela me manque. D'être aimé. Je l'ai été dans ma vie, autrefois, donc je sais ce que j'ai perdu. » Il lui tapota la main, puis la lâcha. Brunetti retira la sienne et la posa aussi sur ses genoux.

« Je mourais d'envie d'avoir quelqu'un à aimer, et je l'ai trouvé.

— En êtes-vous sûr ? »

Gonzalo le regarda de nouveau droit dans les yeux : « N'aie pas pitié de moi, Guido. La pitié des gens que nous aimons est pire que la pitié des étrangers.

— Je n'ai pas pitié de vous, Gonzalo, répliqua Brunetti en toute sincérité. Je crains seulement que tout cela ne soit factice. » Voilà, c'était dit ; il l'avait prévenu. Mais il ne se sentait pas mieux pour autant.

Gonzalo leva le menton en posant sa main sur son cœur. « Mais ce que *je* ressens n'est pas factice, Guido », affirma-t-il.

Brunetti fut incapable d'émettre un son pendant une minute entière, puis il lâcha : « Je suis désolé, Gonzalo. Cela ne me regarde pas et je n'ai rien à dire. Vous avez le droit d'agir pour votre bonheur. »

Les rides de Gonzalo semblaient s'être creusées davantage encore pendant cette dernière demi-heure ; sa bouche exprimait désormais une triste résignation. « Tout le problème est là : je ne le sais pas.

— Quoi donc ?

— Ce qui fera mon bonheur. »

15

Brunetti se dit que Gonzalo avait déjà trop avancé ses pions pour pouvoir tenir encore de tels propos. *Il Gazzettino* avait évoqué peu de temps auparavant les problèmes que connaissaient beaucoup d'auxiliaires de vie, originaires des pays de l'Est, avec leurs employeurs ou leurs patients. Nombre de ces vieux messieurs, dont certains dans les quatre-vingt-dix ans, faisaient des avances à ces femmes – jeunes pour la plupart – et les menaçaient de les accuser de vols et de mauvais traitements si elles ne cédaient pas à leurs caprices. Leur victoire sexuelle sur ces femmes faisait sans aucun doute leur bonheur, mais ne le métamorphosait guère en cette quête du Graal auquel chacun aspire profondément.

« Savez-vous ce qui fera son bonheur *à lui* ? » se risqua-t-il à demander, même s'il le regretta aussitôt. Il voulait rester en dehors de cette affaire, indépendamment de sa propre amitié, ou de celle d'Orazio pour Gonzalo.

« Il dit que son bonheur, c'est d'être avec moi et de découvrir le monde et le marché de l'art, de connaître les gens travaillant dans ce domaine, de savoir qui sont les artistes. »

Gonzalo dut sans doute décrypter le visage de Brunetti, car il s'empressa d'ajouter : « Mais pas seulement ces aspects-là :

il veut aussi comprendre pourquoi certains peintres sont meilleurs que d'autres. En termes de valeur artistique, et non de valeur marchande.»

C'est ce qu'il dit, se surprit à songer Brunetti, puis il se demanda pourquoi il avait cet a priori contre cet homme auquel il n'avait jamais parlé. Padovani lui-même avait au moins reconnu qu'il n'était pas un témoin impartial.

Gonzalo, les yeux rivés au sol, reprit la parole : «Il est tel que je l'étais à son âge, assurément. Intelligent, curieux, avide d'apprendre. Je veux qu'il soit capable de...» Ne parvenant pas à finir sa phrase, Gonzalo leva la tête et regarda Brunetti. Il esquissa un sourire sans joie. «Capable d'aimer...» Brunetti le vit pincer violemment les lèvres par fierté.

Non, pensa-t-il, *Gonzalo ne veut pas qu'il se forme ou qu'il ait la possibilité d'étudier les beaux-arts. Il veut qu'il lui soit reconnaissant et qu'il l'aime par gratitude.* Il ne savait s'il devait rire ou pleurer à cette quasi-confession du vieil homme, car c'est bien ce qu'il venait de lui livrer. Gonzalo ne pouvait être dupe et Brunetti écarta toute autre motivation ou interprétation des faits. Le marquis n'était qu'un énième exemple de ces hommes ou femmes brillant des feux de la jeunesse et prêts à tous les compromis sur la longue voie du succès. Gonzalo en avait connu beaucoup, Brunetti en était sûr, mais à présent, le chariot ailé du temps accélérait le rythme de sa course et se rapprochait de la fin du chemin.

«Il y a autre chose, enchaîna Gonzalo d'une voix fatiguée.

— Quoi donc?» demanda Brunetti d'un ton qu'il s'efforça d'imprégner d'intérêt.

Gonzalo prit son mouchoir et s'essuya de nouveau la bouche, puis le remit dans sa poche. «C'est difficile à expliquer.»

Brunetti était assis, aussi immobile qu'une statue.

« Mes affaires. Je ne sais pas quoi en faire.

— Quelles affaires ? »

Gonzalo mit un long moment à répondre. Brunetti eut la sensation qu'il était en train de préparer une liste.

« Tout ce que j'ai. Tout.

— Je crains de ne pas comprendre. »

Il s'écoula un certain temps. Gonzalo regarda par la fenêtre, puis il énonça, en se tournant vers Brunetti : « Pense à votre Canaletto.

— Celui dans la cuisine ? » s'enquit le commissaire, complètement perdu.

Gonzalo opina du chef et décroisa les jambes. « Tu m'as dit pendant des années que Chiara l'aimait beaucoup.

— Oui, effectivement. » Il ne comprenait pas pourquoi Chiara aimait ce tableau, ou pourquoi Gonzalo se souvenait de ce détail.

« C'est tout simplement cela. Elle l aime, donc Paola et toi savez quoi en faire ; vous pouvez le lui donner. » Notant que Brunetti ne voyait pas où il voulait en venir, il spécifia : « C'est une œuvre que vous aimez, et vous savez qu'elle ira à quelqu'un qui l'aime. »

Comme Brunetti ne parlait toujours pas, Gonzalo se pencha en avant pour se rapprocher de lui. « Guido, j'ai passé ma vie à collectionner de belles pièces et je leur suis très attaché. Mais maintenant, je ne sais pas où certaines d'entre elles iront. Elles seront partagées entre mon frère et mes sœurs, ou seront vendues aux enchères à des étrangers qui n'éprouveront rien pour elles. »

Brunetti ne sut que répliquer.

Gonzalo s'enfonça dans son fauteuil et recroisa les jambes. « Tu pensais que j'allais les appeler mes enfants, n'est-ce pas? demanda-t-il avec cette touche de fantaisie que le commissaire lui connaissait bien.

— Non, pas du tout.

— Je n'en suis pas là, Guido. Mais ce sont de beaux objets, et j'aimerais qu'ils aillent à qui saura en apprécier la beauté.

— Et dans le cas contraire?»

Gonzalo esquissa un sourire en coin. «J'aurai alors été une vieille reine, qui aura tout dispersé stupidement.

— Au lieu de?

— Au lieu d'être un collectionneur de goût, qui aura su transmettre ses pièces à qui en était digne.

— Est-ce mieux?» s'enquit Brunetti, sachant qu'il avait tort de poser cette question, mais il était à bout de patience. Il posa sa main sur le bras du vieil homme et le pressa furtivement: «Je pense que vous devriez rentrer, Gonzalo. Cette conversation nous a tous les deux affectés.» L'intéressé hocha la tête en signe d'approbation et s'enfonça dans son fauteuil, d'un air détendu.

«Y a-t-il quelqu'un chez vous, Gonzalo?

— Maria Grazia. Tu la connais.»

Brunetti se souvenait de cette femme, originaire d'Ombrie, plutôt froide d'aspect, dévouée à son *padrone*. «Tout à fait. Pourriez-vous me donner son numéro?» Il rentra les chiffres dans son téléphone au fur et à mesure que Gonzalo les lui dictait. Une femme lui répondit simplement par «*Pronto*[1]». Brunetti s'assura que c'était bien le domicile de M. Rodríguez de Tejeda et se présenta sur sa demande.

Il lui expliqua qu'il était le signor Brunetti, un vieil ami du signor Gonzalo, qu'il renvoyait chez lui par une vedette,

---

1. «Allô», littéralement: «Je suis prête à vous écouter.»

et qu'il voulait s'assurer qu'il y ait bien quelqu'un pour le réceptionner au bateau. La femme sembla soulagée à ces propos et demanda à parler au signore. Brunetti lui passa Gonzalo.

Même si le vieil homme paraissait encore affaibli et épuisé, il lui annonça d'un ton ferme et presque vif qu'il serait à la maison dans vingt minutes et espérait qu'elle était allée acheter les journaux pour avoir de la lecture à son arrivée. Même Brunetti capta l'apaisement de la femme, au-delà de ses mots inaudibles, et la conversation prit fin. Gonzalo rendit le téléphone à Brunetti et serra sa main dans les siennes, en guise de remerciement.

Brunetti appela Rugoletto et le pria de monter dans son bureau un moment, puis il appela Foa et lui demanda s'il pouvait lui accorder la faveur de ramener un ami chez lui, à Cannaregio.

«Oh, cela ne pouvait pas mieux tomber, commissario. Comme le moteur de la vedette a fait un drôle de bruit toute la matinée, je voulais l'emmener chez le mécanicien avant l'heure du déjeuner pour qu'il y jette un coup d'œil, et il se trouve que son atelier est à Cannaregio. Bien sûr que votre ami peut venir avec moi : il pourra même écouter et me donner son avis sur la question.

— Il en sera ravi, Foa. Et quelle heureuse coïncidence !

— N'est-ce pas, commissario ? » Le pilote raccrocha en riant. Brunetti se doutait que Foa avait comme par hasard des amis mécaniciens dans chaque *sestiere* de la ville, juste au cas où on lui demanderait de reconduire quelqu'un chez soi.

À son arrivée, le jeune officier alla à la rencontre de Gonzalo et le prit par le bras gauche ; Brunetti lui prit le droit et ils sortirent ensemble dans le couloir, en direction de l'escalier. Gonzalo émit un certain nombre de grognements et de sifflements, mais il réussit à descendre les marches. Parvenu au rez-de-chaussée, il se dégagea de leurs bras et les remercia pour leur aide : « Je n'ai jamais aimé les escaliers, affirma-t-il, j'ai toujours eu peur de tomber. » Il se redressa et alla tout seul à la porte. Brunetti lui emboîta le pas. Une fois dehors, le commissaire l'aida à monter dans le bateau, puis Foa et lui l'accompagnèrent jusqu'à la cabine.

« Voulez-vous que je vienne avec vous, Gonzalo ? proposa Brunetti au vieil homme désormais installé à proximité de la porte.

— Bien sûr que non, Guido. Ton capitaine peut m'emmener à la maison sans problème. Maria Grazia et Jérôme – mes bons vieux amis – seront probablement déjà à la porte en train d'attendre le bateau.

— Parfait, conclut Brunetti en se penchant pour embrasser Gonzalo sur les deux joues. Je suis ravi de vous avoir revu.

— Cela a été trop long », répliqua Gonzalo. Brunetti s'apprêtait déjà à partir et ne put donc déterminer si Gonzalo parlait du laps de temps où ils étaient restés sans se voir, ou du temps qu'ils venaient de passer à discuter, mais il ne se retourna pas pour lever le doute.

La porte à double battant se ferma derrière lui. Il sauta sur le quai, Foa démarra et partit en direction du rio di San Giovanni Laterano. Gonzalo lui fit un signe depuis la cabine. Brunetti le salua en retour des deux bras et les regarda disparaître sur la droite, pour gagner la *laguna*, puis sur la gauche, vers Cannaregio.

De retour dans son bureau, Brunetti songea que si Gonzalo avait jeté son dévolu sur une femme de quarante ans de moins et voulu l'épouser, peu de gens auraient trouvé à y redire. Sur le bon sens de cette décision, peut-être, mais pas sur le désir lui-même. C'était un homme, après tout, et dès l'instant où ils peuvent se le permettre financièrement, les hommes sont en droit de faire tout ce que bon leur semble. Mais comme la personne choisie était cette fois un homme, et que le désir de Gonzalo était de l'adopter, la situation était vue sous un éclairage différent : qu'est-ce qu'un homme dans sa prime jeunesse peut bien vouloir d'un homme beaucoup plus âgé, si ce n'est sa fortune ? Indépendamment de la véracité ou non de cette opinion, Brunetti savait bien que ce serait le jugement dominant.

Brunetti chercha sur Internet les lois relatives à l'adoption d'un adulte ; il les parcourut rapidement dans un premier temps, puis les relut attentivement.

Si une personne sans enfant souhaite léguer sa fortune de manière directe et donc exempte de droits de succession trop élevés, il lui suffit de convaincre son conjoint ou sa conjointe d'adopter l'homme ou la femme le plus approprié, à condition que ce dernier ou cette dernière ait au minimum dix-huit ans de moins. Le fait que les parents biologiques de l'enfant adoptif soient encore en vie ne constitue aucun obstacle, dans la mesure où ils donnent leur consentement. Une fois adopté, le fils ou la fille est accroché au ou aux nouveaux parents comme une moule à son rocher et bénéficie de la plupart des droits de tout enfant, légitime ou illégitime. Le ou les parents d'adoption ont l'obligation légale de subvenir matériellement aux besoins de la personne adoptée tant que celle-ci ne peut pas – ou ne veut pas – y procéder par elle-même.

Brunetti ne pouvait imaginer ce qui inciterait un cordonnier, par exemple, à adopter un adulte, ni comprendre pourquoi un adulte voudrait se faire adopter par un marchand de fruits et légumes. Mais pour éviter que le trésor du duc de ceci ou de la comtesse de cela ne soit dilapidé par leurs héritiers les moins méritants, ou par les honoraires des avocats chargés de défendre les actifs financiers de leurs clients, n'était-il pas plus sage de choisir le meilleur descendant de la nouvelle génération et de tout lui laisser ? Nul besoin, ainsi, de se battre pour les tapisseries et les villas, pour les comptes en banque cachés ici ou là, ni de révéler l'origine délicate – ou, plus choquant encore, l'ampleur – de la fortune. Adoptez un adulte : rien ne changera, et vous subirez peu de requêtes incongrues de la part de l'État. Et en ces temps démocratiques où la loi s'applique à tous, tout citoyen peut recourir à cette démarche.

Brunetti n'ignorait pas que, dans beaucoup de pays, les gens pouvaient disposer de leur argent comme bon leur semblait : ils pouvaient le laisser aux veuves et aux orphelins, à leurs maîtresses, à leur chat, voire l'entasser sur un drakkar, le faire flamber et en jeter les cendres par-dessus bord pour qu'elles soient emportées par les vagues. Mais lui, comme tous ses concitoyens italiens, ne pouvait échapper à la réglementation et se devait de laisser à ses enfants des parts calculées en fonction de pourcentages prescrits par la législation. Le reste pouvait être gaspillé ou réparti selon les lois de l'amour, et non celles de l'État.

À la mort de sa mère, Brunetti avait hérité sept cent douze euros, la moitié de ses économies gardées sur son compte en banque. C'est pourquoi il lui était passablement difficile de comprendre pourquoi certains se préoccupaient que leur fortune aille aux bonnes personnes. Il savait que sa femme serait un jour héritière et que ses deux enfants deviendraient riches, mais il trouvait bien plus importants leurs préoccupations précoces pour l'environnement et le fait que Chiara n'avait d'autre aspiration que de sauver la planète. Pouvait-on voir son enfant caresser un rêve plus grandiose ?

Il jeta un coup d'œil circulaire et fut surpris de se trouver encore à son bureau. Il se refusa à appeler Foa pour lui demander si quelqu'un était venu accueillir Gonzalo. Le pilote aurait bien évidemment téléphoné en cas de problème. Il regarda sa montre, vit qu'il était 13 heures passées et décida d'aller manger. Comme il n'y avait que des touristes dans le bar, il commanda un café et deux *tramezzini* à Mamadou, le serveur sénégalais, fit glisser vers lui *Il Gazzettino* du jour posé sur le comptoir et regarda la première page en attendant ce qu'il avait décidé de qualifier de déjeuner.

Brunetti remercia Mamadou et resta debout au comptoir, à feuilleter le quotidien. Célèbre pour ses titres chocs – souvent suivis de récits concrets allant à l'encontre de leurs insinuations –, le journal fut à la hauteur de ses expectatives. L'assassin qui avait abandonné le corps lacéré de sa victime dans une forêt au nord de Vérone espérait, d'après l'article, que les sangliers du coin le débarrassent du cadavre de la femme.

« Assez pour aujourd'hui », grommela Brunetti dans sa moustache en repliant le journal. Il alla vers la caisse enregistreuse. « *Come va ?* » demanda-t-il au serveur qui lui fit un joyeux sourire digne du chat du Cheshire. « Bien, dottore, répondit-il. Ma femme et ma fille arrivent bientôt. » Il marqua une pause, comme s'il hésitait à en dire plus, puis précisa : « La dottoressa Griffoni a écrit des lettres pour moi et a appelé un de ses amis à Rome. Et j'ai reçu les papiers. » En proie à une forte émotion, il croisa les bras sur le comptoir et baissa les yeux. Brunetti crut y voir des larmes. « Cela fait deux ans que je ne les ai pas vues, murmura-t-il d'une voix tremblotante.

— Quel âge a-t-elle maintenant ? demanda Brunetti, en espérant que cette banalité aiderait l'homme à se ressaisir. Quand vous me l'avez montrée sur la photo, c'était une toute petite fille. »

Mamadou leva la tête et fixa Brunetti. « Vous vous souvenez de la photo ?

— Votre fille était exactement comme la mienne au même âge. Quel âge pouvait-elle avoir alors, trois ans ? » s'enquit Brunetti. Comme le serveur opina du chef, Brunetti continua : « Elle se tenait exactement de la même manière, les jambes entortillées, la main dans celle de sa mère, avec ce tout petit sourire, comme si elle ne savait pas trop si c'était du bonheur ou de la peur. Je suis désolé que vous ayez perdu ces années, Mamadou, déclara Brunetti, redevenu sérieux. Mais elle est encore une fillette et il n'y a rien de plus beau au monde. Et d'ici peu, elle sera là. J'espère que ces journées vont passer rapidement et que nous les verrons sans tarder », conclut-il en posant sa main sur l'épaule du serveur.

Gardant sa tête penchée sur les pièces de monnaie, Mamadou fit glisser les trois euros sur le comptoir et les déposa dans la caisse enregistreuse, en tapant le montant. Il regarda Brunetti et lui sourit. « J'ai retrouvé ma raison de vivre, lui dit-il.

— Il n'y en a pas de meilleure », répliqua le commissaire en sortant.

Comment un homme peut-il supporter cela ? se demanda Brunetti sur le chemin de la questure. Rester deux ans sans voir sa famille, être appelé par un nom qu'un Italien a inventé un jour parce que son vrai nom était trop difficile à prononcer. Depuis que Brunetti le connaissait, Mamadou portait sa djellaba, d'un blanc immaculé, toujours lavée et repassée. Était-ce sa manière de se raccrocher à l'être qu'il était véritablement ?

Il monta dans le bureau de Griffoni et la trouva devant un tas de documents. Elle était en train de pousser une pile de la gauche sur la droite. Elle le salua d'un grognement et prit une autre liasse de papiers.

« Tu as écrit des lettres pour Mamadou ? »

Elle hocha la tête, mais ne daigna pas lever les yeux.

« Et tu as appelé des gens à Rome ?

— J'ai un ami qui travaille au ministère de l'Intérieur, expliqua-t-elle, en continuant à remuer ses dossiers.

— Pour faire venir sa famille ?

— Non, Guido, pour voir si je pouvais lui obtenir un emploi comme sous-secrétaire du ministre », répliqua-t-elle. Puis, levant les yeux sur lui, elle confirma : « Bien sûr que c'était pour faire venir sa famille. Il ne va pas continuer à vivre comme cela, non ?

— Est-ce qu'il te l'a demandé ? s'enquit Brunetti.

— Cela ne te regarde pas, répondit-elle d'un ton qui avait perdu de son amabilité. La seule chose qu'il m'ait jamais demandée, à part comment j'allais, c'est si je voulais un café.

— Quand tu as écrit ces lettres, tu as dû mettre son vrai nom, n'est-ce pas ?

— Bien évidemment, confirma Griffoni sans prendre de précautions oratoires. Je vois mal le ministère octroyer un permis de séjour à la femme et à la fille d'un type appelé Mamadou, tu ne crois pas ? »

Ignorant le ton de sa collègue, Brunetti s'informa : « Quel est-il, son vrai nom ?

— Bamba Diome.

— Merci.»

Ne voulant avouer que sa question l'intriguait, Griffoni mit un certain temps à lui demander: «Et alors?

— Alors je vais commencer à l'appeler par son vrai nom.»

Griffoni fit un signe d'assentiment et ajouta: «Le prénom de sa femme est Diambal et sa fille s'appelle Pauline.

— Pauline?

— Oui. Elle a cinq ans.

— Bien, dit Brunetti. Merci.

— Je t'en prie», répliqua Griffoni, qui retourna à ses papiers. Et Brunetti retourna à son bureau.

16

Une heure plus tard environ, la signorina Elettra vint dire au revoir à Brunetti. Il n'osa pas lui demander où elle allait et se contenta de lui souhaiter de *« buone vacanze »*. De son côté, elle ne pensa pas à lui préciser qu'elle était joignable pendant les trois semaines suivantes et lui ne se permit pas de lui demander s'il pouvait la contacter par SMS. Il songea à aller lui serrer la main à la porte, mais s'abstint. Insensible à la gaucherie de son collègue, elle fit un petit signe et lui souhaita *« buon lavoro*[1] *»*.

Comme si le monde du crime avait décidé de profiter de son absence, des voleurs réussirent, vers la fin de la première semaine, à subtiliser trois pièces de joaillerie dans une exposition au palais des Doges, sous l'œil complaisant d'une des caméras de surveillance. La vidéo montra les deux voleurs en train de regarder distraitement les armoires vitrées, tout en prêtant vivement attention aux visiteurs présents dans la salle. Puis, une fois seuls, l'un d'eux ouvrit la vitrine avec une facilité étonnante, glissa les trois bijoux dans sa poche et sortit, suivi de son complice. Ils se dirigèrent d'un pas tranquille vers la porte principale et se mêlèrent aux autres

---

1. Bon travail.

visiteurs, les mains dans les poches, avec un calme olympien – même lorsque l'alarme se mit à sonner.

Le personnel du palais ferma certaines des issues et essaya d'empêcher les innombrables visiteurs de quitter l'édifice, mais cette mesure se révéla bien peu efficace : les deux hommes et les trois pièces avaient disparu, engloutis dans le flot de touristes flânant le long de la riva degli Schiavoni ou se frayant un chemin à travers les autres foules de visiteurs en route pour le Rialto, l'Accademia, ou encore le Florian pour aller y prendre un café.

Vianello et Pucetti prirent en charge toutes les communications et les échanges d'informations avec le personnel du Palazzo. En l'espace de quelques heures, ils eurent les photos des pièces manquantes, les portraits des deux voleurs, extraits des caméras vidéo braquées sur toutes les vitrines, ainsi que des photocopies de la documentation relative à la provenance des objets exposés et à la police d'assurance contractée pour chacune des pièces. Ils travaillèrent dans le foyer des officiers, car aucun des deux n'osa se servir du bureau de la signorina Elettra. Son ordinateur était abandonné et le bruit courait qu'elle en avait extrait le disque dur avant de partir, même s'il ne se trouva personne pour le certifier véritablement. Personne ne voulut non plus s'en assurer personnellement, sans parler, bien sûr, de Brunetti, qui n'aurait pas reconnu un disque dur même s'il lui était apparu dans une vision et lui avait parlé. L'enquête, entièrement confiée aux experts romains des fraudes d'œuvres d'art, était toujours ouverte, mais stagnait.

La troisième semaine apporta sa dose de morts qui, apparemment, ne semblaient pas dues à des crimes. En général, du moins dans les œuvres de fiction, la mort arrive au milieu de la nuit et réveille les gens en plein sommeil, qu'il soit lourd, agité ou profond. Brunetti apprit le décès de Gonzalo Rodríguez de Tejeda sur son *telefonino* à 11 h 15, le dernier jour de vacances de la signorina Elettra. Comme tout employé de la questure, il avait repéré des dates marquantes pour compter les jours avant son retour, et c'est ainsi qu'il s'en souviendrait ou s'y réfèrerait à l'avenir.

C'est son beau-père qui lui annonça la nouvelle, qu'il tenait de la sœur de Gonzalo, Elena, qui l'avait appelé. «Il était en visite en Espagne et ils étaient en train d'aller au Thyssen quand il est tombé à plat ventre. Juste comme ça, a-t-elle dit. Une seconde plus tôt, il marchait à ses côtés, impatient de revoir les Goya, et la seconde suivante, il gisait par terre, sans vie.»

— Sa sœur est un médecin à la retraite, n'est-ce pas? demanda Brunetti.

— Oui, lui répondit son beau-père. Le temps qu'elle comprenne ce qui s'était passé et qu'elle tente de le réanimer, il n'y avait plus rien à faire. En l'espace de quelques secondes, insista le comte d'une voix de moins en moins audible, comme s'il venait de prendre conscience de la brièveté de ces secondes et de leur plausible proximité. Elle pense qu'il s'agit d'une hémorragie cérébrale.

— Ce matin?

— Oui. Elle m'a appelé il y a une demi-heure.

— Que va-t-il se passer? Vont-ils procéder à une autopsie? Et qu'en est-il de l'enterrement?»

Brunetti s'efforçait de penser aux éléments qui nous échappent dans les cas d'urgence, lorsque le cerveau, les veines et le cœur sont encore sous l'effet du choc.

«Elle n'a rien dit à ce sujet. Elle est encore à l'hôpital.

— Pauvre femme, murmura Brunetti, en toute sincérité.

— Elle a dit qu'elle me rappellerait, mais je ne sais pas quand.

— Envisages-tu d'y aller ? »

Le comte ne donna aucune réponse. Le commissaire se taisait, déterminé à attendre. « Cela dépend d'Elena, je suppose, finit-il par dire.

— Si elle vous y invite ?

— Non, j'attends de savoir si, à son avis, Gonzalo aurait voulu que j'y aille. »

Sans réfléchir, Brunetti s'informa : « La situation était donc si grave ?

— Qu'est-ce qui était si grave ? demanda le comte avec colère. Il est tombé et il est mort. » Brunetti l'entendit inspirer profondément pour tenter de se calmer.

« Je me suis mal exprimé, Orazio. J'entendais la dernière fois où tu l'as vu. Tu m'avais dit qu'il était parti avec pertes et fracas, au restaurant.

— Ah, dit le comte dans un souffle. J'avais oublié que je t'avais raconté cet épisode. » Brunetti l'écouta respirer un certain temps. « Non, la situation n'était pas si grave. Nous nous étions déjà disputés auparavant, sur des sujets bien plus sérieux, mais je crains ce qu'il pourrait avoir dit sur moi à sa sœur pendant son séjour là-bas, que je l'espionnais, par exemple.

— Elle t'a appelé, n'est-ce pas ? C'est déjà beaucoup.

— Je ne l'avais pas vu sous cet angle. » Le comte garda le silence un instant, puis reprit, la gorge un peu moins nouée : « Elle doit continuer à me considérer comme son meilleur ami.

— Tu l'étais, non ? »

En guise de réponse, le comte lui déclara : « Je vais y aller, finalement.

— Et Donatella ?

— Elle aussi. Gonzalo était autant son ami que le mien. »

Brunetti et son beau-père échangèrent encore quelques remarques, puis le commissaire mit un terme au coup de fil afin de libérer la ligne du comte pour tout appel éventuel de la part de la sœur de Gonzalo.

Après avoir raccroché, il alla à la fenêtre et regarda le canal de San Lorenzo : si la marée venait à descendre, la situation présenterait une symétrie étonnante avec ce décès. Il vit un sac en plastique rouge flotter à la surface et l'observa jusqu'à ce qu'il dérive devant la maison de retraite. La marée était en train de monter. Tant pis pour la symétrie.

Il appela Paola à l'université pour lui annoncer la nouvelle. « Ah, le pauvre ! s'exclama-t-elle, avant de demander comment son père avait réagi.

— Mal. Ils iront à l'enterrement.

— Ah ! fut tout ce qu'elle put dire.

— Est-ce que tu rentres déjeuner ? lui demanda-t-il, sachant que c'était le jour où elle recevait ses étudiants dans son bureau pendant une heure.

— Je mettrai un mot sur la porte.

— D'accord. Je te retrouve à la maison, alors », conclut Brunetti en rangeant son téléphone. Sans savoir pourquoi, l'envie le prit de lire les dernières scènes des *Troyennes*. La vie de Gonzalo venait de toucher à sa fin, comme une porte qu'on lui aurait claquée au nez : les gens qui l'aimaient n'avaient pas eu le temps de se préparer à cette perte. Ayant bien en tête le lot réservé à ces femmes, Brunetti espéra que leur destin lui serait ainsi plus léger à porter. Sans veiller à prévenir qui que ce soit, il quitta son bureau, il quitta la questure, il quitta tout et rentra chez lui.

Il lui fallut une heure pour finir de lire la pièce, tellement le texte était dense. Hécube, reine de Troie, va devenir l'esclave d'Ulysse, « ce vil menteur », cette « bête monstrueuse ». On arrache à Andromaque son fils Astyanax afin de le précipiter du haut des remparts de Troie et elle disparaît à son tour avant d'être violée par Agamemnon qui en fait sa captive. Le destin implacable réserve à Hécube un troisième coup fatal : on lui remet le cadavre meurtri de son petit-fils qu'elle ne peut qu'enterrer même si, malgré son profond chagrin, elle prend conscience que « les morts se soucient peu de leurs funérailles » et que cette préoccupation relève de la « vanité des vivants ». Puis elle sort de scène, esclave à présent d'Ulysse, un homme qu'elle sait « aussi faux dans ses haines que dans ses amours ». Plus loin attendent les navires grecs.

Il ferma le livre et le posa sur le côté. Paola répétait toujours combien il était vital pour l'esprit de lire les classiques, car ils alliaient l'importance des idées à la beauté du langage.

Comme il lisait le texte traduit, il ne pouvait apprécier la splendeur de la langue originale : c'était un italien fluide, ponctué de temps à autre de merveilleuses expressions, mais le mérite en revenait-il à Euripide ou au traducteur ?

Il réfléchit un moment à ce que pouvaient être ces éléments importants : la guerre et la cupidité s'acharnant contre les innocents, qu'elles tuent ou mutilent ; les hommes qui partent jouer les héros ; les femmes violées et devenues veuves qui voient mourir leurs enfants, ou sont assassinées sur un coup de tête, puis abandonnées ; les hommes qui vont se battre à cheval pour la gloire, pendant que les femmes restent à la maison à attendre. *Cela fait deux mille cinq cents ans que cela dure*, songea Brunetti, *et nous continuons à partir joyeusement en guerre.*

Il se leva et alla dans la cuisine se verser un verre de vin qu'il but avant son déjeuner.

Les enfants furent bouleversés d'apprendre au cours du dîner que zio Gonzalo était décédé. Chiara avait encore l'ours en peluche qu'il lui avait offert quand elle avait sept ans et Raffi son premier livre en anglais, *Treasure Island*[1], qu'il lui avait envoyé de Londres comme cadeau d'anniversaire pour ses onze ans. Tous deux furent choqués par la terrifiante soudaineté de son trépas : il marchait dans la rue et, l'instant d'après, il était mort. Ce constat s'opposait à l'image de la vie qu'ils s'étaient faite jusque-là. La vie n'était pas censée être impitoyable. Ils n'avaient pas vécu assez longtemps pour comprendre quelle bénédiction c'était que de mourir si rapidement, sans traîner.

Lorsqu'ils furent seuls dans le salon et que la nuit se fut emparée de la ville, Brunetti but son café puis demeura assis un long moment avant de demander à Paola : « As-tu parlé à ton père ?

— Ils partent pour Madrid demain. L'enterrement aura lieu le lendemain et ils rentrent lundi après-midi.

— J'aurais dû…, commença Brunetti, puis il cessa de parler, ne sachant que dire.

— Qu'est-ce que tu aurais dû faire ? s'enquit Paola.

— Écouter Gonzalo la dernière fois que je l'ai vu, ou oser lui demander s'il l'avait déjà adopté.

— C'est possible, à ton avis ?

---

1. *L'Île au trésor*, de Robert Louis Stevenson.

— Il a dit qu'il était trop tard pour que ton père l'arrête. J'ai préféré penser qu'il voulait dire qu'il avait pris sa décision et que rien n'y changerait, mais cela pouvait tout aussi bien signifier qu'il l'avait déjà fait.

— N'as-tu aucun moyen de le savoir ?

— Je suppose que oui. Une fois que la signorina Elettra sera de retour, je lui demanderai d'examiner les dossiers du tribunal pour voir s'il avait lancé la procédure et si elle avait été acceptée.

— Le feras-tu ? »

Après un instant de réflexion, Brunetti déclara : « Tout cela n'a plus grande importance, n'est-ce pas ? »

Paola leva les sourcils, incitant son mari à continuer : « Qu'il l'ait adopté ou non. Que ce soit lui qui hérite, ou le frère et les sœurs de Gonzalo…

— Peut-être que mon père pourrait…

— Ne le lui demande pas, Paola. Ton père trouverait indécent de mettre son nez dans cette affaire. » Sa voix était plus acérée qu'il ne l'avait voulu.

Paola assumait habituellement ses propos, mais cette fois, elle regarda au loin, peut-être pour cacher le rouge qui lui était monté aux joues, puis elle hocha la tête plusieurs fois. « Tu as raison, Guido. En outre, si les biens de Gonzalo passent à cet homme plus jeune, toute la ville le saura assez tôt. Et chacun ira de son petit commentaire, pendant des jours et des jours. »

Brunetti songea au gentleman qu'avait été Gonzalo et combien il était toujours resté discret sur sa vie privée. « Pauvre Gonzalo, il aurait détesté cela. Se retrouver sur les lèvres de tout le monde. Imagine comme les rumeurs vont aller bon train, précisa Brunetti au vu de la confusion de Paola. "Pauvre vieux fou, prêt à tout pour satisfaire son

amant." "Diva sur le retour, obligée de payer pour le sexe."»
Brunetti essaya d'instiller dans sa voix le dégoût que pouvait inspirer chez certaines personnes la vie de Gonzalo, mais le cœur n'y était pas. Il s'arrêta et prit quelques inspirations avant d'énoncer, plus calmement : «Bénis soient les miséricordieux.

— Dans une ville où les ragots sont la lymphe qui irrigue le corps politique, répliqua Paola, il court bien peu de miséricorde de par les rues.»

Brunetti se leva du canapé et son exemplaire des *Troyennes* tomba par terre. Il se pencha et le ramassa en annonçant : «Je l'ai terminé.» Puis il ajouta sur un ton boudeur : «Maintenant, je n'ai plus rien à lire.»

Paola répliqua, le sourire aux lèvres : «Il y a trois longues étagères dans mon bureau, Guido, tu vas sûrement y trouver ton bonheur.

— Oui, mais le problème, c'est que je ne sais pas ce que j'ai envie de lire.

— Va jeter un coup d'œil, suggéra-t-elle. Prends-toi peut-être quelque chose de léger.

— Léger?»

Paola prit son livre posé sur le bras du canapé et chaussa ses lunettes, perchées sur sa tête. Regardant par-dessus ses verres, elle lui proposa en souriant : «*Sturmtruppen*, par exemple. Il y a quelques jours, j'ai retrouvé l'exemplaire que j'avais à l'université et je l'ai feuilleté. Il n'a rien perdu de son comique. Il est sur mon bureau.»

Cette proposition lui remémora les bandes dessinées qu'il lisait étudiant. Eh bien, pourquoi pas *Sturmtruppen*?

Deux heures plus tard, il en avait des crampes dans les mâchoires à force de sourire, voire de rire, face à la vision absurde du monde militaire. De simples recrues souffraient et mouraient sous les ordres de différents commandants incompétents qui, dans leur sabir italo-allemand, mettaient des choses dans leurs *Tasken*[1], souffraient des abus de leurs *Sergenten* et, pire encore, de leurs *Uffizialen Superioren*, qui alliaient sénilité et inanité. Même les *Eroiken Portaferiten*[2], les médecins, étaient trop occupés à dévaliser les morts et les agonisants pour être de la moindre utilité aux blessés et aux mourants.

Il l'apporta au lit et rit jusqu'à ce qu'il éteigne sa lampe de chevet. C'est à ce moment précis qu'il se rendit compte que dans son style et avec sa légèreté, *Sturmtruppen*, comme réquisitoire contre la guerre, n'avait vraiment rien à envier aux *Troyennes*.

---

1. « Poches ».
2. « Héroïques brancardiers ».

17

Le week-end, qui ne fut ponctué que par les appels des parents de Paola depuis Madrid, s'écoula tranquillement. Ils passèrent leur premier coup de fil pour leur dire qu'ils avaient assisté à la cérémonie et qu'ils étaient invités par Elena à un dîner de famille organisé dans un restaurant le soir même pour les parents et les intimes. C'était la comtesse qui avait téléphoné, car le père de Paola, submergé par l'émotion pendant l'office, avait proposé qu'ils aillent se reposer à l'hôtel.

« Se reposer » furent les seuls mots que Brunetti capta de la conversation entre la comtesse et Paola, qui écouta ensuite le long récit de sa mère, lui assura qu'elle les aimait tous les deux et lui demanda d'appeler, si possible, dès leur retour à l'hôtel, peu importe l'heure.

« Se reposer ? demanda Brunetti.

— Mon père voulait rentrer à l'hôtel et se reposer après l'enterrement. »

Brunetti la fixa, craignant de ne pas avoir bien entendu. « Ton père ?

— Il était bouleversé, expliqua Paola. Il y a un dîner de famille ce soir, où ils sont invités. »

Brunetti lui proposa la première idée qui lui passa par la tête : « Je pense que nous devrions aller nous promener.

— Tout à fait d'accord, répliqua Paola en se levant. Nous pourrions aller sur les Zattere et marcher au soleil. »
Ils suivirent précisément ce programme : ils se rendirent d'abord à San Basilio, en coupant par le campo Santa Margherita, puis serpentèrent jusqu'au fin fond de Dorsoduro et se retrouvèrent sur le canal de la Giudecca. La lumière les éblouit ; Paola dut même se protéger les yeux d'une main et regretta de ne pas avoir emporté ses lunettes de soleil.

Ils prirent sur la gauche et descendirent vers les Gesuati, le soleil dans le dos. Ils furent surpris par le nombre de *gelaterie* qui avaient ouvert au cours de l'année précédente. Brunetti se demanda si les glaces et les pizzas étaient devenues les deux produits gastronomiques les plus répandus en Italie. Dans le monde entier, peut-être ? Un énorme yacht bleu marine, amarré juste devant une pizzeria, bloquait irrémédiablement la vue sur la rive opposée à la plupart des habitants des immeubles situés sur cette portion de quai.

Ils observèrent la Giudecca, enveloppée d'ombre, posée au ras de l'eau et menaçante : Brunetti n'affectionnait pas particulièrement cet endroit ni – était-il forcé d'admettre – les Giudecchini. Ceux qu'il connaissait étaient généralement grossiers et bruyants, enclins à la vantardise et à la violence. Toutefois, quel magnifique point de vue offrait-elle sur la ville et la mer – tout au bout surtout, au niveau des Zitelle, où le paysage se dévoilait dans toute sa splendeur.

Brunetti rejoignit Paola et glissa son bras sous le sien ; il la tira vers lui et ralentit pour s'adapter au rythme de ses pas. Devant eux, une femme peinait à tenir en laisse un dogue allemand. Une fois à sa hauteur, Brunetti s'aperçut qu'il s'agissait en fait un lévrier irlandais.

Il serra davantage le bras de Paola pour attirer son attention. « Que fait-elle, au nom du ciel, avec un chien de cette taille ? s'étonna-t-il.

— Peut-être que ses enfants se servent de lui comme monture », suggéra Paola, toujours très pragmatique.

Brunetti éclata de rire, tout en regardant à l'horizon l'île de San Giorgio, baignée dans la lumière de l'après-midi, et il songea à la vie merveilleuse qu'il menait.

Il était près de minuit lorsque le comte appela Brunetti sur son portable. Ils étaient encore en train de lire dans le bureau de Paola, dans l'attente de ce coup de fil. Il prit le téléphone, le rapprocha de Paola et mit le haut-parleur pour qu'ils puissent entendre tous les deux.

« Ils nous ont traités comme des membres de la famille, fut la première remarque du comte. En un sens, Elena est une sœur éloignée. Nous n'étions pas très proches des autres, mais elle nous a tellement parlé d'eux que c'était comme si nous les connaissions depuis toujours. »

Il s'interrompit un moment et Brunetti l'entendit parler à sa femme d'une voix calme. « Donatella vous passe le bonjour, dit-il avant de reprendre son récit de la soirée : Même Rudy était là. Il est arrivé hier. Il avait appris la mort de Gonzalo dans les journaux – personne n'avait pensé à l'appeler – et il a pris le premier vol pour Madrid.

— Comment va-t-il ? s'enquit Brunetti.

— Il est en bonne santé, mais la mort de Gonzalo l'a terriblement affecté. Il n'a cessé de pleurer à l'enterrement. » La voix du comte ne fut plus qu'un filet, puis il la retrouva et affirma : « C'est dommage…

— Y avait-il d'autres personnes de ta connaissance? demanda Brunetti pour changer de sujet.

— Un ou deux amis que j'avais rencontrés au fil des ans, mais Rudy et Elena étaient les seuls... Disons, les seuls que je connaissais vraiment.»

Paola fit un geste pour capter l'attention de son mari et articula un «Demain?» sans émettre de son.

«Que ferez-vous demain? s'enquit Brunetti.

— Dis à Paola, répondit le comte avec sa troublante capacité à lire dans l'esprit de sa fille, que sa mère a suggéré de visiter le Prado, puis d'aller faire une promenade. Il fait très doux ici, c'est vraiment le printemps.

— Bien, bien», murmura Brunetti, à court d'arguments.

Paola venait de lever la main en faisant mine de porter une fourchette à sa bouche lorsque son père expliqua: «Je crois qu'il vaudrait mieux dîner ensemble mardi. Nous serons tous les deux fatigués à notre arrivée, je pense.

— Paola vous appellera.»

Brunetti entendit la voix de la comtesse; le comte ajouta alors: «Venez avec les enfants, s'ils en ont envie.»

Brunetti approuva, ravi à l'idée de ne pas passer tout le repas à discuter de leur voyage à Madrid. «Merci d'avoir appelé», fut tout ce qu'il trouva à dire pour clore la conversation.

Il posa le téléphone. «Eh bien? demanda-t-il en fixant les lampadaires dans la rue.

— Je pense qu'il est temps d'aller au lit», déclara Paola en se levant. Elle quitta la pièce sans un mot de plus et se rendit dans leur chambre. Brunetti la suivit en éteignant les lumières au fur et à mesure, puis il retourna vérifier si elles étaient éteintes de l'autre côté de l'appartement et si la porte était bien fermée à clef. Tranquillisé, il rejoignit sa femme.

Le lundi matin, la signorina Elettra Zorzi revint à la questure. Ce fut un retour sans tambour ni trompette, mais elle sortit de la vedette de Foa les bras remplis de bouquets provenant sans doute de l'un de ses fleuristes habituels et pas du marché du Rialto. Aucun officier armé ne célébra non plus son entrée officielle en tirant un ou deux coups de pistolet en l'air.

Cependant, il régnait une ambiance générale de réjouissance qui n'échappait à personne. Vianello avait déjà rempli d'eau quatre vases pour les fleurs et les avait mis sur le rebord de la fenêtre. Pucetti avait nettoyé l'écran de l'ordinateur de la signorina Elettra avec un mélange de vinaigre et d'eau distillée, car elle se refusait à utiliser des produits chimiques. Le vice-questeur Patta avait demandé au lieutenant Scarpa d'acheter chez Mascari un panier cadeau avec des fruits secs et un assortiment de chocolats et de le déposer sur son bureau.

Brunetti lui réserva un accueil plus original ; à 9 heures, il alla attendre à la fenêtre de son bureau le bateau de la police qui s'amarrerait au quai en dessous, et il se doutait que plus d'un agent mettrait le nez dehors en entendant le triple coup de klaxon de Foa sous le pont dei Greci.

Aucun d'eux ne jeta de feuilles de palmes aux pieds de la signorina, mais personne n'en aurait été surpris.

Estimant plus convenable de lui laisser le temps d'arriver, Brunetti revint à son bureau et parcourut des yeux l'emploi du temps du personnel de ce mois-là. Au mieux, ces listes informaient les officiers en uniforme sur leurs jours de service et leurs équipes : pour les plus haut gradés, ces missions n'étaient que des suggestions, tant les caprices et les aléas des crimes commis les forçaient à travailler plus longtemps, bien plus longtemps, parfois même pendant des journées interminables.

Il jeta un coup d'œil à sa montre et, voyant qu'il était presque 10 heures, il songea qu'il pouvait descendre tranquillement dire bonjour à la signorina Elettra, tout juste rentrée d'une destination inconnue. Il empila ses documents dans la corbeille du courrier sortant. Il portait une chemise blanche neuve et le costume gris foncé, en laine et soie, qu'il s'était fait confectionner à Naples : il se rendit compte qu'il s'était bien habillé pour l'occasion.

Il n'y avait pas de queue à l'extérieur du bureau de la signorina Elettra et il ne percevait aucune voix depuis le couloir. Il frappa deux petits coups sur le montant de la porte et entra. Il remarqua deux vases pleins de fleurs, un sur son bureau et un sur le rebord de la fenêtre : il en déduisit qu'elle avait orné le bureau du vice-questeur Patta avec les autres bouquets. Elle était assise devant son ordinateur qui visiblement se retenait de ne pas ronronner sous ses doigts. « Ah commissaire, s'écria-t-elle en levant les yeux, comme cela me fait plaisir de vous revoir.

— Vous nous avez manqué, déclara Brunetti en prenant conscience à cet instant précis de combien c'était vrai.

— Je suis persuadée qu'en mon absence, tout a continué sur sa lancée, affirma-t-elle avec une fausse modestie.

— Les choses ont l'art d'être immuables ici, signorina. Du moins, telle est mon impression.

— C'est le parfait miroir du pays, pourrait-on dire, répliqua-t-elle avec un sourire. Y a-t-il eu beaucoup de discussions et d'activité pendant mon congé ? s'informa-t-elle.

— Beaucoup de discussions et beaucoup d'activité. Mais pas beaucoup de changements. »

Son sourire s'épanouit. « C'est bien ce que je pensais, plaisanta-t-elle, puis elle demanda, d'un ton plus sérieux :

Dois-je continuer ce que j'avais commencé avant mon départ, signore ? »

De toute évidence, personne ne l'avait mise au courant.

« Non, je crains que ce ne soit plus nécessaire, signorina. Le signor Rodríguez de Tejeda est décédé pendant vos vacances.

— Oh, je suis désolée, monsieur. Je sais que c'était un de vos amis. Pouvez-vous m'en dire davantage ? s'enquit-elle d'un ton plus doux.

— Il était en Espagne et, en allant dans un musée avec sa sœur, il a subi une hémorragie cérébrale, comme l'a établi un examen post mortem. Il est mort sur le coup. » C'était la première fois que Brunetti racontait la mort de Gonzalo. Il fut surpris de l'effort que lui avait coûté ce récit. Il prit une profonde inspiration et tripota les pétales d'une tulipe rose.

« Et l'adoption ? s'enquit-elle.

— Aucune idée. Cela n'a plus aucune importance, désormais. »

Elle marqua une pause, comme elle avait coutume de le faire avant d'énoncer une opinion susceptible de déplaire, et nuança : « Cela pourrait en avoir pour sa famille. »

Brunetti hocha la tête en signe d'assentiment. « Je voulais dire que nous n'avons plus besoin de savoir. La loi décidera de la suite des événements.

— Exactement, approuva-t-elle gravement. La loi déterminera qui sont les héritiers, c'est pourquoi je vous ai posé la question pour l'adoption.

— Cela ne nous regarde pas, signorina, déclara Brunetti d'un ton qu'il espérait aimable. Peut-être que cela ne nous a jamais regardés. » Comme il ne voulait pas sombrer dans le mélodrame, il s'abstint de faire remarquer que Gonzalo n'était plus du tout concerné par cette affaire.

« Que dois-je donc faire des éléments que j'avais recueillis avant de partir ? Ou de toute information parvenue pendant mon absence ?

— Je voudrais que vous abandonniez ce dossier, signorina, si vous êtes d'accord. Rangez tout quelque part dans un fichier et nous aviserons…, commença-t-il, incapable d'imaginer à quel moment précisément. Plus tard », conclut-il.

La signorina Elettra inclina la tête sur le côté, réfléchissant aux propos du commissaire. Elle regarda l'écran de son ordinateur, qui était vide, comme le remarqua Brunetti. Puis elle opina du chef plusieurs fois, plus pour elle-même que pour lui signaler qu'elle avait bien entendu. « Très bien, signore. J'archiverai tous ces documents, puis quand ce sera moins douloureux pour vous, vous déciderez de leur destination.

— Cela me paraît sage », dit Brunetti, qui lui rappela ensuite qu'ils attendaient toujours des compléments d'information au sujet des voisins du vice-questeur. Il la remercia pour son attention, s'aperçut qu'il ne lui avait toujours pas souhaité formellement un bon retour à la questure et y procéda aussitôt. Il ajouta qu'il était heureux de lui voir un air si reposé, puis il quitta son bureau et monta dans le sien.

18

Brunetti se dit que la meilleure solution était d'appliquer ce qu'il avait convenu avec la signorina Elettra, c'est-à-dire laisser tomber cette affaire. La presse se repaîtrait certainement de l'histoire du décès de Gonzalo : puisqu'il avait tenu une célèbre galerie dans la ville pendant de nombreuses années, les journaux pouvaient le présenter comme une personne « bien connue des cercles artistiques » et couvrir l'événement pendant un jour ou deux, dans les dernières pages consacrées aux informations locales, en attendant des nouvelles plus affriolantes ou le trépas d'une autre personnalité.

Il s'écoula quelques jours avant que *Il Gazzettino* ne découvre la mort de Gonzalo et ne se livre, comme de coutume, au panégyrique du vieil homme, bienfaiteur de la ville et marchand d'art ayant connu de grands succès. Il y était également précisé qu'il avait décidé, vingt ans plus tôt, de renoncer à sa nationalité espagnole pour devenir un citoyen italien. Il laissait deux sœurs, un frère et un fils adoptif, dont les noms n'étaient pas mentionnés.

Il en était donc ainsi. Gonzalo avait continué ses démarches et procédé à l'adoption avant la fin. Il avait trouvé un avocat qui s'était occupé de tout ; ou peut-être

Lodo Costantini avait-il accepté de s'en charger et gardé la bouche cousue.

Ce soir-là, à la fin du dîner, Brunetti rapporta l'éloge funèbre à Paola et lui dit qu'il avait la sensation que la ville – du moins la rumeur urbaine – avait enfin rendu justice à Gonzalo.

« Et l'adoption ? s'enquit-elle.

— Ce qu'il adviendra de l'argent de Gonzalo ne me regarde pas, rétorqua-t-il. Si c'est ce qu'il a voulu, c'est sa décision, un point c'est tout. Il a donné aux gens la possibilité de vivre entourés de beaux objets. Je sais que cela fait vieux jeu d'énoncer de telles idées, mais je crois que ces choix enrichissent la vie des personnes qui les font.

— Je suis d'accord avec toi, approuva-t-elle. En outre, il était drôle et généreux, et ne disait jamais de mal de personne, même des gens qui l'avaient floué. Il était honnête et aimable, et savait tenir parole. En résumé : c'était un homme d'honneur. »

Une semaine plus tard, Brunetti reçut un coup de fil chez lui d'un certain « Rudy ». Brunetti ne saisit pas immédiatement qui était son interlocuteur et fit défiler tous les noms qu'il avait en mémoire, à la recherche d'un Rudy.

« Rudy Adler, l'ami de Gonzalo », précisa cet homme.

Tout se mit alors en place.

« Bien sûr, Rudy. Je suis désolé, mais je ne m'attendais pas à avoir de tes nouvelles. » C'était la vérité. « Orazio m'a dit qu'il t'avait vu la semaine dernière, ajouta Brunetti, lui laissant l'alternative de parler ou non de l'enterrement.

— Oui. Cela m'a fait plaisir de le revoir, après toutes ces années. Je suis désolé que Paola et toi n'ayez pas pu venir, mais Orazio m'a expliqué.» Le silence s'installa entre eux jusqu'au moment où Rudy le brisa en rectifiant: «C'est peut-être bien que vous ne soyez pas venus.

— Pourquoi?

— Sa famille est très croyante, donc ils n'ont pas lésiné côté religion.

— Orazio n'a pas évoqué cet aspect.

— Cela a été délicat de sa part, nota Rudy. C'était plutôt grotesque. Gonzalo aurait détesté cette ambiance.

— C'est malheureux.» Puis, au souvenir de ses conversations avec Gonzalo, Brunetti ajouta: «Je n'ai jamais connu personne de plus allergique à l'Église.

— Oublies-tu ta femme? demanda Rudy en riant. Je me souviens d'un dîner chez nous où tu t'es levé et tu as quitté la table parce que Gonzalo et elle s'étaient ligués contre un Jésuite.»

Brunetti se rappela le dîner en question et se réjouit encore de sa décision de partir et de rentrer seul à pied. «Finalement, si mes souvenirs sont bons, le prêtre a autant donné que reçu.

— Les Jésuites sont censés être les intellectuels de l'Église, n'est-ce pas?» s'informa Rudy. Il était de Brême, songea Brunetti, il était donc probablement protestant et nourrissait sans nul doute des idées fausses sur la Compagnie de Jésus.

«Les "intellectuels"? À mon avis, il est plus exact de les présenter comme les cartographes de la Société de la Terre plate.»

Rudy éclata de rire à nouveau, puis précisa, d'un ton plus sérieux: «Je ne t'ai pas appelé pour te parler du bon vieux temps, Guido, mais pour t'annoncer que nous serons là demain.

— Demain ? réitéra Brunetti, confus. Et dans quel but ? » Il ne l'interrogea pas sur son recours au pronom pluriel.

« Pour une sorte de mission exploratoire. En fait, euh... nous aimerions organiser un office en mémoire de Gonzalo, ou plutôt un dîner pour ses amis intimes où les gens qui le connaissaient et l'aimaient pourront échanger quelques mots et où nous pourrons tous nous remémorer pourquoi nous avions autant d'affection pour lui. Même aujourd'hui. » Il marqua une pause pour donner l'occasion à Brunetti d'intervenir, mais ce dernier s'en abstint, curieux de savoir qui était invité et qui viendrait.

« C'est l'idée d'Orazio, poursuivit Rudy, ou la mienne, peu importe. Nous étions en train de discuter lors de ses obsèques quand l'un de nous deux a noté combien il était triste que maints de ses amis de Venise n'aient pas pu venir à Madrid, parce qu'ils étaient trop âgés pour faire le voyage. »

Il n'y a pas que les personnes d'un certain âge qui n'ont pas eu envie d'y aller, dut bien s'avouer Brunetti, mais il se contenta de répliquer : « C'est une bonne idée. Qui inviteras-tu ? »

Sans hésitation, Rudy répondit : « Donatella, Orazio, Paola et toi êtes les Vénitiens qu'il aimait le plus. Il était resté en contact avec deux personnes qui travaillaient dans la galerie, même après sa fermeture, tout comme avec le professeur d'université qui écrivait ses catalogues, certains de ses clients et deux antiquaires qui étaient devenus des amis. Et j'ai songé aussi à quelques personnes que j'ai rencontrées avec lui au fil des ans. » Une liste somme toute bien courte pour Brunetti qui s'était mis en tête que Gonzalo connaissait tout le monde en ville.

« J'espère n'avoir oublié personne. Gonzalo et moi ne sommes pas… vraiment restés en contact ces quatre dernières années, donc ma liste pourrait être, euh… obsolète. » Brunetti se demanda si Rudy ne voulait pas éviter ainsi, par politesse, de laisser entendre que d'autres personnes aient aussi pu rompre avec Gonzalo les derniers temps.

Gonzalo était déjà parti en plein milieu d'un dîner avec le comte, Brunetti s'en souvenait. Qui sait avec combien d'autres personnes il avait pu se comporter de cette manière ? Mais peut-être étaient-elles encore disposées à parler de lui avec affection, comme à la vieille époque, avant les offenses infligées ou subies.

Brunetti tâcha de se remémorer les moments les plus récents qu'il avait passés avec Gonzalo, mais ce dernier n'avait mentionné personne, hormis un médecin de Crémone intéressé par quelques bronzes Renaissance qu'il avait mis en vente. La foule d'amis que Rudy avait évoquée semblait avoir disparu de la circulation. Brunetti ignorait si le nouveau venu, Attilio, figurait dans la liste, mais il ne voulait pas le lui demander.

« Je suis désolé, Rudy, mais je ne vois personne que tu ne connaisses déjà. » Brunetti se rendit compte, à ces mots, qu'il faisait lui-même partie des gens qui avaient vu de plus en plus rarement cet homme vieillissant, comme si chaque année qui s'ajoutait à la vie de Gonzalo diminuait l'intérêt que les plus jeunes lui portaient.

Rudy changea complètement de ton et sembla vraiment ravi de pouvoir affirmer : « Au moins, tu rencontreras enfin la meilleure amie de Gonzalo. »

Brunetti répliqua du tac au tac : « Je croyais que c'était Orazio.

— C'était son ami homme, son copain. Berta est sa meilleure amie depuis toujours. Ils se connaissaient depuis le Chili. C'est elle qui vient avec moi. »

Brunetti jugea déplacé d'objecter que Gonzalo avait rencontré Orazio avant son départ pour l'Amérique du Sud et préféra s'informer : « Berta ?

— Alberta. Alberta Dodson.

— Cela ne sonne pas très chilien comme nom.

— Elle a épousé un Anglais, puis ils sont partis vivre dans un immense château dans le Yorkshire, où il élève du bétail.

— Bien, voilà qui me paraît déjà plus chilien. »

Rudy rit, soulagé que la conversation prenne ce tour plus normal, et poursuivit : « Non, il s'agit de ces bêtes à poil hirsute, avec de longues cornes qui poussent sur les côtés. Aussi sournoises que des serpents, apparemment. Du moins, c'est ainsi que les décrit toujours Berta. Mais de belles bêtes, tout droit sorties d'une fresque minoenne.

— Je vois mal Gonzalo avoir pour amie une femme vivant dans un château dans le Yorkshire, et encore moins la considérer comme sa *meilleure* amie.

— Oh, elle l'est pourtant. Ils se sont rencontrés à Santiago dès son arrivée là-bas. Visiblement, sa famille l'a pris en affection et Berta est devenue sa petite sœur. Après avoir fait fortune, il a quitté le pays presque en même temps qu'elle et il sont restés en contact. Constamment.

— Tu la connais ?

— Bien sûr. Elle est venue voir deux fois Gonzalo lorsque... lorsque nous étions ensemble. C'était la fête en permanence. Cadeaux et champagne, plaisanteries et calembours incessants en espagnol. Une fois, des amis anglais sont venus avec elle pour Noël et ils nous ont joué une véritable pantomime de la Nativité.

— Chez vous ? » s'enquit Brunetti. La maison de Gonzalo pouvait assurément accueillir un spectacle.

« Oui. Elle descendait toujours à l'hôtel, mais elle passait tout son temps avec nous. Elle appelait son mari six fois par jour et consacrait le reste de la journée à échanger des ragots avec Gonzalo. » Rudy s'arrêta de parler un moment ; Brunetti l'entendit prendre plusieurs profondes inspirations. « Ils se disputaient sans arrêt : sur la politique, la religion, l'économie – elle était communiste au départ, puis elle est devenue socialiste et, ensuite, j'ai perdu le compte. » Rudy inspira profondément une dernière fois, puis partit d'un rire bref : « En fait, on aurait dit un vieux couple.

— Et l'homme avec qui elle vit ? demanda Brunetti, en accentuant le verbe.

— Il l'adore, et ce depuis vingt ans. Sur ses sous-vêtements est brodé le mot "Tory[1]", mais il écoute tout ce qu'elle lui dit en matière de politique, puis il sourit et opine du chef.

— Oui, voilà qui ressemble bien à un vrai mariage. Un mariage qui a survécu vingt ans, du moins. »

Pendant toute sa conversation avec Rudy, Brunetti s'étonna de ne pas avoir entendu la moindre anecdote sur cette « Berta ». Orazio ne l'avait jamais mentionnée : était-ce par jalousie ?

Lorsqu'il revint à leur conversation, Rudy était en train d'énoncer : « Nous l'organisons mardi, un peu après 13 heures. »

---

1. Le parti conservateur britannique.

Brunetti sut alors qu'il s'apprêtait à commettre un délit, qualifié d'« abus de pouvoir », mais c'était pour lui une manière de se racheter auprès de Rudy après avoir perdu le contact avec lui ces dernières années. « Donne-moi le numéro de ton vol et je serai là à ton arrivée. »

Le crime eut lieu le jeudi à 13 h 23 à l'aéroport Marco Polo, où Brunetti attendait l'avion qui venait d'atterrir de Londres. Près de lui se trouvait un officier de police en uniforme qui, dès que la porte s'ouvrit, salua les premiers voyageurs sortis de l'appareil : un homme grand et une petite femme. Le policier se pencha pour prendre leurs bagages à main avant de tourner les talons d'un geste vif et d'emprunter le long tunnel qui menait de l'avion au terminal.

Brunetti observa ses invités plus attentivement. Rudy n'avait pas vieilli, remarqua-t-il, même si ses cheveux bruns avaient un peu pâli. La femme près de lui avait des cheveux gris coupés court à la garçonne qui lui couvraient tout juste les oreilles. Elle avait une belle peau dénuée de taches de vieillesse, mais de chaque côté de ses yeux irradiaient des lignes horizontales. Son nez était busqué et fin, et sa bouche d'un rouge vif. Son visage semblait résulter tout simplement de la lente et inexorable avancée de l'âge. Elle pouvait avoir dans les soixante ans, ou peut-être plus. Elle portait une robe en laine marron, un manteau beige posé sur ses épaules, et tenait un sac à main en cuir marron foncé dans la main gauche. Brunetti, décidé à les accueillir dignement, se pencha et lui fit un baisemain.

« Vous devez être le commissaire Brunetti, dit-elle dans un anglais très british, aux voyelles matinées de lumière méditerranéenne. Je suis Berta Dodson. » Elle ajouta ensuite, d'une voix plus chaleureuse : «Rudy m'a dit que vous étiez un ami de Gonzalo.

— Oui, un ami de très longue date.» Comme si ce lien nécessitait une justification, il précisa : «Orazio Falier est mon beau-père.» Il se tourna vers Rudy et lui tendit la main, puis, ému par la vague de tristesse émanant de son sourire, lui fit l'accolade et le serra un moment contre lui.

Brunetti s'écarta ensuite de Rudy et se tourna de nouveau vers la femme qui d'un sourire révéla des dents aussi parfaites que sa peau, et d'une beauté tout aussi naturelle. «Ah! comme il aimait Orazio, Gonzalo. Bien plus que son propre frère, cet homme épouvantable», déclara-t-elle au commissaire, en lui emboîtant le pas.

Ils traversèrent le terminal et Brunetti passa devant le tapis roulant immobile, encore dépourvu de tout bagage. Le même policier se tenait à la sortie et leur ouvrit la porte. Lorsqu'ils furent dehors, il s'empressa de les devancer et ouvrit la porte arrière du côté passager d'une voiture bleu foncé. Une fois la femme assise, l'officier passa de l'autre côté et tint la portière pour Rudy, puis il alla ouvrir la porte pour Brunetti avant de s'installer au volant et de démarrer.

«Et nos bagages? s'informa Rudy.

— Ils seront amenés au bateau», répondit le commissaire.

Le chauffeur se faufila derrière le bus n° 5 et le suivit jusqu'à la première bretelle, où la voiture s'écarta du bus et prit à droite. Elle s'arrêta le long du quai en bois où était amarrée une vedette de la police. Foa bondit à leur vue et s'approcha de la voiture. Il salua Brunetti, qui était déjà sorti, et ouvrit la portière à la dame. «Par ici, signora», dit-il en retournant vers le bateau.

Comme si Berta était faite de guimauve, le pilote l'aida à monter dans le bateau puis lui donna le bras pour descendre dans la cabine. Tandis que Brunetti et Rudy montaient à bord, une seconde voiture bleue s'arrêta derrière eux et un homme en uniforme gris descendit du côté passager. Il prit deux valises dans le coffre de la voiture, gagna le bateau et les passa à Foa qui les entreposa sur le pont à sa gauche.

« Est-ce l'une de vos fameuses *auto blu*[1] ? demanda Berta à Brunetti, qui s'était assis en face d'elle.

— Oui.

— Elles sont réservées aux hommes politiques et aux ministres, n'est-ce pas ?

— Aux gens importants, répondit Brunetti avec un large sourire et un geste dans sa direction.

— Combien y en a-t-il ? s'enquit-elle, passant outre la flatterie.

— Il est difficile d'en connaître le nombre exact, signora. Mais celui qui ressort le plus souvent tourne autour de quatre-vingt-dix mille. » Il lui laissa le temps d'assimiler cette information, puis spécifia : « À moins que vous n'accordiez du crédit à l'autre chiffre qui est souvent énoncé : six cent mille.

— Je me sens tout à coup moins honorée, répliqua-t-elle, mais son dernier mot fut couvert par le hurlement du moteur au moment où Foa fit marche arrière pour partir.

— Comment as-tu réussi à en obtenir une, Guido ? s'étonna Rudy.

---

1. Littéralement : voitures bleues. Expression désignant les voitures mises à la disposition des hommes politiques ou des hauts fonctionnaires de l'administration publique, qui ont souvent fait l'objet de polémiques à cause de leur nombre exagérément élevé et de leur utilisation abusive.

— J'ai menti, répondit Brunetti d'un ton désinvolte. J'ai dit que j'attendais deux personnes en provenance des États-Unis, chargées de livrer un témoignage secret, mais qu'elles arriveraient de Londres pour des raisons de sécurité et qu'il était opportun de leur garantir la plus grande discrétion à leur arrivée.

— Auprès de qui en as-tu fait la demande ?

— De quelqu'un que je connais au ministère de l'Intérieur.

— Et il t'a cru ? s'enquit Rudy, manifestement surpris.

— Nous autres Italiens sommes toujours prêts à croire que derrière chaque événement se cache une motivation secrète. »

Alberta Dodson sortit une liste de son sac à main et la passa à Brunetti en lui annonçant : « Voici les gens de Venise que Rudy et moi aimerions inviter à la cérémonie commémorative. »

Brunetti leur demanda où ils envisageaient d'organiser le dîner, en espérant que ce ne soit pas dans un de ces nouveaux restaurants ultra-chics pour touristes aisés.

« L'Antico Martini nous a promis de nous privatiser une salle », répondit Rudy, à son grand soulagement.

Le commissaire regarda par la vitre et constata que Foa avait tourné dans le canal de Cannaregio. Il leur sortait donc le grand jeu et avait pris le Grand Canal pour les conduire à leur hôtel, un ancien *palazzo* rénové récemment, situé à proximité du pont du Rialto.

Brunetti ignorait tout de leurs projets pour le restant de la journée et le lendemain matin, et ne savait de ce fait que leur demander ou leur suggérer. « Si je puis vous aider d'une manière ou d'une autre, n'hésitez pas à me le dire », annonça-t-il. Il leur donna son numéro de *telefonino* et attendit qu'ils le rentrent dans leurs portables.

La signora Dodson sourit et posa une main sur son poignet. « Gonzalo m'a toujours parlé de votre affabilité. » Elle détourna le regard après ces propos et lorsqu'elle revint vers lui, elle avait les yeux pleins de larmes. « C'était quelqu'un de bien. » Puis, comme si les mots se battaient pour s'échapper de ses lèvres, elle déclara : « Il m'a sauvé la vie. »

Rudy s'immisça dans la conversation : « Je te l'ai déjà entendu dire, Berta, mais tu n'as jamais raconté ce qu'il s'était passé. »

Son visage s'éclaira lorsqu'elle se tourna vers lui. « J'exagère sans doute, Rudy. Je n'étais pas en proie à des bandits ou à un fou brandissant un couteau. » Elle agita la main pour changer de sujet et regarda par la fenêtre avec un soupir. Elle se pencha plus près de la vitre en touchant le bras de Brunetti avec un naturel bien latin. « Quel est ce *palazzo* ?

— C'est la Ca' d'Oro, qui est devenue un musée.

— Et là-bas, juste en face ?

— C'est le tribunal. *The courthouse*, comme vous dites, je crois, en anglais.

— Il est difficile d'imaginer qu'on puisse commettre des crimes dans un aussi bel endroit », affirma-t-elle avec un émerveillement d'enfant, et Brunetti sentit sa sincérité. Il fit un signe d'assentiment, mais s'abstint de tout commentaire.

Rudy vint meubler le silence : « Je dois réserver d'autres chambres à l'hôtel pour les gens qui arrivent de l'étranger, puis j'irai inspecter la salle de restaurant et discuter du dîner. »

Brunetti découvrit à cet instant qu'il y aurait des invités venant d'autres pays. Il se limita à émettre un bruit interrogateur.

« La famille, explicita Berta. Deux neveux – avec leurs femmes – qui viennent de Madrid. Et sa sœur Elena. » *Et les autres membres de la famille ? se demanda Brunetti. Étaient-ils exclus ou avaient-ils refusé de venir ?* Comme c'étaient des questions qu'il préférait ne pas poser, il reporta son attention sur la signora Dodson.

« Il y a également une personne que je souhaite rencontrer et avec qui j'aimerais m'entretenir cet après-midi, ajouta-t-elle.

— Si…, commença Brunetti, mais elle leva la main.

— Et le soir, je suis invitée au Cipriani, où sont descendus des amis anglais. » Brunetti sourit et opina du chef, tout en songeant qu'il était sans doute plus facile de dîner avec des amis britanniques plus près de chez soi. À la vue de son expression, elle nuança : « Je suis venue en réalité pour tenir compagnie à Rudy et pour veiller à ce que toute cette situation ne le bouleverse pas trop.

— Oh, ne sois pas bêtement sentimentale, Berta », maugréa Rudy, mais il laissa sa main un moment dans la sienne après ces mots. Elle leva les yeux sur Brunetti en lui souriant et il comprit alors comment elle avait pu éblouir tant d'hommes par le passé.

La vedette passa sous le pont du Rialto et continua jusqu'à ce que Foa se mette à ralentir. Ils virèrent légèrement mais assez vite sur la droite et se dirigèrent vers l'embarcadère de l'hôtel. « Oh, c'est si beau ! » s'exclama Berta, et cette fois, sa voix vacilla. Lorsqu'elle aperçut le regard inquiet de Brunetti, elle expliqua : « Mon mari et moi avons toujours voulu venir à Venise, mais nous avons sans cesse retardé ce voyage à cause du travail ou d'autres raisons. Et maintenant, me voilà ici toute seule. » Elle détourna le regard et appuya son nez contre la vitre à l'approche de l'hôtel. Pendant que la vedette glissait lentement vers le ponton, elle frappa dans les mains pour bannir ces pensées et se tourna vers Brunetti. « Voudriez-vous nous rejoindre pour un déjeuner tardif ? » Elle retroussa sa manche pour regarder l'heure et rectifia : « Un déjeuner très tardif. »

Brunetti sourit. « J'en aurais été ravi, mais je dois absolument retourner travailler. » Face au « hum » sceptique de Rudy, le commissaire spécifia : « De plus, ils pourraient avoir besoin du bateau. »

Cette explication régla la question et Brunetti attendit que les deux porteurs rejoignent la vedette : l'un sauta dans la cabine pour récupérer les bagages tandis que l'autre, debout sur le débarcadère, attendait Berta pour l'aider à descendre du bateau. Mais elle se rendit d'abord auprès de Foa, encore au gouvernail, et lui dit, dans un italien prononcé avec un accent espagnol très marqué : « *Capitano*, je voudrais vous remercier pour votre aide et pour ce tour en bateau. Ce fut le plus beau de ma vie. » Puis, en véritable lady anglaise, elle prit la main de Foa et la pressa entre les siennes en déclarant : « Je ne pourrai jamais vous en remercier assez. » Elle serra sa main une dernière fois et se dirigea vers l'escalier. Le porteur prit son bras et, grâce à sa longue pratique, la hissa quasiment jusqu'en haut, tout en lui donnant l'impression qu'elle n'avait pas besoin de son aide, mais simplement d'une certaine assurance.

Rudy fit signe au porteur de s'écarter et gravit tout seul les marches. Brunetti lui emboîta le pas et ils se séparèrent, le sourire aux lèvres et sur d'aimables propos. Les deux visiteurs entrèrent dans l'hôtel, tandis que Brunetti et Foa retournèrent à la questure.

19

Après le dîner, Brunetti se résolut à demander à Paola si elle pouvait interroger son père sur la signora Dodson, qui avait sûrement dû assister à l'enterrement à Madrid. Raffi était allé travailler chez un ami et Chiara était dans sa chambre, en train de faire une recherche sur un éventuel lien de cause à effet entre la pollution de l'air et la maladie d'Alzheimer.

Brunetti et Paola étaient assis l'un en face de l'autre, lui dans un fauteuil confortable, elle sur le canapé, avec deux cafés posés sur la table basse. «C'est bizarre, déclara Brunetti, que de toutes ces années, je n'aie jamais entendu Orazio parler de cette femme.» Il se remémora sa conversation avec la signora Dodson et s'aperçut qu'à aucun moment elle n'avait dit connaître son beau-père; elle avait seulement mentionné l'affection que Gonzalo lui portait. Il se demanda si, hormis Rudy, d'autres amis de Gonzalo la connaissaient.

Paola ne trouva pas ce fait particulièrement étrange. «Beaucoup d'entre nous ont différents cercles d'amis, qui ne se rencontrent pas forcément et quelquefois ignorent même l'existence les uns des autres.» Elle finit son café et reposa la tasse. «C'est une des raisons pour lesquelles les enterrements sont si intéressants: tu vois des gens que tu ne t'attendais pas à y croiser. C'est comme si le défunt avait vécu dans deux mondes parallèles. Ou trois.

— Mais ce sont tous deux des amis de la première heure, insista Brunetti, comme si cet élément pouvait changer la donne, créer des liens en quelque sorte.

— Ce sont aussi des amis de continents différents, je te rappelle.

— Je sais », répliqua Brunetti du ton qu'il employait lorsqu'il n'était pas tout à fait convaincu et qu'il cherchait simplement à temporiser. Sa propre vie et son milieu d'origine n'avaient absolument rien à voir : ses amis et lui s'étaient connus enfants et avaient vécu la plus grande partie de leur existence à Venise. Il avait été muté dans d'autres villes, mais pour de brèves parenthèses, jamais plus de deux ans.

Les amis intimes de Brunetti – ceux qui étaient apparentés aux membres de la famille – étaient tous vénitiens et se connaissaient entre eux. La seule exception était Griffoni, mais elle relevait de la catégorie des amis liés au monde professionnel.

Ce dernier cas de figure l'incita à se demander s'il n'avait pas tort, car peut-être que pour certaines personnes, il était complètement normal d'élever des cloisons étanches entre les différents compartiments d'amis : les amis de l'école, ici ; les amis de travail, là ; les amis qu'ils ne voyaient presque jamais. Donc, oui, il était possible que Gonzalo n'ait jamais mentionné sa meilleure amie à son meilleur ami.

« Comment est-elle ? s'enquit Paola en le coupant dans ses réflexions.

— Séduisante, répondit-il spontanément. Elle a l'esprit vif et le sens de l'humour. Elle a dû être très belle. Elle a encore du chien, d'ailleurs. On dirait que cela ne la gêne pas de... de perdre sa beauté, juste de la voir faner. Mais j'en verrais bien se retourner encore sur son passage.

— Tu l'as appréciée ?

— Énormément. Elle a pris les mains de Foa dans les siennes et l'a remercié pour le tour sur le Grand Canal. En rentrant à la questure, Foa m'a dit qu'il n'avait jamais reçu de tels remerciements, avec une aussi grande sincérité et gratitude.

— Elle a vécu si longtemps en Angleterre qu'elle a sans doute acquis leur courtoisie », lança Paola.

Brunetti rit à ces mots et essaya de la provoquer en répliquant : « Je croyais que c'était nous, les Italiens, qui en avions la palme.

— Dieu du ciel, non, rétorqua Paola, réellement surprise. Nous sommes gracieux et charmants, mais les Anglais sont courtois.

— Je ne saisis pas bien la différence.

— Parce que tu n'as pas passé six ans dans une école privée pour filles en Angleterre, Guido. Crois-moi, les Anglais sont la courtoisie même. »

Brunetti n'eut pas envie de s'attarder sur la question ; il prit donc son *Sturmtruppen*, en se disant que ce serait résolument le dernier de la série qu'il lirait, tout en sachant que c'était un fieffé mensonge.

Ils restèrent ainsi un certain temps, lui, captivé par sa bande dessinée et Paola, capturée par *La Princesse Casamassima*, lorsque le portable de Brunetti sonna. *Ce doit être Raffi, se dit-il, qui appelle pour nous prévenir qu'il est encore avec son ami.* Comme son radar parental avait détecté du bruit à l'autre bout de l'appartement, il savait Chiara bien à l'abri, à la maison.

Le numéro avait un indicatif anglais. Il était une heure plus tôt là-bas, ce n'était donc pas vraiment un appel nocturne.

«Brunetti, répondit-il.

— Guido? demanda une voix d'homme, peinant à masquer son effroi.

— Oui. Qui est-ce?

— C'est moi. Rudy. Rudy Adler, précisa-t-il, comme si Brunetti allait lui demander de décliner son identité.

— Qu'est-ce qui t'arrive, Rudy?

— C'est Berta, répondit-il d'une voix légèrement étouffée. Elle est morte, Guido.»

Paola avait posé son livre à la question de Brunetti et, à la vue de son expression, elle se pencha pour poser la main sur son genou.

«Dis-moi ce qui s'est passé, le pria le commissaire d'une voix blanche.

— Je ne sais pas. Je n'en ai aucune idée. Ils m'ont laissé passer ce coup de fil.

— Qui?

— La police.

— Dis-moi pourquoi.

— C'est absurde, protesta brièvement Rudy d'une voix virant à l'aigu.

— Dis-moi ce qui s'est passé, Rudy.

— Nous avions réservé deux suites attenantes, comme à chaque fois que nous voyageons ensemble. Nous ne fermons jamais à clef la porte de séparation. J'ai pris cette habitude à l'époque où Gonzalo et moi partions en voyage avec elle.» Il s'arrêta brusquement, puis déclara: «Je divague, n'est-ce pas?

— Cela n'a aucune importance. Prends ton temps et dis-moi ce qui est arrivé.

— C'est bien là le problème. Je ne sais pas.»

Brunetti connaissait bien cet état de confusion qui s'empare des personnes soudain exposées à la réalité insondable de la mort. Très souvent, elle les abîme dans le silence; d'autres fois, elle les immerge dans un flot constant de mots, comme si cesser de parler rouvrait furtivement la porte à la faucheuse.

Il se tut, certain que Rudy lui expliquerait, tôt ou tard, la situation. Mais comme le silence persistait, il réfléchit aux informations qui lui étaient nécessaires: D'où appelait Rudy? Pourquoi la police était-elle avec lui? Qu'était-il arrivé à Berta? Et pourquoi lui avait-on autorisé un seul appel?

Rudy recommença soudain à parler: «Je suis rentré de mon dîner il y a une demi-heure, je me suis arrêté à la réception et j'ai demandé si la signora Dodson était dans sa chambre. On m'a répondu que oui, je suis donc monté frapper à sa porte. Comme elle ne répondait pas, je me suis dit qu'elle avait dû aller se coucher et j'ai gagné ma chambre.» Il s'interrompit, comme une voiture tombant brusquement en panne.

Puis il remit mentalement le contact: «Berta gisait par terre dans ma chambre, près de notre porte communicante. J'ai cru qu'elle s'était évanouie. Je suis allé vers elle et dès que je me suis approché – je ne sais pas pourquoi cette idée m'a traversé l'esprit –, j'ai compris qu'elle était morte.» Il se mit à sangloter si fort et à émettre des sons si déchirants que même Paola pouvait l'entendre à l'autre bout du fil.

«Rudy! s'écria Brunetti. Rudy, Rudy!» La quatrième fois, Rudy demanda, d'une voix nouée: «Quoi?

— Passe le téléphone à un des policiers. » Lorsque Rudy redemanda « Quoi ? », Brunetti hurla, encore plus fort : « Passe le téléphone à un des policiers ! »

Il perçut quelques hésitations, puis une voix d'homme annonça : « Je suis Tomasini, commissario.

— Cet homme parle un peu italien, donc, s'il te plaît, parle-moi en vénitien et à toute vitesse. Dis-moi ce qui se passe. »

Tomasini démarra comme une flèche : « La réception nous a appelés et nous a dit qu'il y avait une femme morte, un cas visiblement suspect. Nous sommes arrivés en bateau.

— Qui ?

— Alvise, Pucetti et moi. Nous sommes d'astreinte cette semaine. Les deux agents en patrouille à San Polo sont en route.

— Qu'est-ce qui est arrivé à cette femme ?

— La brigade des homicides sera là d'un instant à l'autre. Rizzardi aussi. Je sais que vous préférez avoir affaire à lui.

— Quelles sont tes premières impressions, Tomasini ?

— Je dirais qu'elle est morte étouffée. Mais c'est juste mon avis, à cause du cou.

— Fais descendre cet homme et installe-le dans un des salons. »

Brunetti réfléchit à qui pourrait rester avec Rudy : Alvise n'était pas une lumière ; Pucetti était brillant et pourrait être sensible à certains détails. « Reste en bas avec lui jusqu'à mon arrivée, et... »

Tomasini lui coupa la parole : « Avez-vous besoin d'un bateau, commissario ?

— Non, j'irai plus vite à pied.

— D'accord, monsieur. Dois-je empêcher l'accès aux chambres ?» Dieu du ciel, on n'avait donc pas encore mis cela en place.

Très calmement, Brunetti répondit : «Oui. Pour les deux chambres. Dis à Alvise et à Pucetti de monter la garde devant les deux portes et que personne – je dis bien personne – ne doit entrer tant que la brigade criminelle ne sera pas arrivée.

— Oui, monsieur. Autre chose ?

— Non», répondit Brunetti en raccrochant. Puis il se tourna vers Paola : «Tu as entendu ?

— Si la brigade criminelle a été mobilisée, c'est que cette pauvre femme est morte, et si la police est à son hôtel, il ne s'agit pas d'un accident.»

Il hocha la tête. «Elle a été trouvée dans la chambre de Rudy. Du moins, si j'ai bien saisi ce qu'il disait.» Il se leva et lança sa bande dessinée sur la table, gêné d'avoir été plongé dans une telle lecture au moment de l'appel de Rudy.

«Je vais y faire un saut. Pauvre femme. Venir ici et finir comme ça.

— Ce n'est pas plus terrible ici qu'ailleurs, Guido, répliqua Paola. Cela risque de durer longtemps, n'est-ce pas ?

— Oui. Va te coucher. Je te réveillerai à mon retour», suggéra Brunetti, sachant parfaitement que si réveiller Paola avait été le treizième travail d'Hercule, même ce héros n'y serait pas parvenu.

Brunetti l'embrassa en guise d'au revoir, enfila un léger pardessus et sortit.

Comme l'hôtel où étaient descendus Rudy et la signora Dodson se trouvait du même côté que lui du Grand Canal,

Brunetti y arriva en moins de dix minutes. Devant la porte principale, située au bout d'une *calle* étroite, il vit deux plantons. Tous deux le saluèrent. «Aucun signe des gars du labo? s'informa-t-il.

— Ils devraient venir par le Grand Canal, expliqua l'un d'eux, et s'amarrer à la *porta d'acqua*[1]. Nous entendrons sans doute le bruit du moteur, mais d'ici, nous ne pouvons pas les voir.»

Brunetti fit un signe d'assentiment. «Avez-vous vu des gens entrer ou sortir? s'informa-t-il.

— Il y a deux couples qui sont entrés, commissaire. Nous les avons accompagnés à la réception et nous sommes assurés que c'étaient bien des clients de l'hôtel.

— Personne n'est parti?

— Personne à notre connaissance, répondit le même officier. Pas depuis que nous sommes arrivés, il y a environ dix minutes.

— Merci. Ne bougez pas tant que je ne vous envoie pas quelqu'un pour vous dire…, commença-t-il, puis se rendant compte qu'il ignorait à quelle heure finissait leur équipe, il acheva sa phrase en disant: … de partir.»

Il entra dans l'hôtel. Un homme en costume gris foncé se tenait derrière le bureau de l'accueil. Brunetti se présenta et montra son insigne. Il l'avait déjà vu plusieurs fois chez le barbier et lui fit un signe de tête. D'après son badge, il s'appelait Walter Rezzante.

«Pourriez-vous me dire où sont mes hommes? s'enquit Brunetti.

— Chambre 417, commissaire.

---

1. La porte d'eau. Chaque palais avait une double entrée: une par la rue, dite *porta di terra*, et une par le canal, dite *porta d'acqua*.

— Merci, répondit-il sans bouger d'un pouce. Et le signor Adler ?

— Il est au salon. Un de vos hommes garde la porte », précisa Rezzante tout bas, pour éviter que ses mots ne se propagent au-delà des oreilles de Brunetti.

Le commissaire hocha la tête. « Le signor Adler et la dame sont arrivés vers 14 heures. Je souhaiterais savoir ce qu'ils ont fait ensuite.

— Après leur enregistrement, expliqua Rezzante, le signor Adler est monté dans sa chambre avec le porteur, puis il est descendu me parler car il voulait réserver des chambres pour trois personnes le mois suivant. De même que les deux chambres que lui et la signora Dodson... » Brunetti le vit se heurter au mur de la grammaire, le contraignant à choisir le temps voulu pour le verbe. « ... ont réservées », se résolut-il à dire, pour éluder le problème. Et il ajouta, peut-être à cause de l'habitude de toujours s'exprimer au nom de l'établissement : « Cela n'a pas été une tâche aisée, mais je leur ai trouvé des chambres. Il n'y a pas longtemps que l'hôtel est ouvert, mais il est déjà très connu. »

Brunetti acquiesça comme si c'était un fait notoire. « Et la dame ? A-t-elle quitté l'hôtel ?

— Je suppose que oui, vu qu'elle m'a demandé un plan de la ville, et lorsque je le lui ai donné, elle m'a demandé quel était le chemin le plus rapide pour aller au campo Santa Margherita. Je le lui ai montré sur la carte, dit-il en regardant Brunetti comme pour signifier combien un plan est inutile à qui n'est pas familier avec la ville. Comme elle parlait assez bien italien, je lui ai dit qu'elle pouvait facilement demander son chemin aux gens dans la rue. »

Brunetti opina du chef.

« L'avez-vous revue ?

— Non, commissaire. Nous n'avons pas de véritables clefs ici, nos clients n'ont donc pas besoin de repasser par la réception. On leur donne une clef magnétique au moment de l'enregistrement. Ils ont l'air d'apprécier la plus grande discrétion que leur assure ce procédé. Ainsi peuvent-ils aller et venir à leur guise.

— Bien sûr, déclara Brunetti, même s'il préférait le vieux système où on laissait les clefs à l'accueil. Est-il possible qu'elle ait dîné ici?

— C'est peu probable. Nous avions ce soir un dîner d'anniversaire à l'hôtel, pour quarante personnes, ce qui fait que le restaurant était fermé, même pour nos clients.» Comme une idée lui traversa l'esprit, il leva la main pour demander à Brunetti de patienter. Il actionna quelques touches sur le clavier de son ordinateur, puis d'autres encore. L'écran clignota plusieurs fois, puis Rezzante déclara: «Elle n'a pas eu recours au service de chambre, donc si elle a dîné, c'était forcément à l'extérieur.» Brunetti s'abstint de dire que Rizzardi verrait ce qu'elle avait mangé, et regrettait même d'y avoir songé.

«Ce soir, c'était très bruyant ici, à cause de ce dîner.» Rezzante parlait désormais d'une voix plus chaleureuse, sur un ton frôlant la confidence. «Nous sommes en outre à court de personnel: le concierge de nuit a la grippe, donc nous faisons des rotations de douze heures.

— Avez-vous vu entrer le signor Adler? demanda Brunetti.

— Oui, commissaire. Un peu avant minuit. Il a pris l'escalier, précisa Rezzante, comme si remarquer un comportement inhabituel pouvait constituer, à son avis, un élément important pour l'enquête. Quelques minutes plus tard, il m'a appelé au standard, complètement sous le choc. Il ne cessait de répéter: "Elle est morte. Elle est morte." Sur le moment, j'ai cru qu'il avait peut-être trop bu, puis je me suis souvenu de son état lorsqu'il est entré: il était tout à fait calme et en pleine possession de ses moyens. J'ai pensé ensuite qu'il avait peut-être reçu un coup de fil lui ayant appris la mort de quelqu'un. Je lui ai d'ailleurs posé la question.»

Au fur et à mesure de la conversation, le visage de l'homme avait pris une expression de plus en plus agitée et s'était couvert d'une fine couche de sueur. Brunetti se demanda s'il était monté voir ce qui s'était passé, mais savait que ce n'était pas le moment d'aborder ce sujet. Il fallait qu'il évacue auparavant les souvenirs les plus terribles; seulement après, Brunetti pourrait l'interroger sur cette affaire.

L'homme soupira profondément. «Il a dit que non, que cela s'était passé là, dans sa chambre. Que son amie gisait sous ses yeux et qu'il pensait qu'elle était morte. Il m'a demandé ce qu'il devait faire; je lui ai dit que j'allais monter.

— Vous n'avez pas pensé à appeler le 118[1]? s'enquit Brunetti.

— Non, monsieur. Pas avant d'avoir vu ce qui était arrivé. Je ne voulais pas perturber mon hôtel pour rien. Vous pouvez imaginer la réaction de nos clients à la vue d'une ambulance arrivant du Grand Canal, toutes sirènes hurlantes.»

Brunetti demeura interdit. «Et ensuite? poursuivit-il.

— Heureusement, il y avait encore quelqu'un aux cuisines, en train de tout nettoyer après le dîner. J'ai appelé Franca et lui ai demandé de me remplacer à l'accueil, puis je suis monté. La porte de la chambre était ouverte. Le signor

---

1. Correspond au numéro de la police en Italie.

Adler était debout dans l'embrasure. Il s'appuyait d'une main sur le mur, comme s'il craignait de tomber.» Il se tut.

«Et ensuite? enchaîna le commissaire avec douceur.

— Je suis entré dans la chambre et j'ai vu la femme allongée par terre.» Il regarda Brunetti et lui fit un étrange sourire, qui révéla des dents de fumeur. «Je savais qu'elle était morte, mais son immobilité m'a choqué. J'ai pris mon *telefonino* et j'ai appelé la police.

— L'avez-vous touchée? Vous êtes-vous approché d'elle?

— Non.» Il eut l'air presque vexé par la question de Brunetti et expliqua d'un ton sérieux: «Je regarde beaucoup la télévision, je sais que l'on ne doit pas s'approcher des victimes tant que la police ne les a pas examinées.» Il semblait reprocher à Brunetti d'avoir manqué de délicatesse.

«Cela a été très sage de votre part, signore, répliqua le commissaire, comme s'il lui adressait de véritables éloges. Combien de temps s'est-il écoulé avant que nos hommes arrivent?

— Je dirais vingt minutes.

— Et êtes-vous resté là?

— Tout à fait, commissaire. J'ai d'abord appelé Franca à la réception pour la prévenir de l'arrivée de la police et lui demander de ne pas quitter le bureau.

— Et qu'avez-vous fait pendant ce temps?

— Je suis resté dans la chambre avec le signor Adler.

— Qu'a-t-il fait?

— À un moment donné, il s'est assis par terre, comme s'il avait glissé le long du mur avant que je n'aie le temps de le retenir. Je lui ai demandé s'il voulait que j'appelle un médecin, mais il m'a dit que non, qu'il avait juste besoin de s'asseoir.

— A-t-il dit autre chose ?
— Non, commissaire. Il est resté assis sur le sol et moi je suis resté debout à la porte jusqu'à l'arrivée de vos hommes.
— Et ensuite ?
— L'un d'eux – un jeune à l'air haut gradé – m'a remercié pour mon appel et m'a demandé de lui raconter ce qui s'était passé. À la fin de mon récit, il m'a dit qu'il prenait tout en main et que je pouvais retourner à l'accueil.
— Et ensuite ? »
L'homme sembla confus à cette question.
« Ensuite, qu'avez-vous fait ? répéta Brunetti.
— Je suis redescendu ici et j'ai dit à Franca qu'elle pouvait retourner aux cuisines. » Après un moment de silence, il enchaîna : « C'est toujours bizarre quand quelqu'un meurt dans un hôtel, monsieur. Aucun de nous n'aime ça. » Comme Brunetti ne fit aucun commentaire ni ne posa de question, il spécifia : « C'est parce que ces gens sont souvent seuls quand ils meurent, et que cela ne devrait arriver à personne. »

Brunetti le remercia et lui demanda l'adresse et le numéro de téléphone de la défunte, puis se dirigea vers l'escalier.

20

Au sommet de l'escalier, Brunetti tourna à droite et se dirigea vers les deux chambres. Il vit les officiers : Alvise, qui se tenait bien droit devant la porte au bout du couloir, et Pucetti devant celle de la chambre attenante. Alvise lui fit un brusque salut ; Pucetti leva la main au front, puis la laissa retomber.

Brunetti regarda sa montre : il était à peine plus de 1 heure du matin. Il s'approcha de Pucetti. « Sont-ils encore là ?

— *Sì, signore*, et Bocchese est avec eux.

— Combien sont-ils ?

— En plus de Bocchese, il y a deux techniciens. »

Brunetti se tourna vers Alvise, pour ne pas le vexer. « Bonsoir, Alvise », dit-il.

L'agent le salua de nouveau, mais sans souffler mot.

Le commissaire vit que la porte derrière Pucetti était entrouverte et il la poussa du pied. Bocchese, vêtu de sa blouse blanche, de ses gants et de ses bottes, était à l'autre bout de la pièce, sur le seuil de l'autre chambre, son nez à quelques centimètres seulement de la poignée qu'il était en train d'épousseter. Sans changer de position, le technicien en chef lança : « Bonsoir, Guido. »

Brunetti omit de lui répondre, distrait par la présence de deux autres hommes en combinaison blanche, surplombant un corps à même le sol qu'il ne pouvait qu'entrapercevoir derrière leurs jambes. L'un d'eux recula un peu pour prendre sa photo avec un meilleur angle de vue, et Brunetti distingua alors les cheveux gris coupés court qu'il avait remarqués cet après-midi-là, même s'il ne discerna cette fois que la nuque, car la femme couchée par terre lui tournait le dos.

«Puis-je entrer, Bocchese? demanda Brunetti.

— Bien sûr», répondit l'intéressé, toujours occupé avec sa brosse.

Brunetti s'avança vers un endroit de la chambre d'où il pouvait voir la défunte. Dénuée de sa vitalité, de son énergie, elle semblait plus petite, et il fut frappé par sa minceur et sa fragilité.

«Je l'ai examinée, annonça Bocchese en se tournant vers la femme, comme pour l'honorer de l'attention qu'elle méritait pendant qu'il parlait d'elle. À mon avis, elle a été étranglée.

— En usant des mains, ou d'une autre manière?» s'enquit Brunetti, conscient de l'étrangeté de sa question. Les mains étaient faites pour fabriquer, pour construire, pas pour tuer.

«Oh, répondit Bocchese, je ne sais pas. Je n'ai pas voulu vérifier de plus près. C'est du ressort de Rizzardi.» Il secoua la tête, peut-être un geste de commisération envers la femme qui gisait à ses pieds. «Ses ongles sont bleus.»

Brunetti opina du chef. Il l'avait déjà remarqué.

«Bonsoir, messieurs», dit une voix d'homme depuis la porte. Brunetti se tourna et vit Ettore Rizzardi, le *medico legale* en chef de la ville, un collègue qu'il considérait comme un ami. Il était vêtu d'un costume bleu très simple, avait sur le bras un léger pardessus brun clair et portait une sacoche en cuir noir.

« Tomasini a dit que tu étais ici, précisa Rizzardi.
— Je connaissais la victime.
— Je suis désolé, dit-il. Que sais-tu de cette personne ?
— Je l'ai rencontrée pour la première fois cet après-midi. C'est une vieille amie d'un de mes amis qui vient de décéder. Elle était venue organiser une cérémonie en sa mémoire. Le réceptionniste n'a pas vraiment suivi ses allées et venues ce soir. En revanche, il sait que l'autre ami de la défunte, qui occupe cette chambre, l'a trouvée dans cet état à son retour à l'hôtel, juste avant minuit. » Brunetti ne vit rien d'autre à ajouter. Il ne mentionna pas la remarque de Bocchese au sujet de ses ongles : c'était Rizzardi le médecin légiste, après tout.

Ce dernier se dirigea vers une chaise, mais il s'arrêta et lança un regard interrogateur à l'un des techniciens. À son hochement de tête, le docteur plia son pardessus sur le dossier de cette chaise et alla vers la victime.

Il s'appuya sur un genou et se pencha au-dessus de la dépouille. Il posa une paume par terre, approcha son visage de son cou. Il se releva et passa de l'autre côté du cadavre, puis s'agenouilla de nouveau. Il recula ensuite pour se saisir de sa sacoche, l'ouvrit et en sortit un paquet de gants jetables. Après en avoir tendu un à Brunetti, il enfila les siens.

Il reprit la même position, penché au-dessus de la victime, écarta d'un doigt le col de sa robe pour mieux voir le cou, puis le laissa retomber. Il leva les yeux sur un des techniciens. « Avez-vous fini avec les photos ?
— Oui, dottore, répondit l'un d'eux.
— Guido ? » l'appela Rizzardi. Brunetti ne put que s'agenouiller de l'autre côté du corps et aider Rizzardi à retourner la femme sur le dos. Il aperçut alors les hématomes,

disposés symétriquement de chaque côté de la gorge. Il négligea le visage pour se concentrer sur ces bleus, et après avoir observé qu'il n'y avait aucune trace prononcée de doigts, il détourna le regard.

Rizzardi se leva et retira ses gants, qu'il lança dans sa sacoche. Il baissa les yeux sur la femme en déclarant : « Elle a été étranglée, probablement avec une pièce de tissu. » Le médecin légiste jeta un coup d'œil à sa montre pour inscrire dans son rapport l'heure exacte de son intervention.

« Portait-elle un foulard quand tu l'as vue cet après-midi ? » demanda-t-il à Brunetti.

Le commissaire se remémora son image à sa descente de l'avion ; il la revit ensuite devant lui, au bras de Rudy, en train de gagner la sortie ; puis dans le bateau et enfin ici, à l'hôtel. « Je ne crois pas, répondit-il.

— Il faudrait vérifier sous ses ongles », suggéra Rizzardi en se tournant vers les techniciens. Les hommes acquiescèrent sans un mot.

Rizzardi reprit sa sacoche et son pardessus. « J'analyserai ces particules demain matin, mais je ne pense pas qu'elles apporteront grand-chose. Sauf si elle est parvenue à griffer les mains de son agresseur ou à s'agripper à ses vêtements. »

Brunetti ne fut aucunement surpris que Rizzardi envisage que le coupable fût un homme. Il était rare que les femmes tuent par strangulation, et lorsqu'elles recouraient à cet acte, ce n'était pas envers d'autres femmes, mais bien souvent contre leurs propres enfants. *Quelle horreur que de garder de telles informations en tête*, songea-t-il.

Rizzardi se dirigea vers la porte et Brunetti en profita pour le suivre, mais demanda à Bocchese en passant : « Est-ce que vous allez poser des scellés sur ces chambres ?

— L'hôtel ne sera pas d'accord, répondit le chef des techniciens, sans même lever les yeux des indices qu'il était en train d'examiner.

— C'est regrettable », décréta Brunetti.

Alvise le salua dans le couloir ; Pucetti se tourna vers lui, mais sans rien dire. « Je voudrais que vous restiez tous les deux ici jusqu'à ce qu'ils aient fini et que vous veilliez ensuite à ce que les scellés soient posés sur les portes. Une fois que les techniciens seront partis, plus personne ne doit entrer dans aucune des deux chambres jusqu'à ce que le magistrat chargé de l'affaire n'en donne l'autorisation. » Pucetti fit un signe d'assentiment et Alvise une nouvelle salutation : aucun des deux ne proféra le moindre mot.

Rizzardi décida de prendre l'escalier ; Brunetti le rattrapa : « Est-ce que tu aimerais boire un verre ? demanda le médecin. Je pense qu'ils nous serviront encore, au bar.

— Il faut que j'aille parler à l'homme qui l'a trouvée.

— Ah ! sembla soupirer Rizzardi. Je ne t'envie pas.

— C'est un ami.

— Encore pire.

— Oui.

— Tu as des infos à son sujet ? s'enquit Rizzardi au moment où ils empruntaient la dernière volée de marches.

— Pas vraiment. Je ne l'ai rencontrée qu'aujourd'hui. Elle est arrivée avec mon ami – celui avec lequel je veux m'entretenir – pour organiser une cérémonie commémorative en l'honneur d'un autre de ses amis qui est mort récemment. » Même si Rizzardi regardait devant lui et ne pouvait le voir, Brunetti haussa les épaules face à l'étrange symétrie entre ces deux événements.

« C'était un ami à toi, aussi ?

— Oui. Il marchait dans la rue avec sa sœur quand il est tombé, raide mort. »

Rizzardi s'arrêta tout en bas de l'escalier et se tourna vers Brunetti. « Mon Dieu, de tous les cas que j'aie pu voir dans ma vie, c'est la fin que je souhaiterais à tout un chacun.

— Moi aussi.

— J'espère que tu vas dormir un peu », dit Rizzardi en sortant de l'hôtel, sans rien ajouter.

Rezzante était toujours derrière son bureau. « C'est la chambre sur la droite, au bout du couloir, commissaire, expliqua-t-il, en tenant la clef magnétique en l'air. Nous l'avons installé dans la 203 et lui avons procuré des affaires de toilette et un pyjama. »

Brunetti prit la carte en plastique, le remercia et signala à Tomasini qu'il pouvait rentrer chez lui.

Rudy était assis dans un fauteuil, devant une cheminée au gaz dotée de fausses bûches et d'une flamme ouverte sous contrôle — les seules autorisées désormais dans la ville. Brunetti, qui se souvenait du poêle chez ses parents, avait toujours trouvé ces foyers artificiels frustrants. Il était impossible d'y cuisiner, de faire chauffer de l'eau et d'y jeter du papier ou des emballages.

Rudy se tourna au bruit des pas de Brunetti et prit appui sur les bras du fauteuil pour se lever. « Reste assis, Rudy », lui dit le commissaire. Il se dirigea vers son fauteuil, lui tapota l'épaule plusieurs fois et prit place sur le canapé en face de lui. Il posa la carte magnétique sur la table entre eux et annonça : « Ils t'ont mis dans la chambre 203. »

Rudy le regarda mais ne prêta pas attention à la carte. Brunetti se demanda s'il avait entendu ce qu'il venait de lui dire.

« Je suis désolé, Rudy, désolé pour cette grande perte. »
Rudy essaya de sourire mais ne parvint qu'à contracter ses rides autour de la bouche et des yeux. « C'était aussi ma meilleure amie, Guido. » Même si le choc dû à la découverte de son corps s'était estompé, le fait de parler d'elle fit perler des larmes. Il les essuya avec le dos de sa main, puis prit un mouchoir dans sa poche de devant et se moucha. Il tripota le mouchoir dans sa main droite et ferma les yeux un moment. « Eh bien ? Qu'as-tu besoin de savoir, Guido ? lui demanda-t-il en les rouvrant.

— Je voudrais que tu me fasses part de tout le programme qu'elle avait établi pour la journée d'aujourd'hui. Nous sommes allés à l'hôtel tous ensemble et je me rappelle l'avoir entendue dire qu'elle devait rencontrer quelqu'un l'après-midi et qu'elle dînerait ensuite avec des amis britanniques. »

Rudy hocha la tête : « On lui a transmis un message au moment de l'enregistrement. Lady Alison ne se sentait pas bien et demandait à Berta s'ils pouvaient annuler le dîner. » Il nota en souriant : « J'adore les Britanniques et leur "ne pas se sentir bien". Qu'ils aient le choléra ou simplement envie d'accepter une proposition plus attrayante, ils ne se sentent systématiquement pas bien et te prient toujours de les en excuser.

— Et l'autre rendez-vous ?

— Elle n'a rien dit à ce propos.

— Sais-tu qui c'était ?

— Non. Elle ne l'a pas précisé, mais je savais que c'était important pour elle.

— Comment ?

— Je l'ai senti à la façon dont elle en parlait, mais elle restait très mystérieuse.

— Dis-le-moi », insista Brunetti.

Rudy posa la tête contre le dossier de son fauteuil et ferma les yeux.

« Dis-le-moi, répéta Brunetti.

— Elle avait l'air d'y tenir, mais sans être particulièrement impatiente.

— Dis-moi ce qu'elle a dit, Rudy. »

Le ton de Brunetti incita Rudy à rouvrir les yeux. « Elle a dit qu'elle voulait parler à quelqu'un qui était censé aimer Gonzalo et qu'elle voulait vérifier si cet amour était sincère. »

Voilà qui était effectivement bien mystérieux. « Qui ?

— Aucune idée. Je ne sais même pas s'il s'agissait d'un homme ou d'une femme. Elle parlait d'une "personne".

— Es-tu en train de me rapporter ses mots avec exactitude ? s'enquit Brunetti, faisant de son mieux pour garder son calme.

— C'est ce dont je me souviens, répondit Rudy, au bord de l'épuisement.

— A-t-elle donné des précisions au sujet du campo Santa Margherita ?

— Non.

— Connaissait-elle bien la ville ?

— Pourquoi me poses-tu cette question ?

— Je me demandais si elle connaissait assez bien la ville pour y aller à pied ou si elle aurait pris un taxi. »

Rudy sourit involontairement à cette réflexion. « Ah, tu te trompes sur Berta. D'accord, son mari est immensément riche, mais elle est chilienne et son père était membre du cabinet d'Allende. »

Brunetti ne parvint pas à saisir le lien entre la vie politique de son père et les taxis. « Je ne comprends pas.

— Sa famille était socialiste. Des socialistes convaincus, tout comme elle. Son père a disparu peu de temps après la mort d'Allende, et Berta a dû se cacher jusqu'à ce qu'elle réussisse à s'échapper du pays.

— Je ne comprends toujours pas.

— Elle marcherait jusqu'à Milan en l'absence de transports publics pour l'y conduire, expliqua Rudy d'un ton à la fois doux et ferme. Son mari n'aurait eu aucun problème à affréter un avion pour son voyage à Venise, mais nous avons pris un vol low cost.» Sa voix se brisa à l'évocation de ce souvenir et il eut un petit rire nerveux.

«Je vois, fit Brunetti qui s'abstint de demander pourquoi ses principes ne les avaient pas fait descendre dans une auberge de jeunesse. Te souviens-tu d'autres détails?»

Rudy s'avança dans son fauteuil et croisa sagement ses mains sur les genoux. Ses yeux se fermèrent. Brunetti se demanda si les événements du jour n'avaient pas eu raison de ses forces et s'il ne s'était pas endormi. Il laissa s'écouler un peu de temps, mais la fatigue, dominée jusque-là par l'action, finit par le submerger. Il s'enfonça dans le canapé et croisa les jambes.

Rudy ouvrit les yeux et regarda Brunetti en expliquant: «Seulement qu'elle avait une affaire à régler pour Gonzalo», répondit-il en se penchant pour prendre la clef de sa nouvelle chambre.

Aucune autre question ne vint à l'esprit du commissaire. Il se leva donc et demanda à Rudy s'il souhaitait qu'il l'accompagne dans sa chambre.

Ce dernier accepta, à la grande surprise de Brunetti, et lui tendit une main pour l'aider à se lever. Ils prirent l'ascenseur jusqu'au deuxième étage et Brunetti parcourut le couloir avec lui, bras dessus bras dessous, à la recherche de la chambre. Une fois devant, Rudy tendit la clef à Brunetti qui ouvrit la porte tel un groom et entra dans la chambre, en allumant les lumières.

Sur le lit était posé un pyjama dans son emballage en plastique et dans la salle de bains se trouvaient tout le nécessaire de toilette, ainsi que deux bouteilles d'eau minérale, plate et gazeuse.

Rudy s'attarda sur le seuil, ne sachant trop où il était. Il regardait Brunetti aller et venir dans la chambre. Lorsque le commissaire sortit de la salle de bains, après une rapide inspection, il vit Rudy debout près du lit, en train de regarder sa tenue de nuit.

« Je vais me coucher, dit-il. Merci. »

Ils se dirigèrent ensemble vers la porte que Rudy avait oublié de fermer. Brunetti sortit dans le couloir et se tourna vers son ami, qui posa sa main sur la joue du commissaire. « Gonzalo avait raison, tu es vraiment quelqu'un de gentil. Bonne nuit, Guido. »

Avant que Brunetti ne puisse proférer le moindre mot, Rudy referma la porte sans un bruit.

21

Brunetti s'arrêta à la réception pour prévenir Rezzante que ses deux hommes monteraient la garde toute la nuit devant les chambres mises sous scellés et lui demanda de leur procurer des chaises et de leur apporter à manger et du café pendant leurs heures de service. Il sortit son portefeuille et en retira sa carte de crédit.

Lorsqu'il la tendit à Rezzante, ce dernier noua ses mains derrière le dos, comme si Brunetti lui avait tendu un rameau en feu. « Non, je vous en prie, commissario. Vous êtes nos invités. Je vais appeler quelqu'un pour monter les chaises et nous prendrons soin de vos hommes pendant la nuit. »

Brunetti hésita un moment, puis décida d'accepter. Il rangea sa carte en disant : « C'est moi qui vous remercie, ainsi que la direction. Je crois que le technicien a téléphoné à l'hôpital et leur a demandé d'envoyer une ambulance.

— Ils seront discrets, n'est-ce pas ? s'inquiéta Rezzante.

— Je les appellerai en sortant et leur recommanderai de l'être, le rassura Brunetti. Je vous appellerai aussi demain matin pour vous dire à quel moment les chambres pourront être rouvertes.

— Merci, monsieur. » Rezzante eut l'air de vouloir ajouter un mot, mais il se tut.

« Que se passe-t-il ? demanda Brunetti en se rapprochant de son bureau.

— C'est terrible pour nous quand il y a un décès à l'hôtel. Je ne parle pas de cette fois en particulier, mais il en est toujours ainsi. Un hôtel – n'importe lequel – n'est plus le même pendant quelques jours, voire bien plus longtemps. C'est étrange parce que le défunt n'est au fond, pour nous, qu'un étranger, et pourtant nous sommes tous affectés par sa mort. Peut-être est-ce l'absence de tout lien véritablement affectif avec la personne qui nous rend d'autant plus réceptifs au mystère de la mort. » Il se tut, puis poursuivit en haussant les épaules : « Je ne sais pas.

— Nous essaierons de vous causer le moins de dérangement possible.

— J'espère que vous pourrez..., commença Rezzante, mais il acheva sa phrase par un signe de la main.

— Merci », dit Brunetti. Il prit conscience que le fait d'aller chez le même barbier n'était pas important : s'il éprouvait de la sympathie pour Rezzante, c'était parce qu'il était sensible au « mystère de la mort ». « Et merci encore pour votre générosité envers mes hommes.

— Ce n'est rien, commissario », répliqua Rezzante. Puis il lui dit « *Buona notte* », comme si Brunetti était un client habituel allant se coucher.

Dès qu'il fut à l'extérieur, Brunetti appela les urgences. Il se présenta, puis demanda à son correspondant de prier les ambulanciers qui partaient récupérer le corps d'être aussi discrets que possible à l'intérieur de l'hôtel. L'homme lui assura que l'opération serait menée avec la plus grande retenue.

Brunetti rentra chez lui en réfléchissant aux tâches qu'il aurait dû accomplir, mais n'avait pas effectuées. Par exemple, dans la chambre de Berta, il n'avait pas cherché son *telefonino* et n'avait pas vérifié non plus si on lui avait dérobé quelque chose. Il ne le saurait pas tant qu'il n'aurait pas parlé à son époux et demandé quels effets elle avait emportés. Il avait le numéro de la ligne fixe de Berta, mais il lui fallait retarder l'appel jusqu'à son arrivée chez lui, où son environnement personnel compenserait l'effort incommensurable de devoir annoncer au téléphone non seulement un décès, mais en plus dans des circonstances violentes.

Il était 2 heures largement passées lorsqu'il entra dans l'appartement. La lumière était allumée dans le couloir. Il accrocha son manteau et alla dans le salon. Sur la table basse se trouvait un plateau avec une bouteille de leur meilleur whisky et un verre, ainsi qu'une Thermos en métal accompagnée d'une tasse et d'une soucoupe. Il s'assit sur le canapé et ouvrit la Thermos : c'était une infusion de verveine. Il s'en servit une tasse et y ajouta une généreuse rasade de whisky.

Il ne s'autorisa pas tout de suite à goûter à sa mixture ; il sortit d'abord son calepin, chercha le numéro anglais de la signora Dodson, puis le composa. Après trois de ces doubles sonneries caractéristiques, une voix d'homme demanda : « Berta, c'est toi ? » S'il s'était attendu au reproche bourru d'un lord anglais ou à la voix chevrotante d'un vieil homme inquiet, Brunetti aurait été doublement déçu. Le timbre était riche et grave, les consonnes ciselées et le ton enthousiaste à l'idée de poursuivre la conversation intéressante qu'ils n'avaient pas terminée lors de leur dernière discussion.

« Signor Dodson ? dit Brunetti.

— Oui. À qui ai-je l'honneur ?

— Je suis le commissaire Guido Brunetti, de la police de Venise. »

Par-dessous le silence qui s'installa entre eux, Brunetti sentait son interlocuteur envisager toutes les hypothèses, en exclure certaines et appréhender les options restantes. Il se rendit compte soudain qu'il l'entendait respirer profondément, lourdement, difficilement.

« Que se passe-t-il ?

— Je dois vous annoncer une mauvaise nouvelle, signor Dodson. La plus mauvaise qui soit. »

Il y eut de nouveau un long silence. La respiration cessa, puis recommença, plus rapide, encore plus haletante. Est-ce que ce monsieur anglais voulait demeurer en chute libre, connaissant la suite mais retardant le plus longtemps possible le moment où tomberait le couperet qui allait changer sa vie à tout jamais ? Brunetti l'imagina en train de voir le sol se rapprocher à une vitesse vertigineuse, avec pour seuls choix de fermer les yeux ou de les garder ouverts et de poser la question fatidique.

« Berta ?

— Oui, monsieur.

— Dites-moi.

— Votre femme est morte, signor Dodson. Je suis désolé, mais il m'est impossible de vous l'annoncer autrement.

— Comment ?

— De la pire manière qui soit. Elle a été tuée. » Il ne pouvait se résoudre à lui dire qu'elle avait été « assassinée », c'était un mot trop cruel.

La respiration s'alourdit, devint profonde et lente, rauque au début de chaque inspiration. Brunetti attendit.

« Comment ?

— Dans sa chambre d'hôtel, précisa Brunetti avant de réitérer, contraint et forcé : Quelqu'un l'a tuée.

— Ah », fit l'homme, comme s'il venait de recevoir un coup sur la nuque. Le commissaire coinça le récepteur entre son épaule et son menton, et prit sa tasse. Il la tint sous son nez pour inhaler le mélange de parfums, puis la posa sur la soucoupe pour la laisser refroidir encore un peu.

« Comment ? » répéta le mari. Brunetti savait que les survivants avaient besoin de connaître les modalités de la mort, avant même d'en connaître le responsable. Il se renfonça dans le canapé et ferma les yeux.

« Elle a été étranglée.

— Je suis désolé, redites-moi qui vous êtes, je vous prie.

— Le commissaire Guido Brunetti. Le corps de votre femme a été trouvé par son ami, Rudy Adler, qui a été autorisé à m'appeler. C'est l'hôtel qui m'a donné votre numéro.

— "A été autorisé" ? » répéta Dodson. Puis, après un silence notable : « Pourriez-vous me dire ce que cela signifie ?

— Comme je vous l'ai dit, monsieur, c'est lui qui l'a trouvée. Il l'a vue en entrant dans sa chambre. » Comme Dodson gardait le silence, Brunetti ajouta : « Rudy est un de mes amis, c'est pourquoi il m'a appelé. "Autorisé" n'était peut-être pas le bon mot : il leur a demandé s'il pouvait m'appeler et ils ont accepté.

— Je vois», dit Dodson avec douceur. Il resta silencieux si longtemps que Brunetti se pencha pour boire une gorgée de son infusion, puis une deuxième.

«Avez-vous une idée de ce qui s'est passé?

— Non, signore. Pas encore. Nous avons inspecté la chambre.

— Et ma femme?» s'informa Dodson, comme si elle était encore en vie.

Brunetti écouta la lourde respiration pendant un long moment, lui sembla-t-il. «Elle a été transportée à l'hôpital, finit-il par dire, incapable de recourir, le premier, au terme de "corps", ou d'annoncer ce que ce corps subirait plus tard, dans la matinée.

— Je vois, fit Dodson. Je ne peux pas venir.

— Excusez-moi, signore? Pouvez-vous répéter, s'il vous plaît?

— Je ne peux pas venir. Je suis alité et je ne peux pas quitter ma chambre. Même en cette circonstance.»

Brunetti attendit qu'il s'explique. Après une longue pause, l'homme insista: «Même pour Berta.

— Je ne le savais pas.

— Non. Nous ne le disons à personne. Cela ne se fait pas, comme vous le savez.» Cette réflexion rappela au commissaire qu'il était bien anglais.

Brunetti ne sut que répondre. «Je suis désolé, signore. Mais je vous assure que nous ferons de notre mieux pour..., commença-t-il, mais il laissa sa voix mourir, pleinement conscient de l'aide dérisoire qu'ils pouvaient véritablement apporter à cet homme. Pour vous rendre la situation le plus supportable possible.»

Brunetti entendit un grognement. «Merci, monsieur... je suis désolé, j'ai oublié votre nom.

— Brunetti, monsieur. » Il pensa lui dire qu'il était le gendre d'Orazio Falier : sa femme devait lui avoir mentionné le comte, mais ce détail était sans importance, au fond.

« Ah oui, Brunetti. Merci pour votre honnêteté. C'est tout ce qu'il me reste, à présent.

— Si je puis vous aider en quoi que ce soit, signore, dites-le-moi, je vous prie. Je vous promets que je m'y emploierai.

— C'est très aimable à vous, monsieur Brunetti », répliqua-t-il avec un bruit laissant entendre qu'il s'apprêtait à continuer, mais il se tut.

Le commissaire attendit en silence.

« Ma maladie m'a rendu dépendant de Berta. En fait, pas seulement d'elle, mais des gens autour de moi.

— Je vois, signore, murmura Brunetti, qui ne voyait rien.

— Après la mort de son ami Gonzalo, elle est partie à Madrid pour un jour, puis elle m'a demandé si elle pouvait aller à Venise afin d'organiser une commémoration en son honneur. » Il soupira profondément, puis continua : « C'était l'autre grand amour de sa vie, Gonzalo. Elle me l'a dit lorsque je l'ai demandée en mariage. »

Brunetti prit sa tasse et la vida, en éloignant le téléphone pour que son correspondant ne l'entende pas déglutir.

« Aussi lui ai-je dit d'y aller et de s'en occuper. C'est ce qu'elle a fait. Et voilà où nous en sommes. »

Le soupir devint une toux et, lorsqu'elle cessa, Dodson enchaîna : « Je suis désolé. J'étais en train de vous dire que je ne pouvais pas venir. Quel est votre prénom, monsieur Brunetti ?

— Guido.
— Puis-je vous demander de vous occuper de tout, Guido ?
— Oui, signore.
— Bien. Je ne peux plus maintenant. Plus parler.
— Je comprends.
— Appelez-moi quand vous le pourrez, s'il vous plaît.
— Oui, signore.
— Bonne nuit », dit Dodson, mettant fin à la conversation.

Brunetti raccrocha et se pencha pour se servir une autre tasse de verveine. Sans whisky, cette fois.

22

Le lendemain matin, Brunetti arriva à la questure avant 9 heures, bougon et chancelant, car il avait trop peu dormi, et mal, de surcroît. Il alla directement dans le bureau de Bocchese, où le technicien en chef était assis à sa table de travail, avec quelques papiers à la main. À la vue du commissaire, il déclara : « Voilà le rapport. Je le leur ai fait rédiger à leur retour cette nuit, parce que je savais que tu ne me laisserais pas tranquille tant que tu ne l'aurais pas eu. »

Brunetti sourit en signe de remerciement. « Le sac à main et le *telefonino*? s'enquit-il.

— Le sac à main, oui ; le *telefonino*, non, répondit Bocchese. Ce qui laisse entendre que son téléphone, quel qu'en soit le modèle, était plus intéressant que son portefeuille avec... » Il marqua une pause pour vérifier le document. « Cent cinquante livres, trois cent vingt euros et trois cartes de crédit.

— J'ai parlé à son mari cette nuit, mais j'ai oublié de lui demander si elle portait ou avait pris avec elle des bijoux précieux.

— En général, les hommes ignorent ce genre de détail, répliqua Bocchese. Elle portait son alliance et un solitaire, avec un gros diamant. Il avait plus de valeur que son portable, à mon avis.

— Sans aucun doute, approuva Brunetti. As-tu eu l'impression que quelqu'un avait fouillé dans ses affaires ?

— Sa valise n'a pas été ouverte et elle était encore parfaitement en ordre. Son manteau était pendu dans l'armoire. Mais...

— Mais ?

— Mais il y a des traces de griffures sur la porte communicante du côté de sa chambre. Nous avons prélevé des échantillons de ses mains hier soir et nous avons trouvé des fibres sous ses ongles. Nous avons procédé à cette opération directement sur le lieu du crime et nous avons recouvert ses mains de sachets, de manière à pouvoir confirmer la nature de ces matériaux. »

Brunetti s'assit dans le fauteuil à côté du bureau de Bocchese. « Nous avons terminé là-bas, donc plus besoin de garder les chambres sous scellés », décréta le technicien.

Le commissaire opina du chef et songea que, même si Bocchese exigeait beaucoup de déférence, c'était un collègue de confiance.

Alors que celui-ci s'apprêtait à parler, Brunetti s'écria : « *Oddio !* », en plaquant sa main sur la bouche.

« Qu'est-ce qu'il y a ? demanda Bocchese, véritablement inquiet.

— J'ai oublié Alvise et Pucetti. Je les ai postés pour la nuit devant les portes des chambres, en me disant qu'ils s'empêcheraient réciproquement de dormir. Je vais voir si on les a renvoyés chez eux. »

Brunetti se leva et, en quittant le bureau, il entendit Bocchese affirmer : « Ce n'est pas étonnant qu'on oublie Alvise », mais il décida d'ignorer la remarque.

Il monta dans la salle des officiers et expliqua à Vianello ce qui était arrivé : l'inspecteur commença par en rire, puis assura à Brunetti qu'il appellerait l'hôtel pour les faire rentrer chez eux.

« Monte quand tu le pourras », lui dit le commissaire. Il alla ensuite parler à la signorina Elettra qui, à son entrée dans son bureau, lui assena en guise de salutation : « Il a eu vent de l'affaire et il veut vous voir. »

Brunetti hocha la tête pour la remercier et frappa à la porte du vice-questeur Patta.

« *Avanti !* » ordonna ce dernier d'une voix profonde, et Brunetti entra.

Il s'attendait à devoir affronter un Patta Furioso[1] : la réaction du vice-questeur à tout « crime éveillant l'attention » était généralement la colère, comme si les criminels lui avaient infligé une offense personnelle. Son courroux était toujours en partie dirigé vers les agents de la questure qui avaient été incapables d'arrêter les assassins avant ou pendant leurs délits.

Et cela ne fit pas un pli. « Qu'est-ce que cette femme faisait à Venise ? demanda-t-il instamment dès que Brunetti eut fermé la porte. Pourquoi a-t-elle laissé un étranger entrer dans sa chambre ?

— Pourquoi un étranger, monsieur le vice-questeur ? s'enquit Brunetti en traversant la pièce.

— Elle n'est sûrement pas venue ici pour se faire tuer par un ami, non ? »

Sans lui laisser le temps de répondre, Patta indiqua un siège au commissaire. « Asseyez-vous et racontez-moi ce qui s'est passé. »

---

1. Allusion à *L'Orlando furioso*. Poème chevaleresque de l'Arioste composé de 46 chants, publié en 1516 à Ferrare.

Brunetti s'exécuta. «Je suis allé à l'hôtel hier soir, un peu avant 1 heure du matin. C'est Tomasini qui avait pris l'appel, et Pucetti et Alvise étaient déjà sur place à mon arrivée. Tout comme Bocchese et son équipe.

— Pourquoi avez-vous mis tout ce temps?

— Je suis arrivé douze minutes après le coup de fil, monsieur, répondit-il, inventant le chiffre dans la seconde.

— Et?

— La femme gisait dans sa chambre; un ami se tenait près d'elle, un Allemand qui vit à Londres. Ils étaient venus pour quelques jours.» Ainsi Brunetti évita-t-il de mentionner que Rudy était aussi un ami à lui et que la victime s'était rendue à Venise à la suite du décès d'une autre de ses connaissances. Patta aurait bondi sur ces détails comme un animal sur sa proie et les aurait lacérés pour s'en repaître.

«Quelqu'un est entré dans sa chambre, ou elle a invité quelqu'un à l'y rejoindre, et il l'a étranglée, probablement avec un foulard, le sien ou celui de la défunte.

— Pourquoi êtes-vous si certain que c'est un homme? s'informa Patta, comme s'il avait surpris Brunetti en plein mensonge.

— Bien sûr qu'il pourrait s'agir d'une femme, monsieur le vice-questeur, mais cette supposition va à l'encontre des statistiques.» Il voulait demander à Patta s'il avait déjà rencontré un tel cas au cours de sa carrière, mais il préféra laisser les chiffres argumenter en sa faveur.

«Va pour un homme, concéda Patta, mais de mauvaise grâce. Quelqu'un a-t-il vu la victime? Ou cet homme?

— Les employés de la réception m'ont dit qu'ils avaient organisé un dîner pour quarante personnes ce soir-là, qu'il y avait donc beaucoup de va-et-vient dans l'hôtel, outre leurs propres clients.» Devançant la question de Patta, Brunetti expliqua : « Je n'ai pas eu le temps d'étudier la disposition des chambres ni celle du restaurant, mais quelqu'un peut très bien avoir monté l'escalier à pied ou pris l'ascenseur.

— Je suppose que oui, approuva le vice-questeur. Des signes de vol ?

— Son *telefonino* a disparu, mais elle avait encore son gros diamant au doigt et on n'a pas touché à son portefeuille.

— Pourquoi volerait-on un portable ? s'étonna Patta. Tout le monde en a déjà un. »

L'expérience, la patience et le bon sens – sans oublier l'instinct de survie – incitèrent Brunetti à ne pas suggérer que, peut-être, l'assassin voulait en avoir deux. « Ce portable pouvait très bien receler des appels, des photos ou des recherches sur des sites. Rien de plus plausible, monsieur. »

Patta lui coupa la parole d'un ton mécontent : « J'ai eu ce matin au téléphone un des vice-présidents de la chaîne d'hôtels qui possède aussi celui-ci et qui me demandait quand serait réglée cette histoire. C'est terrible pour leur image. » Brunetti était convaincu que la sincérité de Patta était proportionnelle à la taille de la multinationale propriétaire de l'hôtel où avait été commis le meurtre.

« Je tâcherai de m'en souvenir, dottore, certifia Brunetti en se levant. J'ai plusieurs questions à poser à la signorina Elettra, donc si vous n'y voyez pas d'inconvénient, je vais aller lui parler. » Puis, avec une hésitation légère, mais tout à fait perceptible, il ajouta : « Si vous le permettez, signore », et il sortit sans écouter la réponse de son supérieur.

Il s'approcha du bureau de la signorina Elettra en lui disant : « Le vice-questeur m'a donné la permission de vous demander d'effectuer quelques tâches pour moi. » Puis, s'autorisant un sourire, il rectifia : « Il m'a dit aussi que vous pouviez faire tout ce que bon vous semblait.

— Comme c'est flatteur de sa part», répliqua-t-elle d'un ton étonnamment chaleureux.

Surpris, Brunetti ne put s'empêcher de noter : «Je crois que vous êtes la seule personne ici qu'il respecte.»

Elle leva les yeux et esquissa un modeste sourire. «Je pense qu'il serait plus exact de dire que je suis la seule personne ici qu'il craigne.»

Oh, si jeune et déjà si dure, songea Brunetti. Il avait longtemps caressé l'idée que la signorina Elettra ait découvert l'endroit où Patta avait enterré quelques cadavres, mais il commençait à soupçonner que le vice-questeur ait pu en glisser un ou deux dans leurs tombeaux avec l'aide de sa secrétaire. À sa grande stupéfaction, il se sentit trahi, comme si elle n'avait pas le droit d'être loyale vis-à-vis de Patta, ou de garder ses secrets. Et pourquoi ces idées ne lui avaient-elles encore jamais traversé l'esprit ?

Sous l'effet de la surprise, il ne put que constater : «J'espère vraiment que vous avez raison», avant de lui énoncer les tâches en question. «J'essaierai de vous donner ce matin le numéro du *telefonino* de la victime. Une fois que vous l'aurez, veuillez relever ses coups de fil et tout site qu'elle aurait pu consulter.

— À partir de quelle date, signore?» s'informa-t-elle, un crayon à la main.

Gonzalo était mort le dernier jour de ses vacances, se souvint-il ; il lui proposa de commencer trois semaines plus tôt. «Si elle a téléphoné à des gens à Venise, je voudrais savoir à qui et combien de temps ont duré ces appels. En fait, pour les coups de fil passés à des numéros italiens, pourriez-vous remonter même plus loin ?» Conscient de ses failles en matière d'informatique, dans laquelle il baignait pourtant, il ajouta : «Je ne sais pas si vous pouvez établir où se trouvait le *telefonino* au moment où la personne s'en est servie ou a été appelée.» Cela ressemblait à une affirmation, mais tous deux savaient que c'était une question.

«C'est tout à fait possible, signore, répondit-elle avec douceur. Autre chose?

— Non, pas pour le moment. Je vais dire un mot à la dottoressa Griffoni, puis je retournerai dans mon bureau.»

La signorina Elettra hocha la tête et reporta son attention sur ses dossiers.

Griffoni était assise à son petit bureau, dans son très petit bureau.

«Oui, Guido? dit-elle en levant les yeux lorsqu'il s'arrêta devant sa porte.

— Je voudrais que tu passes un coup de fil pour moi, Claudia.

— Au sujet de la femme qui a été assassinée?

— Oui.» Brunetti se demanda si la situation ne serait pas plus aisée s'ils prenaient d'abord un café ensemble.

«À qui?

— À son mari. C'est plus facile de parler à une femme.» Elle le regarda fixement sans répondre.

«Je lui ai parlé vers 2 heures du matin, notre heure locale. Je lui ai appris ce qui s'était passé. Il a été très anglais. Il m'a dit, cependant, qu'il ne pouvait pas venir. Pour des raisons de santé, même s'il ne m'a pas donné de détails.

— En bon Anglais, il s'en abstiendra», nota Griffoni.

Elle déplaça ses genoux sur le côté pour permettre à Brunetti d'entrer dans le bureau et de s'asseoir sur l'autre chaise. «D'accord. Que veux-tu que je lui dise?

— Lui demander, en fait, nuança Brunetti. Seulement deux choses: le numéro de *telefonino* de sa femme et si elle avait emporté des objets de valeur avec elle.

— La signorina Elettra ne peut pas obtenir son numéro?

— Je ne sais pas si le portable était à son nom ou à celui de son mari, et la signorina Elettra pourrait mettre du temps à apprivoiser le système anglais.

— Je vois. » Elle tendit la main à Brunetti qui posa son carnet sur le bureau, ouvert à la page avec le numéro de Dodson.

Griffoni prit son propre téléphone et refusa d'un geste celui de Brunetti. Elle entra les chiffres et poussa sa chaise à mi-chemin de l'embrasure de la porte pour pouvoir croiser les jambes.

Brunetti entendit la double sonnerie puis une voix d'homme dont il ne saisit pas les propos. « Bonjour, monsieur, commença Griffoni en anglais, avec un accent suffisamment léger pour ne nuire en rien à la compréhension. Je suis la commissaire Claudia Griffoni. De la police de Venise. Mon collègue, le dottor Brunetti, m'a donné votre numéro. »

Elle écouta un bref moment et expliqua : « Non, rien, monsieur. C'est encore trop tôt, mais nous sommes à la recherche des éléments qui nous permettront d'avancer. »

Brunetti entendit de nouveau la voix profonde de l'homme.

« Seulement deux choses, monsieur : le numéro du téléphone de votre épouse et si elle avait emporté des objets de valeur avec elle. » Elle marqua une pause pendant sa réponse, puis précisa : « Non, c'est tout, monsieur. »

Cette fois, l'homme parla plus longtemps. Griffoni se pencha en avant pour rapprocher le carnet de Brunetti. Elle inscrivit quelques numéros, posa le stylo et regarda le mur aveugle derrière le commissaire.

Pendant que son correspondant continuait à parler, Griffoni ferma les yeux et, de temps à autre, hochait la tête.

« Non, monsieur, pas moi. C'est le commissaire Brunetti qui sera chargé de cette enquête. » La réplique de son interlocuteur dura cette fois moins longtemps, puis il cessa apparemment de parler.

« Oui. Je le lui dirai. Et je vous prie d'accepter mes... sincères condoléances. »

L'homme émit encore quelques sons graves et Griffoni murmura : « Au revoir », en posant le téléphone sur son bureau.

Elle ouvrit les yeux et regarda Brunetti. « Il m'a donné son numéro, dit-elle en faisant glisser le carnet vers lui, et il m'a répondu qu'elle n'avait pas de bijoux ou, plus précisément, qu'elle avait pris uniquement ceux qu'elle avait toujours sur elle : elle ne portait jamais que ces deux bagues. »

Brunetti savait qu'il pouvait poser ce genre de question à une femme : « Quelle impression t'a-t-il faite ?

— Celle d'un homme en train de mourir. » Ce furent les seuls mots de Griffoni. Brunetti ne demanda aucune explication.

23

L'autopsie eut lieu le lendemain du décès et le résultat fut sans surprise. Alberta Dodson avait bel et bien été étranglée : Rizzardi trouva des traces d'hémorragie dans les muscles infra-hyoïdiens et sur les tissus autour du larynx. Elle était morte par étouffement, sans doute rapidement : Brunetti fut soulagé de l'apprendre.

La strangulation avait été opérée avec une pièce de tissu, peut-être un foulard. L'assassin, qui avait agi par-derrière, était de la même taille qu'elle parce que les contusions descendaient de chaque côté de la gorge, en partant vers la partie postérieure. Les griffures sur son cou pouvaient avoir été causées par ses propres ongles, mais on n'en aurait la preuve qu'après avoir obtenu les résultats du labo.

Le rapport signalait par ailleurs un bon état de santé qui lui aurait assuré encore de longues années de vie. Brunetti fut submergé par une profonde sensation de perte à la lecture de ces informations, à l'idée de tout ce que la victime aurait pu accomplir pendant toutes ces années.

La phase d'attente commença. Il n'y avait pas moyen d'accélérer un processus qui n'avait pas changé d'un pouce malgré tous les progrès technologiques réalisés en matière d'examen et d'évaluation des preuves. Il fallait attendre que les labos aient obtenu leurs échantillons et procèdent aux analyses voulues pour trouver ce qu'on leur avait demandé de chercher. Dans le cas où ces échantillons étaient déplacés, les étiquettes ne risquaient-elles pas de se décrocher et d'être remises sur les mauvaises éprouvettes ? Qui sait ? Le mois précédent, un train avait déraillé parce que le point de jonction entre les deux rails avait été maintenu pendant des mois par un morceau de bois. Une fois, un homme avait été disculpé de son crime, mais était resté en prison encore trois ans parce que personne n'avait pensé à prévenir le détenu, ou son avocat. Ainsi allait le monde.

Le lendemain de l'autopsie, le directeur de l'hôtel appela Brunetti pour l'informer que leur chef de la sécurité avait téléchargé toutes les vidéos filmées le jour du meurtre et qu'il les lui enverrait par e-mail s'il lui donnait son adresse.

Brunetti, gêné de ne pas avoir eu le réflexe de l'interroger sur les caméras de surveillance, remercia le directeur et lui demanda s'il avait eu le temps de les regarder. Ce dernier lui expliqua qu'il y avait des heures entières d'enregistrement pour chacune des quatre caméras et qu'il ne disposait pas de personnel pour les visionner.

Brunetti lui dicta son adresse électronique et le remercia de nouveau, puis appela immédiatement Vianello et le pria de charger deux hommes de confiance de regarder les films. Il informa l'inspecteur que les techniciens de Bocchese pouvaient fournir des photos du corps de la signora Dodson, de manière à savoir comment elle était habillée.

« Dis-leur, continua Brunetti d'une voix amicale, de vérifier essentiellement tous les gens auxquels elle a parlé, hormis l'employé à la réception... » Il marqua une pause puis, sur le ton du policier, il rectifia : « Tous les gens auxquels elle a parlé. »

— Je vais voir qui est de service, répliqua Vianello. Tu ne veux ni Alvise ni Rivierre, je suppose, ajouta-t-il d'un ton neutre.

— Non, il ne vaut mieux pas », confirma Brunetti en le remerciant, et il raccrocha.

Après avoir pris son café, il trouva sur son bureau une chemise pleine de documents. Il l'ouvrit et, sans prendre la peine de regarder la lettre d'accompagnement, il jeta un coup d'œil rapide aux premières pages qui, découvrit-il, étaient toutes écrites en espagnol. Les adresses inscrites au sommet attestaient qu'il s'agissait de la correspondance électronique entre Gonzalo et Berta Dodson. Il revint rapidement au mot de la signorina Elettra qui expliquait : « Le numéro de téléphone était à son propre nom et voici les échanges que j'ai trouvés entre les deux défunts que vous avez mentionnés. Xavi a déjà commencé à traduire. Comme je lui ai donné des indications sur les auteurs de ces messages et sur leur plausible sujet de conversation, il a mis entre crochets certains passages qui pourraient être importants, avec leur traduction. La traduction complète devrait être prête demain. » Lorsqu'il reprit les documents en main, il nota les signes au crayon et les passages suivis de leur traduction en italien qu'il avait ignorés à sa première lecture. Peut-être que ces documents allaient lui permettre de reconstituer l'histoire, ou de lui en donner au moins une idée.

Il vérifia la date du premier e-mail et s'aperçut que Berta avait écrit, cinq semaines plus tôt : *Precisamente porque soy tu mejor amiga puedo decirte la verdad.* C'était presque le calque italien de : « C'est précisément parce que je suis ta meilleure amie que je peux te dire la vérité. »

Le même jour, Gonzalo avait rétorqué : *Tú non eres una amiga*. Donc, après toutes ces années, il ne la considérait plus comme son amie.

Quelques jours plus tard, Berta répondit : *Somos los únicos que sabemos que no puedes hacer algo así*. Ici, Brunetti fut forcé de recourir à la traduction italienne : « Nous seuls savons que tu ne peux pas faire cela. » Le commissaire se demanda qui elle avait inclus dans ce « nous » et quelle était l'action que Gonzalo ne pouvait accomplir. Était-ce un conseil ou une interdiction ? Il avait beau se concentrer à loisir sur cette phrase, elle n'en devenait pas plus compréhensible pour autant.

Gonzalo répliqua le même jour dans un espagnol si clair que Brunetti n'eut même pas besoin de regarder la traduction de la première phrase : « Les amis ne donnent pas d'ordres. » Puis Gonzalo monta sur ses grands chevaux et déclara que *« Un amigo nunca haría daño a un amigo »*, ce que le traducteur avait rendu par : « Un ami ne fait jamais rien qui puisse nuire à un ami. »

Berta mit une semaine à réagir à ce message, et son e-mail ne comptait qu'une seule ligne : *Incluso si para pararte los pies he de destruir mi propia reputación*, suivie de l'italien, non moins menaçant : « Même si pour t'arrêter, je dois ruiner ma propre réputation. »

Ainsi prit fin leur correspondance. Il n'était pas difficile de deviner qu'ils discutaient de l'adoption. Seule une question qu'ils considéraient aussi importante et irrévocable pouvait les avoir mis dans une telle colère. Mais quel méfait pouvait-elle avoir commis qui soit en mesure de ruiner sa réputation ? Et sa réputation en tant que quoi ? En tant que fille d'un homme assassiné par Pinochet ? En tant qu'épouse d'un aristocrate anglais ? À moins que la voix que Brunetti avait entendue à l'autre bout du fil ait été celle d'un imposteur. Et pourquoi sa réputation à elle, et pas celle de son mari ?

Brunetti, toujours assis, tournait en rond mentalement lorsqu'il entendit frapper à la porte. C'était la signorina Elettra.

Elle tenait un classeur à la main. « Oserais-je dire *"Buenos días"* ? demanda Brunetti.

— Pas si vous le prononcez ainsi », plaisanta-t-elle avec le plus amical des sourires. Puis, ignorant cette entrée en matière, elle s'approcha de son bureau et posa les papiers devant lui. « C'est la traduction complète des mails que Xavi estime en lien avec leur différend. »

Il prit les pages et les disposa les unes à côté des autres : « Avez-vous eu le temps de les lire ?

— Non, signore. Je pensais que vous étiez pressé », répondit-elle en sortant.

Cette idée surprit Brunetti. Pressé ? Dans quel but ? Pour résoudre plus rapidement l'énigme de la mort d'Alberta Dodson et remporter un prix ? Pour fournir à la presse sa dose quotidienne de faits divers et d'insinuations ?

L'important, dans ces affaires, était de feindre la hâte : très peu de gens ressentaient véritablement l'urgence. L'hôtel avait été d'une discrétion absolue ; le corps avait été emporté avant l'aube. Lorsque les reporters et les photographes des deux journaux locaux arrivèrent, il n'y avait rien à photographier, à part la façade de l'hôtel, figurant déjà sur leur site.

Brunetti rédigea un bref rapport qu'il envoya à la presse par e-mail. Il les informait simplement que l'enquête sur le meurtre de la signora Alberta Dodson avait été lancée et que les autorités étaient en train d'interroger toutes les personnes présentes dans l'hôtel au moment des faits. Cette mesure incluait Rudy, même s'il n'était pas mentionné explicitement. Cette synthèse était si proche de la vérité que Brunetti n'eut aucun scrupule à l'écrire.

Les deux journaux rapportèrent que la victime, d'origine chilienne, était l'épouse d'un noble anglais et qu'elle était venue à Venise en touriste. Ils se plaignaient aussi que les rues de Venise n'étaient plus aussi sûres après une certaine heure, sans tenir compte du fait qu'Alberta Dodson avait été tuée à l'intérieur de l'hôtel.

Disposant de tout son temps, Brunetti retourna à la traduction italienne de la correspondance entre Alberta et Gonzalo. Elle avait en effet déclaré être sa meilleure amie et connaître la vérité, mais une vérité qui n'avait jamais été explicitée. Gonzalo avait répliqué qu'il ne percevait pas la voix d'une amie dans ces propos, mais bien son souhait de lui faire du mal.

Le « nous » censé savoir pourquoi Gonzalo ne devait pas concrétiser l'objet de leur discussion restait tout aussi indistinct dans la version espagnole, et l'injonction d'Alberta de « ne pas le faire » conservait le même impact grammatical dans les deux langues, mais demeurait aussi confuse dans la traduction que dans l'original.

Brunetti partageait entièrement l'avis de Gonzalo, à savoir que les amis ne doivent pas donner d'ordres, et il ressentait parfaitement la source d'affliction que constituait pour lui cette attitude : le commissaire avait suffisamment compris l'espagnol pour capter ces sentiments.

Il parcourut de nouveau la traduction, avec moins de concentration cette fois, mais ne décela toujours pas l'élément qui pouvait porter atteinte à l'honneur d'Alberta. Certes, personne n'aurait la stupidité de la soupçonner d'être la maîtresse de Gonzalo : Gonzalo était un des rares hommes, à la connaissance de Brunetti, à n'avoir jamais dissimulé son homosexualité. Une telle ouverture d'esprit est monnaie courante aujourd'hui, mais le comte lui avait dit que Gonzalo ne s'en était jamais caché, même pendant son adolescence au lycée, plus de cinquante ans auparavant. Ce courage lui avait épargné des années de faux-semblants, de mariages blancs et de l'obligation d'élever – voire d'engendrer – des enfants.

Brunetti passa un long moment à lire et relire tous les autres e-mails de la signora Dodson, écrits systématiquement en anglais, dans lesquels elle se montrait aimable, généreuse, patiente avec ses amis et peu encline au jugement, même si elle cédait, de temps à autre, à son goût pour l'humour britannique en commentant leur conduite.

Elle faisait preuve des mêmes qualités envers Gonzalo, avec qui elle avait en outre l'avantage de pouvoir s'exprimer dans sa langue maternelle, sauf lorsqu'ils discutaient de son projet d'adoption. Elle perdait alors toute sa souplesse et son sens de l'ironie, et s'opposait catégoriquement à son idée, non pas à cause de la personne elle-même, mais par principe, car elle estimait cette décision «malhonnête» et «ne pouvant qu'aboutir à la déception de l'individu adopté».

Pour Brunetti, tout ce mystère devenait un véritable supplice de Tantale. Au mieux, il était question d'un scandale financier dont Berta était au courant, même si, avec Gonzalo, il y avait plus de chances qu'il s'agisse d'un désastre que d'un scandale. Ainsi, au lieu de devenir l'héritier d'un homme fortuné, comme il l'avait espéré, son fils adoptif hériterait ses dettes et sa ruine, et un appartement hypothéqué par la banque. Mais il se souvint ensuite des mots de Padovani et des richesses accumulées dans la maison de Gonzalo.

Brunetti se redressa dans son siège et croisa les mains sur son paquet d'e-mails imprimés. Il regarda par la fenêtre et aperçut un joli coin de ciel bleu et la vigne qui reverdissait sur le mur situé de l'autre côté du canal. Il se mit à songer à la loi et à son éthique professionnelle, notamment à la façon dont il usait de sa position pour solliciter par tous les moyens la divulgation d'informations sensibles. La confidentialité entre un avocat et son client, digne du confessionnal, se poursuivait après la mort de ce dernier ; sa vie privée devait être respectée même au-delà de la tombe.

Admettant d'un hochement de tête les limites de son savoir-faire en matière de cybernétique, Brunetti rejeta l'agréable facilité de sortir l'annuaire de son tiroir et se tourna vers son ordinateur pour trouver le site Internet du *studio legale* de Costantini & Costantini, les avocats de Gonzalo et, plus important encore, un cabinet juridique dont l'associé minoritaire était un de ses anciens camarades de la faculté de droit de l'université Ca' Foscari.

Il se présenta en précisant son grade à la femme qui lui répondit au téléphone et demanda s'il pouvait parler à l'*avvocato* Giovanni Costantini. Son silence dura le temps de trois battements de cœur, puis elle lui dit qu'elle allait voir si l'*avvocato* était disponible. Brunetti recula son fauteuil et croisa les jambes, puis il entendit un clic, suivi de la voix de Nanni Costantini : « Ah ! Guido. Il y a longtemps que je n'ai plus eu de tes nouvelles. »

Brunetti répondit en riant : « Allez, dis-le clairement, Nanni : depuis la dernière fois où je t'ai demandé une faveur.

— Oui, on pourrait effectivement le formuler de cette manière, concéda Nanni, en bon avocat. Qu'est-ce que tu veux savoir ? Je ne peux pas te parler longtemps. J'ai un client qui sanglote dans le bureau d'à côté. »

Comme Brunetti savait que Nanni ne se laissait pas impressionner par ce genre d'incident, il lui posa sa question :

«Est-ce qu'un client de ton père, décédé récemment, s'est arrangé pour tout laisser à un homme plus jeune?

— Ah», murmura Nanni, et Brunetti pouvait quasiment entendre les rouages du cerveau tourner dans sa tête, pour envisager les différentes possibilités de divulgation ou de rétention de l'information.

«Tout d'abord, c'était mon client; mon père me l'a confié.

— Es-tu autorisé à me dire pourquoi?

— Maintenant qu'il est mort, le pauvre homme, je pense que oui. Je te l'aurais dit de toute façon. C'est très simple: comme mon père était son ami avant de devenir son avocat, il ne voulait pas gâcher leur relation en refusant de répondre à sa requête, donc je suis devenu son avocat.

— Alors je réitère ma question, dit Brunetti. Est-ce que ton client a tout laissé à ce beau Piémontais?

— Tu ne l'aurais donc pas revu depuis la mort de Gonzalo? s'enquit Nanni, amusé.

— Je ne l'ai vu qu'une seule fois. Lors de ce dîner.

— Depuis la mort de Gonzalo, il a adopté un discours et un comportement très sérieux avec moi, expliqua Nanni, comme il convient à une personne ayant hérité une telle fortune.» Puis, d'un ton plus grave, il ajouta: «À l'époque des anciens Romains, il aurait déjà apposé un masque funéraire dans l'atrium de sa maison.»

Voyant Nanni disposé à lui fournir des éléments au sujet de son client, Brunetti poursuivit son interrogation: «As-tu cherché à persuader Gonzalo d'y renoncer?»

Nanni émit un profond soupir. «J'ai baissé les bras, Guido. Essayer de discuter de cette question avec lui revenait à passer un nombre inouï d'heures facturables, juste pour l'entendre refuser systématiquement de m'écouter. Je me suis toujours dit que cette façon de faire mon travail n'était acceptable que lorsque je programmais des vacances de luxe et qu'il me fallait une rentrée supplémentaire d'argent.» Il attendit que Brunetti ait digéré ces propos avant de préciser : «En outre, ce n'est pas mon métier d'essayer de raisonner mes clients.

— Tu n'as rien perdu de ta noblesse depuis notre dernière conversation, Nanni, nota Brunetti. Lui as-tu suggéré – juste suggéré – qu'il réfléchisse un instant à la décision qu'il avait prise ?

Nanni soupira à nouveau, de manière théâtrale. «Il y a un mois environ, il est venu ici pour me faire part de son projet et m'a demandé de légaliser cette démarche et de rédiger son testament. Il a désigné son fils Attilio Circetti di Torrebardo héritier universel.» Nanni marqua une pause pour permettre à Brunetti de faire un commentaire, mais comme il s'en abstint, l'avocat enchaîna : «Deux jours plus tard, il est venu signer le testament. Deux de mes secrétaires ont servi de témoins à cet acte ; il m'a remis une copie du décret d'adoption et m'a demandé de le conserver dans son dossier. Je ne lui ai pas demandé le nom de l'avocat qui le lui a procuré.»

Nanni se tut soudain, alors qu'une voix se faisait entendre au bout de la ligne. «Accordez-moi encore cinq minutes et j'arrive», déclara-t-il d'un ton perçant. Il reporta son attention sur Brunetti. «Puis il est mort, et maintenant le signor Marchese va hériter le lot tout entier.

— Qui s'élève à combien ?

— Tu sais que je ne suis pas censé te le dire, n'est-ce pas ? observa l'avocat.

— Bien sûr que je le sais, Nanni. Ne nous a-t-on pas inculqué le respect de la loi à la même université ? Et je sais aussi que tu n'étais pas non plus censé me dire ce que tu viens de m'apprendre.

— D'accord. L'appartement, tout ce qu'il y a à l'intérieur, et un compte en banque quelque part, dont je ne t'ai jamais parlé.

— Bien fourni?

— Cela ne me regarde pas, rétorqua l'avocat.

— Désolé, Nanni, dit Brunetti en toute sincérité, même s'il connaissait suffisamment les comptes en banque "quelque part" pour savoir qu'ils ne figuraient sans doute pas dans le testament, mais seulement au sein d'un accord privé entre l'avocat et son client. Quoi d'autre encore?

— Quelques centaines de milliers d'euros en actions et obligations, énonça Nanni avec la désinvolture dont seuls les riches peuvent envelopper de telles sommes. Et un bout de terrain au Chili que Gonzalo a hérité d'un soi-disant parent d'un ami à lui.

— Est-ce toi qui as livré toutes ces informations au Marchese?

— Oui. Cela relevait de ma responsabilité.

— Et comment a-t-il pris la nouvelle?

— Il était, bien sûr, affligé», répondit Nanni avec une intonation laissant penser qu'il n'avait pas terminé. C'était en effet le cas. «Mais affligé à la manière de ces personnages dans les mauvais films ou des comédiens amateurs, persuadés que pour exprimer cette affliction, il suffit de verser de la cendre sur sa tête ou de tirer sur ses joues. Ou encore de gémir. Je te disais, un Romain.

— Je vois, fit Brunetti en imaginant la scène. Le testament mentionnait-il quelqu'un d'autre?

— Son *maggiordomo*, ou son homme à tout faire, peu importe son titre, originaire du Bangladesh: Jérôme. Ne me demande pas pourquoi diable il s'appelle ainsi. Et sa gouvernante, Maria Grazia. Tous deux ont été à ses côtés aussi loin que je me souvienne. Jérôme sanglotait quand je lui ai dit ce que Gonzalo lui avait laissé et Maria Grazia ne pouvait même plus parler, tellement elle était émue. » Nanni se comportait envers ces personnes tel un avocat, sans rien révéler de leurs legs.

« Comment se fait-il que tu te sois entretenu avec eux ? s'enquit Brunetti, sachant que le testament ne pouvait pas avoir été validé si rapidement.

— Comme Gonzalo m'avait toujours parlé d'eux avec affection, je me suis dit que je devais aller les voir. Il y avait des gens qui m'appelaient ou me croisaient dans la rue, et me consultaient au sujet de Gonzalo. La plupart voulaient savoir à qui étaient allés l'appartement et le reste du butin, mais ils étaient gênés de me poser la question directement. Cela m'a peiné pour Gonzalo, alors que je n'avais jamais éprouvé ce sentiment envers lui : il donnait toujours l'impression de croquer la vie à pleines dents. »

À ces mots, Brunetti se remémora les enterrements auxquels il avait assisté, où la conversation roulait essentiellement sur les spéculations autour du testament : qui aurait quoi, même si ces interrogations étaient enrobées, bien évidemment, de la plus grande élégance.

Il s'apaisa à cette pensée, tout en affirmant : « Comme c'est triste : tu vis toute ta vie au milieu de gens que tu considères comme des amis, auxquels tu offres des réceptions, que tu emmènes déjeuner, pour qui tu organises de grands dîners chez toi, sans jamais oublier le moindre anniversaire. Et en fin de compte, leur seule préoccupation, c'est de savoir qui va hériter tes biens.

— Je dois te laisser, maintenant, le prévint Nanni d'un ton brusque. Y a-t-il autre chose ?

— Non. Et merci, Nanni.

— Est-ce que mes propos t'ont aidé ?

— Pas vraiment, avoua Brunetti. Mais au moins, tu m'as conforté dans mes pires soupçons.

— C'est le propre des avocats », conclut Nanni en raccrochant.

24

Deux jours après le meurtre, Rudy obtint la permission de rentrer à Londres, et trois jours après les faits, Rizzardi autorisa la sortie du corps d'Alberta Dodson, qui fut transporté dans le Yorkshire par l'avion personnel d'un cousin de son mari, Roderick Dodson. Un des deux officiers chargés de visionner les films de surveillance de l'hôtel contracta la grippe, qui contamina son collègue le lendemain. Comme il ne se trouva personne pour les remplacer, Vianello et Pucetti se portèrent volontaires pour y consacrer quelques heures par jour. Le premier jour, ils furent frappés tous deux par l'âge élevé des personnes qui étaient à l'hôtel ce soir-là. Le deuxième jour, Pucetti déclara qu'il se sentait davantage le gardien d'une maison de retraite qu'un policier. Le troisième jour, il demanda à Vianello, situé à l'autre bout de la salle, de venir jeter un coup d'œil.

Pucetti rembobina la vidéo de quelques minutes, et ils virent alors une femme aux cheveux gris entrer dans le bar de l'hôtel et regarder autour d'elle. Ils avaient vu tellement de têtes chenues les jours précédents qu'ils eurent un instant d'hésitation, mais Pucetti arrêta le film le temps de consulter les photos de la victime. La caméra était tournée vers le comptoir, englobant la femme debout à son extrémité ; elle portait la même robe noire à mi-mollet que la défunte. Elle tourna la tête vers la gauche, comme si quelqu'un lui avait parlé, en direction d'un des trois coins salons.

Son visage se détendit et elle alla vers l'un d'eux. Elle s'y installa, toujours face à la caméra, adressa quelques mots à la personne assise devant elle, puis s'enfonça davantage dans son fauteuil, n'étant plus qu'à moitié visible sur l'image.

De temps à autre, des gens entraient dans le bar et traversaient le champ de la caméra vidéo. À un moment donné arrivèrent quatre hommes de forte corpulence, suivis de deux autres. Les premiers, grands et robustes, étaient probablement les fils des deux autres, nettement voûtés et chauves. Les six hommes gagnèrent le comptoir, tournant le dos à la signora Dodson. Les deux plus grands se prirent par l'épaule, formant ainsi une créature bicéphale à large dos qui avala une boisson servie dans de petits verres. Ils restèrent là un certain temps ; sur la gauche apparurent deux mains qui posèrent deux autres verres sur le comptoir, puis deux autres encore, et encore deux autres. À force de boire, l'un des hommes perdit presque l'équilibre, comme si on l'avait poussé sur le côté. Ils s'en allèrent tous les six, en passant à la fois devant le coin salon et la caméra.

Après que cette muraille de mâles eut disparu, deux couples entrèrent. Les deux hommes prirent place à l'endroit où s'était trouvée la signora Dodson et les deux femmes s'assirent en face d'eux.

«Elle a dû partir en même temps que les deux types de tout à l'heure», constata Vianello.

Pucetti vérifia l'écran et nota l'heure affichée, 23 h 17, puis il appuya sur la touche *Play* et continua à regarder l'écran avec l'espoir de revoir la signora Dodson. Vianello retourna à son bureau et recommença à visionner la vidéo de la caméra située à l'entrée principale de l'hôtel.

Deux heures plus tard, au moment où il allait craquer et se mettre à hurler face à autant de déambulateurs, de perruques et de dentiers, Vianello aperçut fugitivement une femme aux cheveux gris qui s'approchait de l'escalier menant aux étages supérieurs, mais elle fut immédiatement cachée par trois hommes qui en descendaient. Le temps qu'ils sortent du cadre, elle avait disparu. L'inspecteur arrêta la vidéo et revint en arrière pour regarder de nouveau, mais une fois encore les corps des hommes en dissimulèrent la présence et il ne put déduire avec certitude si c'était bien Alberta Dodson. La bande indiquait 23 h 19.

Sachant que Rudy avait appelé la réception vers minuit, il continua à visionner jusqu'à ce moment-là, en espérant la voir réapparaître ou apercevoir une autre personne avec elle. Lorsque l'horloge annonça 0 h 11 en bas du dernier film, Vianello appuya sur la touche *Stop*, exprima à son jeune collègue ses doutes au sujet de ce qu'il avait vu ou non dans le film précédent et lui suggéra de monter les deux vidéos au commissario Brunetti.

Brunetti, à qui avait été épargnée la vision des clients âgés, fut étonné d'y apercevoir la femme encore en vie. Il la reconnut instantanément, son sourire, sa couronne de cheveux gris coupés court. Il fut profondément troublé de la voir poser la main sur son cœur, comme pour certifier qu'elle était bien la femme que l'autre personne attendait, et il dut détourner ses yeux de l'écran.

« Est-ce que vous la connaissiez bien, monsieur ? demanda Pucetti.

— J'ai fait sa connaissance le jour où elle est décédée », fut la seule explication que Brunetti s'autorisa à donner.

Il revint vers l'écran et la vit s'installer dans le coin salon et disparaître à moitié, puis entièrement, derrière les deux hommes venus prendre sa place.

Pucetti changea de vidéo et Brunetti distingua alors une femme qui aurait pu être Alberta Dodson, juste avant d'être cachée par les trois hommes descendant l'escalier. Il la regarda un long moment et quand bien même il aurait aimé déclarer que c'était elle, il ne pouvait s'y résoudre. « C'est tout ce qu'il y a, monsieur », déclara Pucetti lorsque Brunetti leva les yeux de l'écran.

Le commissaire vérifia l'heure en bas de l'écran. « 23 h 19, lut-il à voix haute. Moins d'une demi-heure plus tard, elle était morte. » Puis il demanda à Pucetti : « As-tu parlé au serveur ou au barman ?

— Non, monsieur. Nous venons de voir ces vidéos et je vous les ai montées aussitôt.

— Je vais aller discuter avec eux », dit Brunetti. Il y avait eu plus de quarante convives pour le dîner, sans compter les clients habituels de l'hôtel, mais il était possible que les hommes au bar se souviennent d'elle. Ou peut-être pas : Paola lui avait expliqué une fois que les femmes, passé un certain âge – surtout si elles ont les cheveux blancs –, devenaient pratiquement invisibles.

S'il existait un dieu de la discrétion, le réceptionniste aurait pu poser pour sa statue. Ni grand ni petit, ni mince ni gros, il avait un nez droit, correctement placé entre des yeux gris-vert, et le sourire typique des pince-sans-rire. Il parlait italien avec un léger accent laissant deviner qu'il n'avait pas de langue maternelle, mais qu'il disposait d'un ample éventail de langues à l'accent à peine marqué. Il reconnut immédiatement Brunetti comme un officiel de la police, preuve de son grand professionnalisme, et il sortit de derrière son comptoir pour l'accueillir et le convier à s'éloigner des clients de quelques pas.

«En quoi puis-je vous aider, signore?» demanda-t-il à Brunetti, sans signaler son titre, même s'il l'avait parfaitement identifié.

Les clefs croisées sur le revers de sa veste scintillaient et Brunetti l'imagina en train de les frotter chaque soir avec une peau de chamois humide. «Je m'appelle Brunetti. Commissario Brunetti. Je suis venu pour la signora Dodson.»

Brunetti savait bien que tout réceptionniste se devait de répondre aux besoins de sa clientèle, et celui-ci ne manqua pas en effet de baisser la tête en murmurant: «C'est terrible, terrible», avant de lever les yeux sur Brunetti en déclarant: «Vos hommes ont terminé très rapidement leur travail dans sa chambre, signore.

— J'espère qu'ils...», commença Brunetti avant d'hésiter.

«... qu'ils n'ont laissé aucune trace», voulait-il dire, mais vu les circonstances, l'expression lui sembla sinistre.

«... qu'ils ont été soigneux.

— Tout à fait, signore. Il n'est resté aucun signe de leur passage. De vrais professionnels.» Il esquissa un semblant de sourire.

«Je voudrais parler au serveur et au barman qui étaient de service ce soir-là, annonça Brunetti.

— Bien sûr. Si vous voulez bien attendre un moment, je vérifie la liste du personnel et je vous donne leurs noms.» Il repassa derrière son bureau. Son ordinateur afficha quelques données et, après un instant, il se baissa pour récupérer la feuille de papier délivrée par l'imprimante. «Le serveur en question est en service pour encore une heure et le barman sera ici de 18 heures à 2 heures du matin. » Face à l'étonnement de Brunetti, il expliqua : « Il lui faut un certain temps pour nettoyer le bar, et le responsable de l'équipe de nuit ne ferme pas la caisse avant 1 h 30.

— Cela fait de longues soirées.

— Encore plus longues pour Sandro : il habite à Quarto d'Altino. » Brunetti fut surpris par l'empathie du réceptionniste à l'égard de son collègue, condamné à une telle navette, et se rendit compte que toute forme d'empathie chez lui l'aurait surpris dans tous les cas.

« Je vais vous conduire auprès du serveur », proposa l'homme, en résistant à la tentation d'effectuer sa demi-révérence respectueuse, réservée sans aucun doute à tous ses hôtes. Il se dirigea vers la partie de l'hôtel donnant sur le Grand Canal. C'était une longue pièce étroite dotée de tables en bois, qui s'efforçaient de résister au poids d'énormes bouquets. Ce genre d'hôtel avait visiblement un penchant tout particulier pour les glaïeuls. Brunetti n'aimait pas ces fleurs, il les trouvait trop chics et trop élancées.

Un serveur vêtu d'une veste blanche, de l'âge de Brunetti, se tenait devant le comptoir où il attendait que le barman pose deux grands verres sur un petit plateau. Il pivota aussitôt et les apporta à un jeune couple assis à une table de dimensions modestes, mais avec une vue sur la plus belle mairie, probablement, de toute l'Europe. Ils se tenaient par la main et étaient si attentifs l'un à l'autre qu'ils ne remarquèrent même pas l'arrivée du serveur et durent se pencher en arrière pour lui laisser la place de poser les boissons.

Ce dernier s'éloigna, tout souriant, et retourna au comptoir. « Nous étions tous ainsi, autrefois, dit-il au réceptionniste. Dieu merci, le bonheur est contagieux, conclut-il en regardant Brunetti, qui approuva d'un sourire.

— Gino, commença le réceptionniste, voici le commissario Brunetti. Il aimerait te poser quelques questions. » Puis il s'inclina vers Brunetti, fit un signe au serveur et regagna son poste.

Brunetti l'avait déjà vu ; il l'avait probablement croisé dans la rue pendant des années. Il était grand, ses cheveux restants étaient coupés court et formaient une demi-tonsure autour de la nuque. Il avait les yeux vifs caractéristiques des serveurs, toujours prêts à répondre aux appels des clients. « Cela vous dérange si nous restons ici, signore ? demanda-t-il en se tournant pour jeter un coup d'œil aux quelques tables occupées.

— Pas du tout, répondit Brunetti. Vous étiez de service la nuit où la femme a été tuée, n'est-ce pas ?

— Tout à fait, commissario. Elle était assise dans un de ces coins salons.

— C'est étrange pour une femme seule, nota Brunetti. Elles préfèrent plutôt s'asseoir à une table, non ?

— C'est vrai, signore. Mais elle n'était pas seule.

— Ah, fit Brunetti. Je l'ignorais. Était-elle en compagnie d'un homme ou d'une femme ?

— D'un homme », précisa le serveur, qui se tourna pour inspecter les tables où étaient assis les clients.

Comme personne ne lui fit signe, il reporta son attention sur Brunetti.

« C'était un homme. Passablement plus jeune qu'elle, je dirais. » Il haussa les épaules. « Ce soir-là, il n'y avait pas beaucoup de jeunes gens ici, donc peut-être qu'il faisait jeune par rapport aux autres qui devaient tous avoir dans les soixante-dix ans.

— Pourriez-vous le décrire ? »

Le serveur sourit de nouveau. «Je peux vous décrire sa joue droite, signore, parce qu'il regardait la carte posée sur la table avec la tête tournée et appuyée sur sa main gauche.» Devant la déception de Brunetti, il spécifia: «Il avait les cheveux bruns.

— Vous souvenez-vous d'autres éléments?

— Pas vraiment. De toute évidence, il ne voulait pas être remarqué, donc j'ai évité de le regarder quand je leur ai apporté les boissons.

— Avez-vous pu évaluer leur degré de familiarité?

— Non, signore. Je ne les ai pas entendus parler et c'est la dame qui a commandé. Je me rappelle ce détail.

— Se comportaient-ils comme des amis?

— Je ne saurais pas le dire. C'était plein ce soir-là, à cause de la réception. J'ai dû courir toute la soirée, surtout après le dîner.» Ses yeux balayèrent de nouveau les tables, mais cette fois non plus, personne ne leva la main ou n'essaya de capter son attention.

«Je comprends», dit Brunetti. Il décida de ne pas mentionner qu'il avait vu les vidéos; peut-être le personnel ignorait-il qu'il était filmé et dans ce cas-là, mieux valait ne rien changer à la situation. «Savez-vous s'ils sont partis ensemble?

— Oh, aucune idée. Il y avait des Anglais près de la fenêtre. C'est terrible ce qu'ils peuvent boire, ces gens-là. J'ai dû aller six fois à leur table. Peut-être plus.» Puis, se remémorant la question de Brunetti, il précisa: «Le temps que je revienne, ils étaient partis et de nouvelles personnes s'étaient installées; deux jeunes couples.

— Comment ont-ils payé, l'homme et la femme en question? s'enquit Brunetti, espérant que ce soit l'homme qui ait réglé, et par carte de crédit.

— Ils ont laissé l'argent sur la table. Avec un pourboire. Les jeunes gens l'ont poussé vers moi quand je suis allé prendre leur commande.

— Avez-vous revu l'un d'entre eux depuis?

— Non, signore.»

Le moment était venu pour Brunetti de poser la question dérangeante pour le serveur. «Lorsque vous avez appris que cette femme avait été tuée...» Il marqua une pause et vit le serveur observer la clientèle du regard, avec l'expression d'un enfant perdu sur la plage, cherchant quelqu'un qui l'aide à trouver sa mère.

Brunetti poursuivit: «Pourquoi ne nous avez-vous pas contactés?»

Il s'écoula quelques secondes. Le serveur baissa la tête et fixa le bout de ses pieds, puis il leva les yeux et s'informa: «Il n'y a aucune loi qui m'y oblige, n'est-ce pas?

— Il n'y a aucune loi disant que vous y êtes obligé, effectivement.

— Personne ne va à la police, déclara le serveur d'un ton résigné, sans vouloir offenser Brunetti. Cela ne cause que des problèmes.

— Vous le croyez vraiment?

— *Sì, signore*», confirma le serveur. Puis, voyant une main se lever pour l'appeler, il demanda, sans chercher à dissimuler son soulagement: «C'est bon?

— Oui, répondit Brunetti. Merci pour votre collaboration.»

Le serveur opina du chef et partit. Brunetti décida de rentrer chez lui.

Après avoir dîné, il retourna à l'hôtel pour rencontrer le barman, un homme aux gestes rapides, apparemment au courant que la police voulait lui parler. Il sourit à Brunetti et lui proposa un verre. Même si le commissaire refusa, le barman lui demanda comment il pouvait l'aider.

Oui, il était bien de service le soir du dîner d'anniversaire, mais n'étant préposé qu'à la préparation des boissons, il ne s'occupait pas du reste. Lorsque Brunetti lui demanda s'il pouvait examiner l'agencement des coins salons, le barman lui suggéra d'en faire le tour et d'en tirer lui-même ses conclusions. Brunetti s'exécuta et constata que, comme ils étaient disposés en diagonale à partir du bar, de manière à créer un espace où les gens puissent rester debout, le barman ne pouvait voir que le premier d'entre eux. « Si vous voulez regarder depuis ici, monsieur... » Brunetti sourit et secoua la tête pour montrer que le test n'était pas nécessaire.

Il pouvait se rendre compte depuis son emplacement qu'il était impossible de voir à l'intérieur de ces petits box. Il le remercia et partit. Tous deux avaient quitté le salon à 23 h 17. Deux minutes plus tard, elle avait gravi les marches de l'hôtel pour aller à la rencontre de sa mort.

En rentrant chez lui, il s'arrêta dans un bar et prit une grappa qui lui brûla la gorge, mais il n'y prêta guère attention.

25

Le lendemain matin, dès son arrivée à la questure, Brunetti décida de faire fi de toute forme de discrétion ou de toute procédure policière correcte, et donna libre cours à sa curiosité. Sans tenir compte des motivations ou des conséquences possibles de son comportement, il appela le bureau de Nanni Costantini, se présenta de nouveau et demanda si l'*avvocato* pouvait lui consacrer une minute. Cette fois, la secrétaire transféra son appel sans lui demander d'attendre.

Nanni lui procura le numéro de *telefonino* du Marchese di Torrebardo – qu'il veilla à dénommer ainsi – et se dit impatient de savoir pourquoi il voulait lui parler.

«Chaque chose en son temps, Nanni, répliqua Brunetti. Je ne le sais pas moi-même.»

Son ami raccrocha en riant.

Brunetti appela le numéro que Nanni lui avait donné avec le téléphone du bureau et non pas son portable. Au bout de huit sonneries, il entendit une voix d'homme lui dire: «Torrebardo.

— Ah, fit Brunetti, je suis le commissario Guido Brunetti. J'appelle de la questure.» Comme il n'obtint pas la réponse escomptée, Brunetti poursuivit: «On m'a confié l'enquête sur la mort d'Alberta Dodson», en continuant à s'adresser à son interlocuteur ni par son nom, ni par son titre.

Le silence obstiné à l'autre bout du fil prenait une résonance spéciale pour lui. «Je cherche à contacter toute personne qui pourrait l'avoir connue, expliqua-t-il d'un ton calme et aimable, comme si ses déclarations relevaient d'un simple dialogue entre amis.

— Qu'est-ce qui vous fait croire que je la connaissais? finit par demander la voix.

— Le fait que vous soyez le fils de son meilleur ami», répliqua Brunetti. Puis il se résolut à prendre le risque, vu que Torrebardo s'était probablement entretenu avec elle après la mort de Gonzalo: «Et le fait que vous soyez une des personnes à lui avoir parlé récemment.» Il lança cette phrase comme s'il lisait justement son nom sur la liste des appels enregistrés dans le téléphone de la signora Dodson.

Il s'écoula un court silence avant que l'homme ne reprenne la parole: «Je suis sûr que beaucoup de gens lui ont parlé récemment.» C'était la voix d'une personne cultivée, légère et claire, dotée d'une élocution parfaite. Polie, mais pas affable, comme si cette qualité était réservée aux amis et surtout pas à gaspiller avec des officiers de police.

Dans la mémoire de Brunetti se mit à tourbillonner un babil tumultueux, engendré par ses années d'expérience et par des vingtaines – voire des centaines – de conversations menées avec des personnes mêlées, même de loin, à un crime. Pourquoi commençaient-elles toujours de la même manière, en essayant de détourner toute possibilité d'implication – si minimale fût-elle – dans les faits? Innocents ou coupables, cela n'avait aucune espèce d'importance: la plupart des gens réagissaient de la même façon, comme un malade à qui le docteur demande s'il mange beaucoup de bonbons.

« Bien sûr, bien sûr, mais nous avons décidé d'appeler toutes les personnes figurant sur la liste pour voir si elles se souviennent d'un élément ayant un lien pertinent avec ce qui est arrivé à la signora Dodson, spécifia Brunetti d'une voix impassible.

— Un lien pertinent ? s'enquit instantanément Torrebardo, comme il aurait d'instinct tancé un domestique surpris en train de porter une de ses chemises.

— Quelque chose en lien avec autre chose, expliqua Brunetti d'un ton neutre, en espérant le titiller par sa placidité.

— Ah, murmura Torrebardo. Certes. J'ai dû mal vous entendre.

— Ce n'est rien, monsieur. La communication est mauvaise, observa aimablement Brunetti, déterminé à frapper l'ennemi tant qu'il était à terre. Je me demandais si vous auriez le temps de venir me voir, à un moment ou un autre, aujourd'hui peut-être ? »

Il écouta le silence s'installer à l'autre bout de la ligne et se retint de proférer le moindre mot pour le briser. Il resta donc tranquillement assis, en éloignant le récepteur de sorte que son correspondant ne puisse pas l'entendre respirer.

« Quelle heure vous arrangerait, commissario ? » Il n'aurait pu se montrer plus coopératif.

« Disons, après le déjeuner, suggéra Brunetti d'un ton léger. J'ai quelques personnes à voir, ce matin. À 15 heures, par exemple ?

— Parfait, commissario. Pouvez-vous me redire votre nom ?

— Brunetti.

— Rendez-vous à 15 heures, donc. »

Après avoir raccroché, Brunetti pensa à un dicton que son grand-père maternel citait souvent : « On n'attrape pas les mouches avec du vinaigre. » Le miel était bien plus efficace. *Il avait parfaitement compris une ou deux choses de la vie, mon grand-père*, songea Brunetti. Même sans être latiniste, le vieil homme pratiquait la *captatio benevolentiae*[1]. Il était pêcheur, mais c'était aussi la personne que les gens de Castello consultaient pour leur courrier administratif. Non seulement il pouvait le lire, mais il pouvait parfois en expliquer le contenu.

Torrebardo avait saisi l'importance de cette stratégie, même s'il lui fallut un certain temps pour changer de registre et passer à une voix mielleuse. Trop de temps, de l'avis de Brunetti. Il avait fait montre d'arrogance à la première allusion à la signora Dodson, mais avait adopté un ton différent dès l'instant où il comprit que la police savait qu'il lui avait parlé. Torrebardo ne l'avait pas confirmé, mais Brunetti avait continué comme s'il l'avait fait.

Pendant qu'il regardait par la fenêtre en méditant sur le Marchese, qu'il devait considérer à présent comme le fils de Gonzalo, ses pensées allèrent au fils de Rullo et à son incapacité à régler le différend entre Patta et ses voisins. Le garçon était-il simplement égoïste, obstiné et méchant comme la peste, ou avait-il un problème qui ne se résoudrait pas en grandissant ? Brunetti souhaita qu'il s'agisse du premier cas, autant pour le bien de l'enfant que de ses parents. La paix familiale à laquelle aspirait Patta lui sembla bien compromise.

Il descendit dans le bureau de la signorina Elettra qui était à la fenêtre, en train de regarder la glycine de l'autre

---

1. Littéralement : attirer la sympathie.

côté du canal. Jamais taillées de mémoire d'homme, ses grappes de fleurs pendaient le long du mur, frôlant presque l'eau du canal.

Lorsque sa collègue l'aperçut, elle lui demanda : « Les plantes ne sont-elles pas censées pousser vers le haut ?

— Je pense que oui. C'est ce qu'on appelle le phototropisme, je crois, énonça Brunetti. Elles recherchent la lumière.

— Alors pourquoi celles-ci poussent-elles vers le bas ? s'enquit-elle, en pointant un index accusateur sur la glycine en question.

— Aucune idée. Peut-être par pure perversion. » Puis, pour la mettre sur la voie sans en avoir l'air, il ajouta : « Comme le fils des gens qui vivent en dessous du vice-questeur.

— Pardon ? s'enquit-elle, visiblement confuse.

— Le petit garçon qui a frappé l'épouse de Patta.

— Ah, bien sûr ! J'avais oublié, avoua-t-elle en rougissant. J'ai oublié de vous le dire. » Puis, peut-être pour sauver la face, elle rectifia : « Mais j'ai bien informé le signor Patta.

— À quel sujet ?

— Au sujet de Rullo. Le père de cet enfant.

— Je vous écoute.

— C'est une histoire somme toute banale, commissario. C'est un homme violent : sa femme est allée deux fois chez les *carabinieri* ces deux dernières années. » Cela démontrait, Brunetti le savait, que la situation était devenue si grave qu'elle avait fini par faire appel aux autorités, tout en évitant la police locale. Si elle était vénitienne, elle ne voulait sans doute pas se rendre à un endroit où les gens risquaient de la connaître, ou de connaître sa famille.

« Elle n'avait jamais porté plainte formellement, mais la semaine dernière, elle s'est retrouvée à l'hôpital avec une fracture de la pommette. » Elle ferma les yeux à ces mots.

Lorsqu'elle les rouvrit pour continuer, Brunetti hocha la tête, intrigué qu'il n'y ait pas eu de rapport, du moins pas à sa connaissance.

« Pendant qu'elle était à l'hôpital, elle a appelé Aurelio Fontana », poursuivit la signorina Elettra. C'était un avocat de Padoue dont la réputation de « Docteur dommages et intérêts » s'était répandue dans tout le Nord-Est du pays.

« Oh mon Dieu ! » s'exclama Brunetti. Il savait que s'adresser à un avocat signifiait franchir le Rubicon du divorce. Mais s'adresser à Fontana signifiait franchir le Mississippi. « Ne me dites pas qu'elle va dépenser l'argent de son mari pour payer les honoraires de Fontana.

— Non. C'est la fille de Barato », expliqua la signorina Elettra. C'était le propriétaire d'une des plus grandes chaînes de supermarchés de Vénétie.

Brunetti se mit à frotter ses paumes l'une contre l'autre.

« Qu'y a-t-il, monsieur ?

— Ça sent l'argent à plein nez. Tombant du ciel, dégoulinant du plafond, suintant des murs. Et atterrissant tout entier dans les poches d'Aurelio Fontana », conclut le commissaire en dessinant un cercle complet de ses doigts.

La signorina Elettra sourit à ce geste de *lèse-majesté*[1]. « Pour le moment, révéla-t-elle, Fontana a obtenu que Rullo soit mis à la porte de sa maison, dont son épouse est propriétaire. Il a perdu aussi son poste de directeur de l'un des supermarchés Barato. Apparemment, il avait sous-estimé la colère de sa femme, tout comme celle du père de sa femme. »

---

1. En français dans le texte.

La signorina Elettra avait appelé un ami qui travaillait dans les bureaux de Fontana et avait appris qu'ils avaient déjà planifié un divorce à l'amiable, aussi discret que leur mariage, qui avait eu lieu alors qu'elle était enceinte. Le signor Rullo allait recevoir une autre ordonnance, lui interdisant tout contact avec sa femme et de s'approcher à moins de deux cent cinquante mètres d'elle, de son fils et de leur maison. En échange, elle ne déposerait aucune plainte contre lui et lui ne s'opposerait pas au divorce. Le montant de la pension alimentaire à verser chaque mois à sa femme était à l'étude.

« Et le fils ? demanda Brunetti.

— Tous les paris sont ouverts. Il peut se calmer avec l'absence de son père, ou être encore plus insupportable. Son dossier scolaire ne fait état d'aucun problème particulier. Deux de ses professeurs ont même souligné sa gentillesse. »

Brunetti se garda de lui demander comment elle avait eu accès à ces informations. Il était probablement possible d'accéder aux dossiers du ministère de l'Éducation avec une lime à ongles et un trombone, ou leurs ersatz cybernétiques.

« Merci pour tous ces renseignements, signorina. Et qu'en est-il de l'affaire de la signora Dodson et du signor Rodríguez de Tejeda ? »

Il la vit pincer les lèvres. « J'ai de nouveau sollicité les employés administratifs au Chili pour obtenir plus d'informations, mais ils me disent que, à cause des troubles politiques actuels... » Brunetti opina du chef. Voilà comment on appelait cela, maintenant.

La signorina Elettra enchaîna sans chercher à dissimuler son exaspération : « C'est la troisième fois qu'ils utilisent cette excuse, commissario. Je vais essayer maintenant du côté de l'Espagne, où elle s'est installée après le Chili. Elle y a travaillé comme traductrice pendant des années, mais après avoir épousé son cher notable anglais, elle est plus ou moins sortie de ce milieu. »

Sa voix changea à la simple évocation de ce mariage. « C'est une histoire tout à fait étonnante : elle a rencontré le signor Dodson il y a vingt ans environ, en Égypte, où il était officier auprès de l'ambassade britannique. C'était une touriste, descendue à l'hôtel où il était en train de dîner. Et six semaines plus tard, ils se mariaient dans l'église copte du Caire. » Elle leva les yeux et sourit, comme au happy end d'un film. « Au Caire, où elle était simplement en vacances. Puis elle y est restée quatre mois de plus jusqu'à ce qu'il prenne sa retraite et qu'ils rentrent en Angleterre.

— On se croirait dans un roman, nota Brunetti.

— Mais seuls ceux à l'eau de rose racontent de telles histoires. »

Brunetti préféra éviter toute remarque.

« Je vais vous imprimer les informations provenant d'Angleterre, reprit-elle, et je les laisserai sur votre bureau. Elles comportent beaucoup d'éléments mondains : des photos d'elle avec des gens célèbres et un grand nombre de clichés avec votre ami Gonzalo. Un bel homme, du reste.

— Il aurait été heureux de vous l'entendre dire, signorina. » Brunetti sourit en se remémorant combien Gonzalo était fier de son apparence. « Tenez-moi au courant si jamais les Espagnols vous répondent », conclut-il en se disant qu'il était temps de rentrer déjeuner chez lui.

Il retourna avant 15 heures à la questure, où il parcourut le dossier d'Alberta Dodson que la signorina Elettra avait déposé sur son bureau.

Il lut ce rapport plus complet avec un vif intérêt, car elle avait eu une vie bien plus variée et plus active que lui. À vrai dire, plus active que la plupart des gens. Elle avait quitté le Chili un an après le coup d'État qui avait mis le monstrueux – n'ayons pas peur des mots – Pinochet au pouvoir : le document s'abstint d'établir le moindre lien entre ces deux événements. Elle partit en Espagne où elle obtint très rapidement la nationalité du pays et travailla comme traductrice à la fois du français et de l'anglais vers l'espagnol. Le conte de fées commença à la fin des années quatre-vingt-dix, lorsqu'elle rencontra un Anglais au Caire dont elle tomba amoureuse. Elle mena ensuite, semblait-il, une vie heureuse – mais qui prit fin avec son meurtre dans une chambre d'hôtel à Venise.

Elle s'était adonnée, comme beaucoup de riches Anglaises, à des œuvres de charité, même si son engagement semblait plus authentique que chez la plupart de ses congénères. Elle fonda, et apparemment finança, trois hospices au Chili pour les femmes et les enfants victimes de maltraitance. Jusqu'à ces trois dernières années, elle s'était souvent rendue à Santiago pour travailler dans ces hospices plusieurs semaines d'affilée. Elle allait aussi à des bals costumés, participait à des chasses à courre jusqu'à l'épuisement total et était souvent photographiée en compagnie de têtes couronnées, de même que son mari.

Son époux avait deux enfants de sa première femme, qui était morte au moins dix ans avant sa rencontre avec Alberta. Alberta et lui n'avaient pas eu d'enfants, mais on la voyait souvent en photo avec ses beaux-fils dans des attitudes évoquant une grande proximité et affection.

Malgré son mariage avec un noble anglais, elle n'acquit jamais la nationalité britannique. Dans une interview où on lui demanda pourquoi elle avait choisi de garder sa nationalité espagnole, elle expliqua : « Ce passeport et la personne qui m'a aidée à l'obtenir m'ont sauvé la vie. Je ne pourrais jamais me résoudre à les abandonner, ni l'un ni l'autre. »

Brunetti était en train de lire ce passage lorsqu'il entendit frapper à la porte. C'était Alvise qui entra en le saluant et lui annonça : « Le Marchese di Torrebardo voudrait vous voir, dottore. » Il se décala en prolongeant son salut jusqu'à l'entrée du marquis, puis résista à la tentation de le suivre pour lui tirer son fauteuil et substitua à ce geste le claquement de ses talons. Il pivota ensuite rapidement vers la droite et sortit, en refermant silencieusement la porte derrière lui.

Aucun des deux ne commenta le comportement d'Alvise : Brunetti, car il l'estimait embarrassant, et l'autre homme, peut-être, par simple correction.

Le Marchese s'avança vers le commissaire qui se leva et fit le tour du bureau. Il eut l'impression que Torrebardo était plus petit que le soir du dîner. Sa tête lui arrivait à peine au-dessus des épaules et le reste de son corps était proportionné à sa taille. Il lui tendit la main ; Brunetti la serra et fut surpris par la poigne du marquis.

« Merci d'être venu », dit-il en relâchant sa main sans rechercher la moindre épreuve de force, avant de regagner son siège.

Il fit signe à Torrebardo de s'asseoir en face de lui et observa son visage : des yeux et des cheveux foncés, un nez fin, une peau douce et claire, signe de bonne santé. C'était le genre de visage masculin très courant dans les publicités télévisées pour les céréales, un visage aux traits réguliers qui inspirait confiance.

« C'est mon devoir, n'est-ce pas ? demanda Torrebardo de la même voix qu'au téléphone.

— Si davantage de citoyens partageaient cet avis, signore, cela me faciliterait grandement la tâche », répliqua Brunetti du ton le plus amical. Puis il enchaîna, comme si l'idée venait de lui effleurer l'esprit à l'instant : « À propos de devoir, en tant qu'officier chargé de cette affaire, je me dois de garder une trace de toute information que je puisse obtenir, même la plus insignifiante qui soit. » Il vit Torrebardo aiguiser son attention, mais fit mine de ne pas s'en rendre compte. « Je vous informe que je suis donc obligé d'enregistrer toute conversation au sujet de la mort de la signora Dubson », spécifia-t-il, en estropiant volontairement la prononciation de son nom.

Torrebardo opina du chef sans rien dire. Brunetti se pencha alors sur le côté de son bureau et alluma les microphones placés en dessous.

« Comment se fait-il que vous la connaissiez ? » Puis, comme s'il était lui-même mal à l'aise à l'idée d'être enregistré, Brunetti finit par énoncer clairement : « Alberta Du... Dodson. »

Torrebardo tira sur la jambe gauche de son pantalon pour chasser un pli. « C'était la meilleure amie de mon père, depuis toujours. Il me parlait souvent d'elle.

— Savez-vous où ils se sont rencontrés ?

— Au Chili. C'est ce qu'il m'a dit. Mon père a travaillé là-bas quelques années, jusqu'à l'arrivée de Pinochet.

— Il était éleveur, n'est-ce pas ?

— Oui. Il avait un élevage de bétail. Mais il a décidé de tout vendre et de partir. Je suppose qu'il avait senti venir ce qui se profilait.

— Oui. C'est terrible, terrible », affirma Brunetti d'un ton aussi solennel qu'évasif.

Comme il ne s'étendit pas davantage, Torrebardo poursuivit : « Il parlait rarement de cette époque où il se produisait des faits épouvantables et où il ne savait jamais s'il était en sécurité ou non. » En l'écoutant parler de Gonzalo, Brunetti se demanda s'il parviendrait à désigner son ami comme le « père » de cet homme ou s'il continuerait à éviter cette dénomination.

« Est-ce la raison pour laquelle il est parti ? »

Torrebardo se détendait de manière visible. Il avait posé un bras sur le dossier de son fauteuil et avait cessé de mâchonner sa lèvre inférieure.

« Il m'a dit un jour qu'il avait dû partir pour sauver quelqu'un d'autre, mais il ne m'a jamais raconté ce qui s'est passé exactement. Quitter le pays était certainement la bonne décision à prendre, à l'époque. » Voilà que réapparaissait ce terme de « sauver ». Berta n'avait-elle pas dit que Gonzalo lui avait sauvé la vie ? C'était dans le bateau, en allant à Venise. Puis Rudy était intervenu et elle avait changé de sujet, sans s'attarder en explications.

— Donc ils se sont rencontrés là-bas..., reprit Brunetti, dans l'espoir d'obtenir d'autres détails.

— Comme je vous l'ai dit, il ne s'est jamais beaucoup exprimé sur ces années-là, réitéra le marquis. Après tout, c'était il y a longtemps. »

Brunetti fit un signe d'assentiment comme s'il comprenait le besoin d'abandonner le passé et de se concentrer sur le présent.

« L'avez-vous rencontrée ? »

Vu la promptitude de sa réponse, Torrebardo devait s'attendre à cette question : « À Londres, il y a deux ans environ. Mon père et moi étions là-bas pour un week-end, et nous avons pris un thé ensemble. » *Il va me dire où c'était*, pensa Brunetti, et comme si le commissaire lui avait enlevé les mots de la bouche, Torrebardo ajouta : « Au Claridge.

— Ah, fit Brunetti, comme s'il n'osait pas répéter ce nom. J'en ai entendu parler.

— Pas mal du tout, concéda le marquis.

— Comme vous aviez fait sa connaissance, vous a-t-elle contacté par hasard pour vous dire qu'elle venait à Venise ? s'informa Brunetti.

— Non, répondit instantanément Torrebardo, puis, comme effrayé par cette dénégation, il lui lança un regard furtif. C'est-à-dire qu'elle ne m'a pas appelé pour me dire qu'elle venait. Elle m'a appelé une fois ici.

— Quand était-ce ? s'enquit Brunetti d'un ton aimable.

— L'après-midi de son arrivée. On aurait dit qu'elle m'appelait d'un taxi. » Cette précision, réfléchit Brunetti, relevait de ce que Paola appelait la « vraisemblance », un procédé littéraire utilisé par les auteurs de fiction : le petit détail, apparemment insignifiant, inséré dans l'histoire pour lui donner un air de vérité.

« Ah, de l'aéroport, vous voulez dire ? demanda Brunetti.

— Oui, ce doit être cela.

— Qu'a-t-elle dit ?

— Qu'elle voulait me prévenir qu'elle était arrivée à Venise, même si elle n'avait pas le temps de me voir, parce qu'elle ne voulait pas que je l'apprenne par quelqu'un d'autre.

— Charmante attention de sa part, nota Brunetti d'une voix douce.

— Oui, approuva Torrebardo avec un sourire encore plus doux. C'était quelqu'un de très gentil.

— A-t-elle dit autre chose ?

— Oui, qu'elle était en train d'organiser une cérémonie commémorative et qu'elle m'appellerait lorsqu'elle saurait la date et le lieu, de manière à ce que je puisse y aller. »

Il marqua une pause pour donner à Brunetti l'occasion de poser une question, que ce dernier ne manqua pas de saisir : « Que lui avez-vous dit ? »

Torrebardo ne chercha absolument pas à dissimuler sa stupéfaction : « Que je serais présent, bien sûr », répondit-il en métamorphosant sa surprise en étonnement, face à une question aussi absurde. Puis, à la vue de l'expression de Brunetti, il déclara : « C'était mon père. »

Le commissaire baissa la tête et la hocha à plusieurs reprises. « Vous n'avez donc pas réussi à la voir ?

— Non. Et je le regrette, à présent. Mon père l'adulait. C'est tragique qu'elle soit venue ici pour lui rendre hommage et qu'il lui soit arrivé une chose aussi horrible. »

Brunetti baissa les yeux sur son bureau et laissa passer un moment. « Pourriez-vous me dire où vous étiez, le soir où elle a été tuée ?

— C'était mardi, n'est-ce pas ?

— Elle est arrivée mardi, oui, confirma Brunetti. Et elle a été tuée ce soir-là. »

Torrebardo regarda ses genoux, comme s'il ne se souvenait plus très bien où il était. « Chez moi. J'avais reçu une invitation à dîner, mais je l'ai déclinée parce que j'avais une migraine et que je ne voulais pas sortir et être obligé de parler à des gens.

— Je vois, fit Brunetti, en poussant un carnet vers lui. Pourriez-vous me dire qui était votre hôte ou votre hôtesse ?

— Le comte Fabrizio Urbino, répondit Torrebardo, ravi d'avoir un tel nom à lui lancer à la figure. Nous sommes allés à l'école ensemble et il était de passage pour quelques jours. Je l'ai appelé à son hôtel pour lui dire que je devais annuler.

— Où habite le comte Urbino ?

— À Milan, mais je ne connais pas son adresse.»

Torrebardo sortit son téléphone et actionna quelques touches, puis il dicta le numéro du comte à Brunetti, qui le nota et le remercia.

«Merci pour votre coopération», conclut-il en se levant.

Torrebardo ne put masquer sa surprise. Il se leva et serra la main à Brunetti, prêt à lui dire un mot – peut-être de remerciement –, mais il changea d'avis et se tut. Il se dirigea vers la porte et sortit du bureau du commissaire.

26

Tel était donc le fils de Gonzalo, le jeune homme que son ami avait regardé avec des « yeux de requin », le jeune homme qui avait tout raflé : l'appartement, le compte en banque ouvert « quelque part », les tableaux, les gravures : tout ce que Gonzalo possédait au moment où la mort l'avait frappé sur le chemin du musée.

Le comte Falier, son plus vieil ami, avait essayé en vain de discuter avec Gonzalo de son projet ; son avocat avait renoncé à le dissuader ; Brunetti ne voulait pas être impliqué, alors que Berta, sa meilleure amie, avait tenté, pendant des mois et des mois, de l'inciter à poser un autre regard sur sa propre vie, un regard humain. Et voilà qu'elle était morte, tout comme Gonzalo.

Brunetti ouvrit le tiroir de son bureau et sortit le dossier que lui avait donné la signorina Elettra, contenant la copie papier des e-mails que s'étaient échangés Gonzalo et Berta. Il retrouva celui qui mentionnait le fameux secret censé entraver le dessein de Gonzalo, vraisemblablement l'adoption. « Nous seuls savons que tu ne peux pas le faire. » Brunetti décida de cesser d'extrapoler sur ce sujet pour se concentrer sur qui pouvait englober ce « nous » en plus de Berta, et songea à la solution la plus simple : c'était Gonzalo. Quelle information détenaient-ils tous deux, qui eût été capable d'empêcher Gonzalo d'adopter le marquis ?

Maintenant qu'ils étaient morts, ils avaient emporté ce secret dans la tombe. À moins que... à moins que... quelqu'un d'autre en ait eu vent... Brunetti écarta cette hypothèse, digne d'un film de série B : les lettres découvertes après le décès ; des enfants disparus depuis longtemps, refaisant leur apparition ; les dernières volontés du défunt, cachées à l'intérieur de la Bible de famille et retrouvées seulement lors des funérailles, au moment où l'on devait lire précisément ce passage du livre sacré. Berta était prête à affronter le scandale pour bloquer l'adoption. Et elle avait finalement affronté la mort.

Il retourna à son dossier et lut de nouveau l'avertissement de Berta : la personne que Gonzalo voulait adopter – et qui n'avait pas été nommée une seule fois de tout ce courrier – risquait de déchanter après la mort de Gonzalo. Quelle atroce déception que de se retrouver face à un piètre héritage ! Le vif désir de Gonzalo l'avait-il donc mené à exercer une telle tromperie ? Brunetti, se remémorant soudain sa conversation avec Nanni, se rendit compte qu'il n'avait jamais fait allusion, en réalité, à l'ampleur de la fortune de Gonzalo ni à son destinataire.

Brunetti se pencha pour prendre son téléphone. Il regarda le papier sur son bureau et composa le numéro du comte Fabrizio Urbino, qui lui confirma les propos de Torrebardo. Urbino ne fut aucunement étonné que la police l'appelle pour vérifier l'histoire du marquis et Brunetti n'eut plus qu'à se demander si cette indifférence s'expliquait par le fait que les gens de cet acabit se moquaient de l'action ou des prises de position de la police, ou parce que Urbino ne voulait absolument pas être impliqué dans toute affaire liée à Torrebardo.

Il entendit un coup à sa porte. «*Avanti*, dit Brunetti, qui fut ravi de voir entrer la signorina Elettra, tenant quelques papiers à la main.

— Signore, annonça-t-elle en s'approchant de son bureau, je viens de recevoir un e-mail de la police espagnole.» Sa voix avait changé; elle semblait sidérée, comme une personne arrivant sur les lieux d'un accident, où les épaves des voitures dégagent encore de la fumée.

«Je vous écoute.»

Elle leva les documents, comme pour démontrer la source et la validité des propos qu'elle s'apprêtait à énoncer. «Ils étaient mariés.

— Pardon? fit Brunetti sans comprendre.

— Votre ami Gonzalo et la signora Dodson, ils étaient mariés. C'est ce qui lui a permis de fuir le Chili.»

Elle posa les papiers sur le bureau. Brunetti les regarda à peine et n'accorda pas davantage d'attention à sa collègue, tant il était assailli de pensées. La signora Dodson avait dit plus d'une fois que Gonzalo lui avait sauvé la vie. Rudy plaisantait sur le fait qu'ils se comportaient comme un vieux couple.

«Quand? demanda-t-il. Et où?

— À l'ambassade espagnole de Santiago, l'année après que Pinochet a pris le pouvoir, répondit-elle.

— Mais elle a épousé son Anglais», protesta Brunetti.

Elle affirma calmement: «À ce qu'il semble. Mais les Espagnols n'ont trouvé aucune trace de son divorce.

— Y a-t-il lieu de s'en étonner?» demanda Brunetti d'un ton frôlant la condescendance.

La signorina Elettra déclara, en prenant un ton différent: «S'il y a un pays où l'on sait conserver les dossiers, signore, c'est bien l'Espagne. D'ailleurs, ils ont répondu quasiment tout de suite lorsque je leur ai annoncé qu'une citoyenne espagnole avait été assassinée ici. »

Comme Brunetti gardait le silence, elle poursuivit : « Je leur ai envoyé une copie de notre dossier. Le dossier complet, s'empressa-t-elle de spécifier, et je les ai priés de me donner toutes leurs informations à son sujet.

— Vous aviez déjà eu affaire à eux, n'est-ce pas ?

— Oui, mais c'était avant que je ne travaille ici. » Puis elle ajouta, après un instant d'hésitation : « Ce n'est pas comme ici, dottore. La personne qui répond à votre requête n'a pas besoin d'être le cousin de votre beau-frère ou un ancien camarade de classe. »

Brunetti opina du chef pour l'exhorter à continuer. « Ils avaient le dossier relatif à son mariage au Chili avec un citoyen espagnol et à sa demande conjointe de nationalité, puis à son émigration en Espagne. Ils avaient la date de son obtention de la nationalité, savaient quand et où elle avait vécu là-bas et voté lors des élections en Espagne, et ils connaissaient son adresse en Angleterre. » La signorina Elettra marqua une pause, puis répéta : « Mais ils n'ont rien sur son divorce. »

Brunetti eut l'impression que l'horizon était soudain parti s'installer ailleurs et qu'on lui demandait d'examiner le nouveau paysage. « Cela signifie qu'il ne l'a pas adopté, n'est-ce pas ? s'enquit-il.

— Si mes souvenirs juridiques sont exacts, signore, non », confirma-t-elle. Il n'était pas nécessaire qu'elle les expose, la loi était à la fois claire et sage : l'adoption d'un adulte par une personne mariée n'est valide que si elle résulte d'un commun accord entre l'époux et l'épouse.

« Merci », dit Brunetti, et il fit glisser les papiers vers lui. Il ne l'entendit pas partir, tellement il avait hâte de plonger dans ces documents. Il lut les trois premières pages deux fois, mais ne comprenait toujours pas ce qu'il lisait, même si la terminologie administrative espagnole était extrêmement proche de l'italien. Il connaissait les dates, il reconnaissait les noms, mais il ne parvenait pas à se concentrer sur les faits à cause de l'ombre qu'ils jetaient sur les événements à venir.

Il se leva et alla observer le ciel à la fenêtre, à la recherche, peut-être, d'une illumination, mais il n'en trouva point, pas même dans le canal coulant sous sa fenêtre.

Il finit par décrypter les documents et reconstitua la chronologie, qu'il compléta par sa propre analyse. Berta appartenait à la génération qui avait cru dans l'efficacité de la contestation politique ; les officiels de Pinochet apprirent son nom et vinrent la chercher. Gonzalo sauva galamment la demoiselle en détresse : il terrassa les dragons au Chili en épousant et en emmenant la princesse en Espagne. Ils restèrent amis et décidèrent peut-être d'oublier ce mariage. Après tout, qui pouvait se souvenir des noces entre – Brunetti dut jeter un coup d'œil au papier – Alberta Gutiérrez de Vedia et Gonzalo Rodríguez de Tejeda, célébrées au beau milieu de la loi martiale, des tumultes politiques et de milliers de disparitions restées irrésolues ? Le temps passe, les gouvernements changent, les gens oublient.

Qui aurait pu imaginer que ce marchand d'art, assumant pleinement son homosexualité, ait une femme, surtout une femme apparemment mariée à un noble anglais et experte en chasse à courre ?

Pour la police espagnole, cependant, Berta Dodson était encore Alberta Gutiérrez de Vedia, épouse puis – très brièvement – veuve de Gonzalo Rodríguez de Tejeda. C'était donc elle, et pas le fils frauduleusement adopté de Gonzalo, qui était son héritière. Brunetti ne put s'empêcher de se demander qui seraient ses héritiers à elle, mais il écarta aussitôt cette idée. Cela n'avait plus aucune importance désormais.

Les Troyennes lui revinrent brusquement en mémoire, et il songea aux Grecs et à leur vie intérieure. Comme leurs motivations étaient différentes, et leurs actions, désintéressées. Les hommes et les femmes défendaient leur honneur ; ils le défendaient par la violence ou par la ruse, ou par un subtil dosage des deux, mais pas pour le gain. Clytemnestre n'avait pas tué Agamemnon pour hériter sa maison et Médée ne convoitait pas la fortune de Jason. Il se souvint d'un discours dans une de ces pièces – il ne savait plus laquelle. Il se rappelait seulement le dégoût ressenti par un des personnages, persuadé qu'un autre avait été animé par la cupidité. Impossible de concevoir une finalité plus prosaïque.

Et voilà que deux mille ans plus tard, l'avidité était le dénominateur commun des faits et gestes de l'humanité.

Il revint à son bureau en murmurant : « Il faut suivre l'argent, il faut suivre l'argent. » Il était bien un homme de son temps.

Cette piste le conduisit au Marchese di Torrebardo, la personne censée tirer profit de la mort d'Alberta. Si elle n'avait strictement été que la meilleure amie de Gonzalo, elle aurait pu être épargnée. La liste des « aurait pu » était désespérément longue.

Brunetti s'imagina tenter de convaincre un magistrat que l'éclair qu'il avait perçu dans les yeux du Marchese di Torrebardo était la preuve de son implication dans la mort de Berta, mais il chassa de son esprit cette scène embarrassante.

Il décida – histoire de ne pas se tourner les pouces – de retourner parler au serveur et de vérifier s'il avait réussi, entre-temps, à se remémorer un détail au sujet de l'homme dans le coin salon à qui Berta avait parlé.

C'était une belle journée, qui éveillait ses sens et l'incitait à marcher le long de la *riva*, mais il préféra prendre le vaporetto et descendre à San Tomà, l'arrêt le plus proche de l'hôtel. Il y arriva rapidement et se rendit au bar à moitié vide, où le serveur tournait le dos au comptoir.

Il fit un signe de tête et un demi-sourire à l'approche de Brunetti. «*Bondì, commissario.*»

Sandro, le barman, les rejoignit au bout du comptoir et demanda : «Puis-je vous offrir quelque chose, signore ?

— Je suis en service», répondit Brunetti. Face à la surprise de l'homme, il sourit et expliqua : «Alors, peut-être un verre de vin blanc. Il est 17 heures passées et je n'ai pas besoin de retourner à la questure.

— Du pinot grigio ? proposa le barman.

— Oui. Merci.»

En réaction à la main agitée par une des trois femmes assises à une table près de la fenêtre, le serveur alla prendre leur commande.

«Avez-vous oublié de me demander quelque chose ?» s'enquit le barman pendant que Brunetti sirotait son vin.

Il était venu parler au serveur, mais il songea qu'il pourrait étendre sa curiosité au barman. «Je voulais vous demander à tous deux si des détails vous sont revenus en mémoire au sujet de la personne qui était assise avec la signora Dodson.»

Le barman tira une lavette de sous le comptoir, dont il essuya plusieurs fois la surface, puis il la rinça à l'eau courante, l'essora et l'étala sur le robinet. « Puis-je vous poser une question, signore ?

— Je vous en prie.

— Vous pensez que l'homme qui était dans le coin salon avec elle est l'auteur du crime ? »

Brunetti réfléchit quelque temps à sa réponse avant d'affirmer : « C'est possible. » Il but une autre gorgée de vin, songeant qu'il aurait aimé grignoter quelque chose. Des cacahuètes, par exemple.

Comme s'il avait lu dans ses pensées, le barman ouvrit un tiroir et en sortit un bol d'amandes salées. Il le glissa vers le commissaire en hochant la tête. « C'est bon avec le vin blanc. » Son visage s'adoucit, remarqua Brunetti, comme c'est souvent le cas lorsque l'on offre de la nourriture à quelqu'un.

Il prit quelques amandes, étonné de n'en manger toujours qu'une ou deux à la fois, au lieu de se les envoyer toutes d'un coup dans la bouche, comme on le fait avec les cacahuètes. Elles étaient délicieuses.

Le serveur revint et annonça : « Trois coupes de champagne. » Se tournant vers Brunetti, il demanda, en recourant au vous collectif : « Puis-je demander si vous avez avancé dans votre enquête ? Sandro et moi en parlions, dit-il en inclinant la tête en direction du barman, qui était en train de faire sauter le bouchon d'une bouteille de champagne.

— Vous n'avez rien à me dire, ni l'un ni l'autre ? demanda Brunetti d'un ton désinvolte.

— Eh bien... », commença le serveur qui s'autorisa une légère pause, le temps de jeter un coup d'œil sur les tables. Puis, voyant que personne ne le sollicitait, il poursuivit d'une voix hésitante : « Je ne sais pas si vous êtes au courant pour les caméras vidéo.

— Oui, nous les avons regardées. Mais cela n'a pas été concluant.

— Vous cherchez quelqu'un en particulier ? »

Voilà comment une information sensible se retrouvait à faire la une de *Il Gazzettino*, songea Brunetti. Répondre à la question de cet homme revenait à livrer un renseignement réservé à la police.

« Oui. Nous avons quelqu'un en tête.

— Le type dans le coin salon ? »

Brunetti lui fit un léger signe d'assentiment en souriant, comme pour saluer sa perspicacité, mais sans vraiment répondre à sa question.

Le barman revint avec trois flûtes, qu'il tenait dans le triangle formé par ses mains, et les posa sur le plateau du serveur, qui les écarta les unes des autres en disant à son collègue : « Ils lui ont donné quelques vidéos, mais il n'y avait rien. »

Il haussa les épaules, prit le plateau et gagna la table où étaient assises les trois dames. Le barman essuya de nouveau le comptoir et Brunetti mangea d'autres amandes.

Lorsque le serveur revint, il s'appuya contre le comptoir et poussa un soupir de soulagement. « Vous n'imaginez pas l'état de votre dos après toutes ces heures debout. » Il mit ses mains sur les hanches et se pencha en avant, puis d'un côté et de l'autre. Quand il se redressa, le commissaire opina du chef en signe d'empathie.

Les deux autres hommes échangèrent un regard qu'il ne put décrypter. Au bout d'un moment, le serveur demanda : « Vous les ont-ils toutes données ?

— Il y en avait une qui filmait depuis la réception, en direction de la porte, et une depuis la porte jusqu'à la réception, expliqua Brunetti. Il y en avait une autre placée ici. Là-haut, précisa-t-il en indiquant le seul œil de verre qui sortait, quasi invisible, de la moulure au-dessus du miroir disposé sur le mur derrière le bar. Et il y avait celle située dans l'escalier menant du hall aux étages supérieurs.

— C'est tout? s'étonna le barman.

— Oui, confirma Brunetti.

— Ah», soupira l'homme en regardant le serveur. Brunetti perçut, du coin de l'œil, un léger mouvement de tête du serveur, mais il garda son attention sur le barman, qui finit par dire : « Il y en a une autre.

— Probablement qu'ils ne voulaient pas le lui dire », déclara le serveur à la cantonade.

Brunetti décida de ne pas poser de questions et d'attendre la suite, sachant qu'ils ne pouvaient plus se rétracter.

«Je suppose que c'est à moi de lui en parler», suggéra le serveur. Le barman prit sa lavette et essuya une énième fois le comptoir. Brunetti souleva son verre pour qu'il puisse nettoyer dessous.

«C'est arrivé il y a environ cinq mois, juste au début de l'hiver. Il y avait encore beaucoup de clients – c'est tout le temps le cas, maintenant –, donc nous étions bien occupés.»

Le barman, sans veiller à rincer sa lavette, la posa au bord de l'évier et s'écarta du comptoir. Il croisa les bras.

«J'étais de service ce soir-là, continua le serveur, et je me suis souvenu que deux hommes étaient venus au bar plusieurs week-ends de suite – je ne les avais pas spécialement remarqués parce que c'était en pleine saison et nous avions beaucoup de travail. L'un était plutôt blond et l'autre avait des cheveux roux bouclés. Ils devaient avoir tous les deux dans les vingt ans. Quoi qu'il en soit, ils venaient ici le vendredi et le samedi soir. J'ai reconnu le blond parce qu'il travaillait dans un magasin de vêtements dans ma rue, juste en face de chez moi. Je le connaissais sans le connaître, si vous voyez ce que je veux dire. »

Il marqua une pause pour donner à Brunetti l'occasion d'exprimer un commentaire. Ce dernier hocha la tête, mais ne souffla mot. Venise était pleine de gens qu'il connaissait sans les connaître.

« Celui que j'avais reconnu a attiré mon attention. Pourquoi n'allait-il pas au bar de notre quartier où il connaissait les gens ? Et comment pouvait-il se payer nos consommations – je sais ce qu'elles coûtent – en travaillant dans un magasin de vêtements ? » La voix du serveur était empreinte d'une irritation manifeste, assurément disproportionnée par rapport à la simple présence d'un vendeur dans le bar d'un hôtel de luxe.

Le serveur s'excusa soudain ; il se dirigea vers deux clients assis à une table et revint rapidement passer la commande au barman. Il leur apporta ensuite leurs verres et, après avoir jeté un coup d'œil aux autres tables, il retourna au comptoir et enchaîna : « J'ai donc commencé à lui prêter attention, comme à l'autre type, qui payait toujours en espèces, lui aussi. » À la vue de la confusion sur le visage de Brunetti, il expliqua : « Les clients mettent toujours leurs additions sur la note de leur chambre. Quoi qu'il en soit, poursuivit-il, j'ai remarqué que tous deux entraient seuls, mais finissaient toujours par parler à quelqu'un d'autre, toujours un homme, et allaient s'asseoir à sa table. » Ils s'adressaient donc systématiquement à des gens du même sexe, observa Brunetti.

«Puis, un soir, j'ai remarqué que le gars que j'avais reconnu disparaissait un moment, puis l'homme qu'il avait rejoint à sa table le suivait au bout d'une minute environ et tous deux revenaient plus ou moins dix minutes plus tard.» Il s'arrêta et lança un long regard à Brunetti, feignant d'être gêné par ses propres mots.

Pour lever tout soupçon que Brunetti aurait pu nourrir sur les raisons de ce long récit, il ajouta : «Au début, je croyais qu'ils sortaient fumer une cigarette, mais ils n'allaient pas vers l'entrée de l'hôtel; ils se dirigeaient vers les toilettes pour hommes, situées à l'arrière.»

Brunetti pinça les lèvres et haussa les sourcils. Le barman s'avança pour lui proposer un autre verre de vin, mais le commissaire refusa.

«Donc qu'avez-vous fait? demanda-t-il au serveur.

— Je les ai observés les week-ends suivants et je me suis rendu compte que l'autre type s'adonnait plus ou moins au même manège, même si ce n'était pas forcément le cas tous les soirs. Ça ne me plaisait pas du tout. Ce n'est pas mon hôtel et je n'ai pas à me mêler du comportement des gens, mais pour l'amour du ciel, pas dans les toilettes pour hommes, dans un lieu public! Vous imaginez la situation si une famille descend chez nous, ou si une personne amène son enfant pour prendre un Coca et que le gosse va aux toilettes et voit deux hommes sortir de la même cabine, ou autre chose, allez savoir quoi?

— Qu'avez-vous fait? répéta Brunetti.

— Je l'ai dit au patron et ils ont mis une caméra dans les toilettes pour hommes. En fait, pas à l'intérieur des WC, mais sur le mur face à la porte, à l'intérieur. Elle est braquée sur le battant, donc on peut voir qui entre.»

Brunetti fit de son mieux pour masquer sa vive curiosité et demanda : « Qu'avez-vous fait au sujet des deux hommes ? »

Le serveur et le barman échangèrent un long regard et cette fois, c'est le barman qui prit la parole : « Le lendemain de l'installation de l'appareil, quand le premier est venu régler son addition au moment de partir, je lui ai demandé s'il savait qu'il y avait une caméra vidéo dans les toilettes. »

Il serra les lèvres et pencha la tête d'un côté, comme pour mieux exprimer son état de confusion. Il regarda son collègue, qui opina du chef, et continua : « Nous pensions qu'il était plus correct de le prévenir.

— Comment a-t-il réagi ?

— Il a laissé tomber sa monnaie. Il n'a même pas cherché à la ramasser. Il est parti et on ne l'a plus revu.

— Et l'autre ? »

Le serveur intervint : « Il n'est plus jamais revenu non plus après ce soir-là. »

Du ton le plus calme possible, Brunetti s'informa : « La caméra est-elle toujours là ? »

De nouveau, les deux hommes se regardèrent, puis le serveur répondit : « Je suppose que oui. Il n'y a aucune raison de l'enlever. »

Brunetti finit son vin. Il sortit son portefeuille, mais le serveur posa sa main sur son bras. « Je vous en prie, signore. Vous êtes notre invité.

— Suis-je autorisé à laisser un pourboire ? demanda Brunetti avec un large sourire pour montrer qu'il plaisantait.

— En voilà des idées ! s'exclama le barman telle une vieille fille choquée à la vue d'une jupe trop courte.

— Alors, merci bien », dit Brunetti, en se penchant au-dessus du comptoir pour serrer la main du barman. La main du serveur l'attendait déjà lorsqu'il se tourna et il la lui serra aussi. « Si un jour je peux vous faire sauter un PV, messieurs, je m'appelle Brunetti et j'en serai ravi. »

Les deux hommes éclatèrent de rire et le commissaire retourna parler au réceptionniste.

27

Sans lui expliquer comment il avait obtenu cette information, Brunetti lui demanda de lui envoyer, sur son adresse électronique privée, le fichier de la caméra vidéo filmant la porte des toilettes des hommes, de manière à pouvoir y jeter personnellement un coup d'œil. Arrivé à la maison, il se servit un verre de vin blanc, s'assit en face de l'ordinateur de Paola et ouvrit la pièce jointe. Il régla le minuteur en bas de l'écran sur 18 heures, à la date du meurtre, et se mit à regarder.

Il n'aurait jamais imaginé à quel point il était ennuyeux de garder les yeux sur une porte s'ouvrant régulièrement, dans un sens ou dans l'autre. Il ne s'était pas écoulé une heure que Brunetti ne supportait déjà plus le passage constant de ces visages et de ces têtes d'hommes, entrant ou quittant furtivement ces toilettes comme dans un film comique américain des années vingt, passé en accéléré. Cette tâche en devint presque douloureuse. Chacune de ces apparitions durait tout au plus trois secondes et cédait immédiatement la place à la suivante. Mais même si ces images saccadées perturbaient Brunetti, il ne pouvait détacher ses pupilles de l'écran. S'il voulait regarder ailleurs ou fermer les paupières ne serait-ce qu'un instant, il devait arrêter le film et fixer un point dans le vide pendant un moment, puis recommencer.

Par deux fois, il dut revenir en arrière pour vérifier qui avait franchi la porte en dernier et s'apercevoir alors qu'il était incapable de se souvenir s'il avait vu, ou non, ce visage. À un moment donné, il appuya sur le bouton *Pause* et alla à la fenêtre observer l'arbre dans la cour en dessous de chez lui, puis il retourna à l'ordinateur.

Il entendit la porte d'entrée s'ouvrir et se fermer, et Chiara demander : «Il y a quelqu'un ?

— Moi», répondit Brunetti, se sentant un peu dans la peau de Papa Ours.

Elle entra avec son sac à dos et vint l'embrasser au sommet de la tête. Elle regarda l'écran et nota, de sa voix la plus douce : «On t'a rétrogradé pour que tu doives visionner des bandes de vidéosurveillance comme ça ?

— Tu regardes trop la télé», répliqua Brunetti de sa voix la plus dure.

Elle l'embrassa de nouveau et alla dans la cuisine.

Il eut vaguement l'impression qu'elle avait ensuite emprunté le couloir et gagné sa chambre. Il arrêta la vidéo et se leva pour allumer la lumière. Il constata qu'il était 19 heures passées. Il alla à son tour dans la cuisine et but un verre d'eau, se demanda s'il avait le courage de se faire un café puis se dit que s'ils avaient habité au premier étage, il aurait pu descendre en prendre un chez Rizzardini.

Il se rassit et allait s'y remettre lorsqu'il entendit de nouveau la porte d'entrée s'ouvrir et se fermer, puis de légers bruits de pas le long du couloir. Paola était à la porte, tout sourire, et intriguée : «Toi ? À l'ordinateur ? Qu'es-tu en train de faire ? s'enquit-elle en riant.

— Je cherche un assassin.

— Encore et toujours le même vieux boulot, hein ?» remarqua-t-elle en traversant la pièce. Comme Chiara, elle l'embrassa sur la tête et regarda l'écran. «Mais il n'y a rien, là-dessus, constata-t-elle, décontenancée. Juste une porte.

— J'ai dû m'arrêter, avoua-t-il.

— Pourquoi?

— Tu vas comprendre», dit-il et il relança la vidéo.

Après trois minutes, durant lesquelles ils virent des hommes passer la porte en permanence, Paola déclara: «Tu as raison de garder ton pistolet enfermé quelque part dans le placard.

— Parce que je risquerais de me tuer? supposa Brunetti.

— Exactement, approuva-t-elle. Qu'est-ce que c'est que cette bande?

— C'est celle de la porte des toilettes pour hommes dans un hôtel.»

Elle se pencha sur le côté, tira une chaise près de lui et s'assit. «Dis-moi pourquoi tu es en train de visionner une chose pareille.»

Brunetti lui rapporta les explications du barman et du serveur au sujet de cette caméra.

«Et tu attends que le jeune type de Gonzalo passe cette porte? Ou du moins l'espères-tu?»

Il répondit, au bout d'un moment de réflexion: «Non, je ne l'espère pas.

— Pourquoi?

— Parce que je ne veux pas que Gonzalo soit responsable de la mort de Berta.

— Ah», fit-elle. Puis, au bout d'un long silence, elle ajouta: «Je vois.»

Ils restèrent assis, sans souffler mot, l'un à côté de l'autre, pendant dix minutes, puis Paola s'écria: «Je trouve cela effrayant!

— Quoi donc ?

— Regarde ces visages, déclara-t-elle d'une voix étonnamment sérieuse. Voilà des hommes complètement seuls pendant quelques minutes, avec personne à qui parler, personne auprès de qui se faire un peu valoir, personne à qui raconter leurs histoires. Mais regarde-moi ces visages. As-tu déjà vu une telle misère humaine dans ta vie ? »

Brunetti posa alors un regard différent sur la scène, qu'il lut désormais comme un torrent de tristesse et d'affliction. Il observa les visages de ces hommes au cours de leurs va-et-vient : on les aurait dits en route pour leur propre enterrement, tellement leurs expressions étaient sombres et leurs attitudes sinistres. Pourquoi ne s'en était-il pas rendu compte plus tôt ? Il étudia encore deux autres cas désespérés et marqua une pause. « Pourquoi ne lirais-tu pas sur le canapé, le temps que je finisse ?

— Pourquoi n'irais-je pas préparer le dîner, plutôt ? suggéra Paola en lui tapotant l'épaule.

— Dieu te bénisse », répondit Brunetti, sans étendre la formule à aucun des individus passant la porte.

Quelques minutes plus tard, Chiara lui apporta un verre de vin et revint après un assez long moment pour le prévenir que le dîner était servi. Brunetti sortit de la pièce les yeux rouges, épuisé et abattu à la vue d'autant d'hommes arborant un visage si dur. Le dîner lui fit du bien, mais il retourna à l'ordinateur aussitôt après et refusa même la grappa que lui proposa Paola.

Il recommença, luttant contre la somnolence due à la digestion. Puis, alors que l'horloge en bas de l'écran affichait 23 h 22, la porte s'ouvrit et Attilio Circetti, Marchese di Torrebardo, entra dans les toilettes des hommes. Il ne chercha pas à baisser la tête ou à se cacher le visage d'une main : c'était un homme dans un monde d'hommes et il se tenait bien droit, fier de lui. Trois minutes plus tard, il en sortit : Brunetti remarqua son manteau clair et le foulard bleu foncé autour de son cou. Le commissaire éteignit la vidéo et décida de se servir sa grappa.

28

Le lendemain matin, Brunetti se prélassa au lit jusqu'à 9 heures passées et, en lui apportant deux tasses de café et *Il Gazzettino* du jour, Paola ne fit que le conforter dans son indolente léthargie.

Une fois son épouse partie à l'université, il appela la magistrate chargée de l'enquête sur le meurtre de Berta et lui demanda si elle pouvait le rencontrer à la questure une heure plus tard, pour lui faire part de ses avancées depuis leur dernier échange. Il appela ensuite Torrebardo et lui demanda de revenir le voir cet après-midi-là à 15 heures, car il avait d'autres questions à lui poser.

Brunetti apprécia qu'il accepte de mauvais gré. Une personne inquiète peut difficilement opposer un refus indigné ; le marquis ne s'y était même pas essayé. Ou peut-être ne put-il résister à l'envie de savoir ce que Brunetti avait découvert. Le Marchese l'informa toutefois clairement qu'il lui fallait annuler un rendez-vous pour pouvoir honorer le sien à l'heure convenue.

Sur le chemin de la questure, Brunetti prit un autre café, accompagné cette fois d'un croissant, et arriva en même temps que la magistrate. Ils montèrent dans son bureau, où il lui expliqua l'importance de l'apparition du Marchese sur la vidéo vu l'insistance – et l'enregistrement de leur entretien en témoignait – avec laquelle il avait déclaré avoir passé la soirée du meurtre chez lui à cause d'une migraine qui l'avait même obligé à décliner une invitation à dîner.

Après lui avoir assuré qu'il n'y avait aucun doute sur l'identité de la personne filmée par la caméra, Brunetti obtint facilement de sa collègue l'autorisation d'examiner les vêtements de Torrebardo pour vérifier s'ils recelaient des traces d'ADN de la victime qu'il avait affirmé à plusieurs reprises ne pas avoir vue à Venise.

Il avait encore le temps d'aller déjeuner, mais Brunetti appela Paola pour la prévenir qu'il avait l'estomac trop noué pour manger. «Je note la date, Guido, répliqua-t-elle en riant, et j'écris une tribune dans les journaux. Mais tâche de te calmer d'ici le dîner, lui conseilla-t-elle en continuant à rire. Il y aura une *peperonata*[1] avec de la *polenta* au menu», et elle raccrocha.

Il sortit le dossier contenant les e-mails de Berta Dodson et recommença à les lire, l'un après l'autre, en les interprétant à la lumière de son mariage toujours en vigueur avec Gonzalo. Le contenu des messages avait désormais acquis un sens: maintenant qu'il avait inséré la pièce manquante du puzzle, le scénario tout entier devenait parfaitement lisible et lui permit aisément d'écarter l'hypothèse d'un obscur scandale financier qui aurait éclaboussé tout héritier potentiel de Gonzalo.

La tromperie élaborée par ce dernier était – du moins aux yeux de Brunetti – de nature tout à fait différente, et bien plus grave. Il avait acheté les faveurs de cet homme plus jeune par la promesse d'une récompense financière, tout en

---

1. Plat à base de poivrons, de tomates, d'ail et d'oignons.

sachant que sa *femme* révélerait leur mariage après sa mort. Et ainsi, aveuglé par l'amour – ou peut-être était-ce strictement du désir –, Gonzalo avait poursuivi ses démarches d'adoption, bien conscient que son fils perdrait, en fin de compte, son héritage : pas d'appartement, pas de tableaux, rien du tout. Ce qu'il n'avait pas prévu, c'était que sa meilleure amie perdrait la vie parce qu'il s'était considérablement mépris sur son héritier.

Brunetti ferma les yeux, et les papiers disparurent de sa vue, en emportant les derniers mots de son ami défunt et de la meilleure amie de celui-ci. Il pensa à Gonzalo et réfléchit à ses actes et à leurs motivations. Il fixa la couverture du dossier, puis glissa toutes les feuilles dans son tiroir et le ferma à clef. Il quitta la questure et prit la direction de Castello, le nez au vent.

Il marcha une heure puis entra dans un bar, où il mangea au comptoir un très mauvais *tramezzino*, qu'il laissa en grande partie dans son assiette, et il ne finit pas non plus son verre de vin. Arrivé à San Pietro di Castello, il s'assit sur un des bancs disposés sur le minuscule mouchoir d'herbe s'étendant devant l'église et regarda les pigeons s'avancer vers lui, s'imaginant que, dans leur optimisme, ils pensaient avoir affaire à un autre géant avec du pain dans les poches. Ils renoncèrent à leurs illusions au bout de cinq minutes environ et essayèrent d'appliquer la même tactique, avec un succès manifestement majeur, auprès d'une dame aux cheveux gris qui se tenait debout au bord du canal, son manteau enfilé par-dessus son tablier.

Brunetti trouva étonnamment reposant de la regarder sortir des morceaux de pain de ses poches, puis de son tablier, de les émietter et de les jeter aux volatiles. Les oiseaux semblaient tous être de vieux amis : ils ne se ruaient pas tous ensemble, ne se donnaient pas de coups de bec. Ils baissaient la tête et mangeaient leur déjeuner tranquillement, contrairement à Brunetti qui n'avait toujours pas retrouvé son appétit.

Il regarda sa montre et vit qu'il était 14 heures passées ; il se leva et se remit en route vers la questure. Il salua le planton à la porte, qui ne lui signala cette fois aucune visite, et regagna son bureau. Il avait faim à présent, mais décida de ne pas y penser.

Une heure plus tard environ, Pucetti frappa à sa porte restée ouverte. Il recula d'un pas et Torrebardo lui passa devant, comme si l'officier était invisible.

Le commissaire leva les yeux sur le jeune aristocrate et murmura dans sa barbe : « *Mirabile visu*[1] », car Torrebardo portait le même manteau clair que dans la vidéo. « Ah, dit-il avec un plaisir non dissimulé, merci d'être venu. »

La pétulance n'est pas une attitude plaisante chez un adulte. En fait, passé de l'âge de quatre ans, elle perd tout son charme. Brunetti s'arma de courage pour affronter le visage de Torrebardo et alla à sa rencontre. Le marquis enleva son manteau et Brunetti le lui prit, en veillant à le tenir par l'étiquette cousue à l'intérieur du col. Il le plia à l'envers et le posa sur le deuxième fauteuil en face de son bureau. « Asseyez-vous, je vous prie », dit-il à Torrebardo en retournant à la porte. Pucetti était dans le couloir, en train de parler à l'un des traducteurs.

Brunetti l'appela et d'un geste rapide lui fit signe de venir. Lorsque le jeune officier arriva à sa hauteur, le commissaire se pencha plus près de lui et lui ordonna, sur un ton

---

1. « Merveilleuse vision. »

d'urgence : « Téléphone à la dottoressa Baldassare et dis-lui que j'ai besoin de ces papiers tout de suite. »

Pucetti garda le silence quelques secondes et, comme Brunetti ne s'étendit pas davantage, il le salua et pivota pour aller passer son coup de fil.

Le commissaire revint dans son bureau et, une fois assis, il s'inclina sur le côté et remit ostensiblement les micros en marche, puis il appuya ses coudes sur sa table de travail et croisa les mains sous son menton. « La dernière fois que nous nous sommes parlé, Marchese Torrebardo, vous m'avez dit que vous aviez reçu un appel de la signora Dodson. » Il marqua une pause.

Torrebardo fit un signe d'assentiment et Brunetti lui intima, sans prendre soin d'en expliciter la raison évidente : « Pourriez-vous répondre à voix haute, s'il vous plaît ?

— Oui », dit le jeune homme.

Brunetti poursuivit le plus tranquillement du monde : « Pourriez-vous me donner davantage de détails sur votre conversation avec la signora Dodson et me dire dans quelles circonstances vous vous êtes entretenu avec elle ? »

Lorsque le Marchese commença à parler, Brunetti eut la très nette sensation qu'il se forçait à rester aimable, à donner l'impression d'être affable et disposé à coopérer. « Je pense vous avoir tout dit, commissario », répliqua-t-il d'une voix où ne perçaient ni agacement ni irritation. On aurait dit deux amis intimes, en train de bavarder plaisamment.

Bien sûr, Brunetti savait tout de cette conversation entre Berta et le jeune homme, mais il espérait que Torrebardo saisisse cette occasion pour jouer une fois de plus les innocents, capable de garder tout son calme face aux autorités.

Lorsqu'il fut clair que Brunetti n'insisterait pas sur ce point, Torrebardo poussa un long soupir. « Comme je vous l'ai dit la dernière fois, j'ai fait sa connaissance à Londres il y a deux ans, lorsque mon père me l'a présentée comme sa meilleure amie. Je l'avais souvent entendu dire du bien d'elle. Nous avons pris un thé ensemble et discuté très agréablement, puis je n'ai plus eu de nouvelles de sa part jusqu'à l'autre jour, où elle m'a téléphoné pour me prévenir qu'elle était déjà arrivée à Venise, afin d'organiser un service funèbre en l'honneur de mon père. Elle m'a dit qu'elle me rappellerait lorsqu'elle connaîtrait la date et le lieu de cette commémoration.» Il avait conclu avec le ton descendant caractéristique de la fin d'un échange et regarda Brunetti droit dans les yeux pour montrer qu'il avait terminé.

«Elle ne vous a pas donné le nom de son hôtel?

— Pourquoi aurait-elle dû me l'indiquer?» s'écria Torrebardo, sans pouvoir se retenir. Face à cet impair, il s'empressa d'ajouter, d'une voix posée et réfléchie: «Comme nous n'avions pas le temps de nous voir, elle n'avait pas besoin de me le préciser.

— Je vois, fit Brunetti, qui mentionna le nom de l'hôtel. Cet endroit vous est-il familier, à tout hasard?

— Je ne connais personne qui y soit allé, donc je n'ai aucune raison de le fréquenter.

— Pas même pour y prendre un verre entre amis?

— Commissario, je ne comprends vraiment pas pourquoi vous tenez tant à m'associer à cet hôtel où je n'ai jamais mis les pieds et où j'ignorais que la signora Dodson était descendue», rétorqua Torrebardo, en donnant enfin libre cours à sa colère.

Brunetti tourna la main en l'air et esquissa un faible sourire. «Je suis simplement en train d'exclure la possibilité que vous soyez impliqué dans cette affaire, signore.

— Eh bien, vous pouvez le faire sans me poser toutes ces questions, commissario. Je vous donne ma parole d'honneur que le noble que je suis n'est jamais allé dans cet hôtel, n'a pas vu Alberta Dodson pendant son séjour à Venise et qu'il n'a rien à voir avec sa mort.

— *La nobiltà ha dipinta negli occhi l'onestà*[1], murmura Brunetti.

— Exactement, approuva Torrebardo, sans reconnaître la citation et insensible à l'ironie du commissaire.

— Parfait», déclara le commissaire en reculant sa chaise de son bureau. Torrebardo prit alors appui sur les bras de son fauteuil pour se lever, mais lorsqu'il vit que Brunetti restait assis, il s'enfonça dans son siège.

«Avez-vous d'autres questions? s'enquit-il.

— Oui.» Brunetti se remémora, de manière inopinée, un des e-mails que Berta avait adressés à Gonzalo plusieurs mois avant sa mort, dans lequel elle reprochait à son ami de franchir une limite et lui avouait qu'elle était immensément triste de le voir, à son âge, consommé par le désir au point de trahir l'objet même de ce désir.

Dans le paragraphe suivant, elle lui écrivait qu'elle avait dépassé cette pulsion qui le tenait encore captif et qu'elle n'aspirait désormais qu'à comprendre et à partager les pensées et l'âme de son mari Roderick, dans sa lutte contre les ravages qui détérioraient lentement sa vie.

Brunetti avait alors cessé de lire, car plonger plus profondément dans l'exploration des pensées et de l'âme de Berta lui semblait tabou. Il reporta son attention sur le Marchese di Torrebardo.

---

1. *Don Giovanni* (1787), livret de Lorenzo da Ponte. Acte I, Scène IX. Littéralement: « L'honnêteté de la noblesse se reflète dans ses yeux. »

« Je voudrais discuter avec vous des mensonges que vous m'avez racontés au sujet de l'endroit où vous vous trouviez mardi soir et examiner pour quelle raison vous avez tué la signora Dodson. » Brunetti, qui vit l'onde de choc sillonner le visage de Torrebardo, puis disparaître aussitôt par la force de la volonté, ajouta : « L'épouse de Gonzalo Rodríguez de Tejeda. »

— Vous ne pouvez pas le prouver !... » éclata Torrebardo, le temps d'imprégner ces cinq mots de sa rage, puis il pinça immédiatement les lèvres, comme si ce geste avait le pouvoir d'effacer ses propos.

Brunetti composa le numéro de la magistrate Baldassare. « Petra, lui dit-il lorsqu'elle décrocha. Les avez-vous ?

— Ils ont été envoyés à la signorina Zorzi, donc vous pouvez en disposer dès maintenant. Je vous ai aussi fait envoyer par courrier une version papier, signée et tamponnée en bonne et due forme.

— Merci, Petra », répondit-il simplement, afin que Torrebardo ne puisse deviner la teneur de ces répliques.

« Signor Torrebardo, reprit-il en cessant d'utiliser son titre et de montrer la moindre déférence envers un homme qu'il s'apprêtait à arrêter pour meurtre, je *peux* le prouver. J'ai la preuve que vous étiez dans cet hôtel le soir du crime. »

Cette fois, Torrebardo resta bouche bée sous l'effet de la surprise, et Brunetti constata la perfection de sa dentition, digne de celle de ses traits. Il aurait pu riposter qu'il ne comprenait pas de quoi parlait Brunetti, mais il déjoua l'attente du commissaire en lui demandant : « Suis-je autorisé à appeler un avocat ?

— *Sì* », répondit Brunetti.

D'un ton soudain respectueux, Torrebardo s'enquit : « Puis-je me servir de mon téléphone personnel ?

— Bien sûr. »

Torrebardo sortit son portable et composa le numéro voulu. Quelqu'un décrocha à la troisième sonnerie.

« Nanni, c'est Attilio », commença Torrebardo, en s'efforçant de contrôler sa voix. L'avocat prononça quelques mots. « Je ne sais pas. Je pense que je vais être arrêté. » Il écouta calmement un instant et expliqua : « Non, c'est pour un crime que je n'ai pas commis. Cette femme qui a été tuée à l'hôtel. Ils pensent que c'est moi. » Brunetti entendait la voix de Nanni, mais il garda la tête baissée et rapprocha son calendrier de bureau pour l'examiner de plus près.

« Je sais que tu n'es pas spécialisé en droit pénal. Mais peux-tu me donner le nom d'un avocat expert en la matière ? » La pause dura cette fois plus longtemps, puis Torrebardo rétorqua : « Peu importent ses honoraires. Cela n'a pas d'importance non plus. Je peux emprunter cette somme. » Il écouta un plus long moment encore, croisa et recroisa les jambes, puis déclara d'un ton empreint de colère : « Nanni, je ne te demande pas un conseil. Je te demande de me recommander un avocat pénaliste. Donne-moi le nom du meilleur et je me charge du reste. » Torrebardo enfonça l'autre main dans la poche de son manteau.

Brunetti se leva et alla à la fenêtre, car il n'avait pas envie que le marquis lui demande de lui donner un stylo et du papier. À l'autre extrémité du canal, les derniers pieds de vigne trempaient dans l'eau.

Il ignora les sons indistincts derrière lui et fit semblant de ne pas avoir entendu le téléphone tomber par terre, ni les jurons obscènes de Torrebardo. Au bout d'un moment, le marquis déclara d'un ton brusque : « D'accord. Donne-le-moi. » Le silence se fit, puis régna un bon moment. « D'Acquarone ? » Torrebardo nota sans aucun doute ce nom pendant une brève pause, puis enchaîna avec âpreté: «Peu importe qu'il soit à Vérone. Si c'est le meilleur, je le veux.»

Brunetti entendit quelque chose heurter son bureau et, lorsqu'il se tourna vers Torrebardo, il le vit assis, la tête penchée, la main recouvrant le téléphone qu'il avait violemment posé dessus.

«Excusez-moi», dit le marquis, en gardant les yeux baissés. Sa voix avait perdu de sa force.

«Oui?

— Y a-t-il une salle de bains à cet étage?

— Oui, répondit Brunetti. Attendez un instant, je fais monter quelqu'un qui va vous y accompagner.»

Torrebardo leva la tête au moment où le commissaire revint s'asseoir. Brunetti perçut alors la terreur dans ses yeux à l'idée de l'avenir qui l'attendait. Il composa le numéro de la réception. «Envoyez un officier dans mon bureau. Rapidement.»

Il retourna à la fenêtre et se mit à réfléchir à la faiblesse. Chez les gens véritablement faibles, elle inspirait la pitié, tandis que chez les gens arrogants, elle suscitait le plus souvent le mépris, comme dans la situation présente.

Trois minutes plus tard environ, Bassi était à la porte et Brunetti le pria de conduire le gentleman aux toilettes – il utilisa intentionnellement ce mot –, de l'attendre et de revenir avec lui. Torrebardo se leva et suivit l'officier, non sans un certain malaise.

Brunetti se tourna pour avoir une vision globale de la pièce et son regard tomba sur le manteau de Torrebardo. La vidéo de surveillance était claire, et si l'on détectait des traces d'ADN d'Alberta Dodson sur ce vêtement, l'avocat d'Acquarone ne disposerait que d'une étroite marge de manœuvre. Brunetti avait obtenu le mandat d'arrêt, et maintenant il pouvait compter sur cette pièce à conviction.

Ses pensées revinrent à Gonzalo, qui était à l'origine de toute cette affaire. Brunetti avait toujours eu la sensation d'aimer cet Espagnol ; après tout, il avait épousé une femme dont la famille était proche de lui. Mais il s'aperçut que, désormais, il n'éprouvait plus pour Gonzalo que de la pitié. Brunetti le savait égoïste et déraisonnablement attiré par les hommes jeunes, mais il les avait toujours considérés comme son point faible et n'avait jamais remis en question pour autant la personnalité de son ami – « Oh, c'est du Gonzalo tout craché ».

Mais sa faiblesse, cette fois, avait détruit la vie des deux personnes qu'il aimait le plus. Brunetti ne pouvait plus le voir comme un être capable d'amour, du moins pas au sens où lui-même entendait ce mot. Et ce constat détruisit ou annihila définitivement l'affection qu'il portait à cet homme.

Comme c'est étrange, pensa Brunetti. *Nous nous résolvons à aimer les gens en dépit de leurs travers et de leurs faiblesses. Nous nous exerçons à les dépasser ou à les ignorer ; parfois, ces défauts nous emplissent même d'une tendresse particulière, sans l'entacher toutefois du moindre sentiment de supériorité.*

Telles des bombes à retardement, ces fêlures jalonnent nos vies et les leurs de leur tic-tac tranquille, tant que nous nous efforçons de les ignorer, puis de les oublier. Jusqu'au jour où un élément impondérable les fait exploser, en nous faisant enfin prendre conscience du grave danger que constituent et ont toujours constitué ces personnes.

Si Gonzalo n'avait pas parlé à Berta de l'adoption, si elle n'était pas venue à Venise, et si et si et si, la bombe n'aurait pas éclaté et Brunetti penserait à son ami défunt avec amour et se moquerait gentiment de son penchant pour les jeunes gens.

Mais même maintenant, au souvenir des nombreux gestes affectueux de Gonzalo, de sa générosité habituelle et de son attachement pour ses enfants, Brunetti sentit son cœur s'animer de sentiments chaleureux à son égard. Il songea à une réflexion fréquente chez sa mère. Brunetti crut longtemps qu'elle parlait de son père lorsqu'elle la formulait, mais en grandissant, il la soupçonna de l'énoncer de manière plus générale : « Ce serait bien de pouvoir choisir les gens que nous aimons, mais c'est l'amour qui les choisit. »

Il entendit un bruit et vit Bassi à la porte, de retour avec l'homme qu'il s'apprêtait à accuser de meurtre.

Photocomposition Belle Page

Achevé d'imprimer en septembre 2020
par CPI BRODARD & TAUPIN (72200 La Flèche)
pour le compte des Éditions Calmann-Lévy
21, rue du Montparnasse, 75006 Paris

CALMANN
LÉVY s'engage
pour l'environnement en réduisant
l'empreinte carbone de ses livres.
Celle de cet exemplaire est de
0,950 kg éq. CO_2
PAPIER À BASE DE Rendez-vous sur
FIBRES CERTIFIÉES www.calmann-levy-durable.fr

N° d'éditeur : 5540675/01
N° d'imprimeur : 3039999
Dépôt légal : septembre 2020
Imprimé en France.